Rizzoli la scala

Daniele Bresciani

Ti volevo dire

Rizzoli

Published by arrangement with Marco Vigevani Agenzia Letteraria

ISBN 978-88-17-06431-6

Prima edizione: marzo 2013
Seconda edizione: marzo 2013

Ti volevo dire

A Marta, che mi ha dato una voce

«Dio, l'amore, la vita, la morte... Forse domani la penserai diversamente, ma ora, in questo momento, che cosa provi papà? Avrei preferito che mi avessi parlato di queste cose: anche i dubbi mi sarebbero andati bene.»

Daniel Wallace, *Big Fish*

1

Giacomo

Londra, 21 settembre 1981

La donna indossava un cappotto giallo. Aveva aperto la portiera, era scesa e si era messa una mano sulla bocca e l'altra sul petto: guardava il muso distrutto della sua Mini Cooper rossa. L'uomo nell'altra macchina era rimasto aggrappato al volante, forse intontito dal tamponamento. Le teste dei passanti erano scattate all'unisono, attirate dal rumore violento dello scontro. Tutti gli occhi erano puntati verso il luogo dello schianto. Tranne i loro, fissi sull'ospedale.

«Non entrare, vieni via. Ti prego, andiamo.»

Claire si voltò verso Giacomo, la mano destra quasi inerte tra le sue. Tentava di trattenerla, ma lei non voleva incontrare il suo sguardo. Osservò le pietre dell'edificio di fronte e i piccoli archi ai balconi del secondo piano. Poi si slacciò l'impermeabile, che all'improvviso le aveva dato un senso di oppressione, anche se dentro di sé sapeva che non poteva già essere diventato stretto.

Un soffio di vento insolitamente freddo spostò un ciuffo biondo sfuggito alla grossa treccia di Claire, che si girò di nuovo verso il St Mary's Hospital. Si chiese se quel minimo rigonfiamento sul ventre sarebbe sparito subito o dopo qualche giorno. Notò sulla facciata una targa, diceva che in quel palazzo Alexander Fleming aveva scoperto la penicillina. Ma per quello che doveva fare lei non bastava una puntura e non esisteva un vaccino.

Scosse la testa, era un pensiero assurdo.

«Dài, vieni via» ripeté Giacomo. «Abbiamo sbagliato. Ho sbagliato. Ti prego...»

Questa volta fu lei a cercare il suo sguardo. D'istinto, come aveva fatto tante volte, gli risistemò il colletto della camicia, uscito dal girocollo grigio che lei gli aveva regalato e che lui aveva indossato sotto la giacca. Lentamente, staccò le mani di Giacomo dalla sua e gli accarezzò il viso.

Poi, quasi di scatto, si incamminò verso l'ingresso.

Salì i sei gradini che la separavano dal portone. Varcò la soglia, sotto le arcate di mattoni rossi, sola. Dietro il banco dell'accettazione sedeva un'infermiera grassa.

Lui, immobile, si toccò la guancia e si annusò la punta delle dita: cercava il profumo di Claire, invece sentì soltanto l'odore del dopobarba. Fissò la strada trafficata del lunedì mattina, gli uomini che correvano verso gli uffici o la stazione di Paddington e le donne che trascinavano ragazzini indolenti a scuola. Un bambino con un caschetto di capelli rossi, in lacrime, provava a convincere la madre a tornare indietro.

2

Viola

Milano, 8 febbraio 2010

«Dài, papà, alzati!»

Viola appoggiò la tazza della colazione nel lavandino: lo sapeva che suo padre si arrabbiava quando non si sforzava nemmeno di metterla nella lavastoviglie, ma era più forte di lei.

«Non abbiamo sentito la sveglia e alla seconda ora ho il compito in classe di matematica.»

Tornò in bagno, si lavò i denti e, come sempre, restò un attimo davanti allo specchio, facendo le boccacce, sbattendo le palpebre, scoprendo le gengive, prima di gridare di nuovo: «Quella mi ammazza... Dài papà, per favore».

Si sciolse i capelli lunghissimi ancora legati per la notte e iniziò a pettinarli, con la spazzola che sfrigolava.

Poi chiamò più forte: «Papààà! Cavolo, ma perché fai così?».

Rientrò in camera. Da quando i suoi genitori si erano separati, suo padre viveva in un appartamento che definiva «di passaggio». Un passaggio che durava ormai da due anni.

Un salottino con cucina a vista, dove l'unico lusso era un grande televisore al plasma davanti a uno striminzito divano a due posti, un bagno e la stanza con un letto matrimoniale e un altro, pieghevole, accanto. A volte, all'inizio, Viola aveva dormito con lui, ma adesso preferiva non farlo: ormai era grande.

A quel punto rischiavano di essere in ritardo anche per l'inizio della seconda ora. Così si avvicinò e lo toccò leggermente.

«Papà, per favore...»

Non si mosse. Viola scostò il piumino e vide suo padre steso su un fianco e accartocciato su se stesso, le ginocchia piegate, la mano destra che stringeva la maglia del pigiama all'altezza del petto, gli occhi chiusi forte, in una smorfia. Lo scosse ancora, questa volta in modo più energico, afferrandolo per le spalle e spingendolo avanti e indietro.

«Papà...»

Restò per un istante paralizzata, china su di lui. Poi lasciò la presa e si girò, andò verso la porta d'ingresso ma cambiò idea ed entrò in bagno, aprì l'acqua del lavandino e il getto uscì così forte che le schizzò la maglietta e i jeans: che cosa stava facendo?

Tornò accanto al letto, vide il cellulare sul comodino e lo prese. Fece scorrere l'elenco delle chiamate recenti: FuN, Fulvio Natali.

Squillò a lungo prima che una voce assonnata rispondesse dall'altra parte: «Pronto, Giacomo, ma cosa succede?».

«Scusa, Fulvio, sono Viola...»

Il tono cambiò, un colpo di tosse per schiarire la gola: «Ehi, ciao Viola, sei tu. Che c'è? Tutto bene?».

«Il papà non si sveglia.»

3

Viola

Milano, 21 giugno 2010

Ho aperto gli occhi e il pungiglione del ragno che cercava di avvelenarmi era il dito di mia madre che mi batteva sulla fronte.

«Muoviti, Viola, làvati, vèstiti e vieni di là che dobbiamo uscire in fretta.»

Mi sveglia sempre così, picchiettando sulla mia testa. Mi dà fastidio, lo sa, sono sicura che lo sa.

«Viola? Allora?»

È già uscita dalla camera. Ha alzato la tapparella, spalancato la finestra e se n'è andata. Io ho richiuso gli occhi, un po' perché sono rimasta abbagliata dalla luce e un po' perché volevo controllare che il ragno fosse sparito. Il fatto di non riuscire più a parlare in questi casi è quasi un vantaggio: urlo solo nei sogni.

Mi annuso le mani, prima la punta delle dita, poi i palmi. È un gesto che faceva sempre anche papà, ma la mamma lo detesta.

«Viola?»

I passi di mia madre scricchiolano sul parquet dell'anticamera. L'anta del frigorifero si apre facendo tintinnare le bottiglie. Mi metto seduta sul letto, infilo le infradito e vado in bagno. Gli asciugamani sono allineati, tutti dello stesso colore: grande per la doccia, medio per la faccia, piccolo per il bidet. Gli spazzolini nel bicchiere, il dentifricio spremuto dal fondo, ma io ogni tanto lo schiaccio in mezzo. Apposta per vedere se, almeno una volta, mamma smette di menarmela.

«Sbrigati, la colazione è in tavola. Ti ricordi che oggi viene la direttrice del collegio?»

E come potrei dimenticarlo dato che me lo ripeti da un mese?

«Guarda che è un posto bellissimo, in mezzo al verde.»

Ma dài? Non me l'hai mai detto.

«In un ambiente così guarisci e torni come tutte le persone normali.»

Io *sono* normale: solo che sto zitta. La mia voce se n'è andata. Non un suono, neanche la strana cantilena nasale dei sordomuti o il gracchiare di chi è stato operato alle corde vocali. Ho visto tutti questi tipi di problemi negli infiniti controlli con non so quanti specialisti. Non ci sono difetti apparenti: è come se le parole si fermassero prima di arrivare alla gola, come se non volessero uscire dalla mia testa. Lo chiamano "mutismo selettivo": tutto funziona, ma qualcosa dentro di me ha deciso che non devo parlare e io non mi so opporre. Come non mi oppongo alle continue rotture di mia madre.

«Non capisco perché non mangi i corn-flakes...»

Perché non mi piacciono, mamma. Mi fanno schifo. Ogni mattina io mi sforzo di buttarne giù un po' solo per farti contenta.

«E stai composta, non ti accasciare sui gomiti, sembra

che ti stia per cascare la faccia nella tazza. Schiena dritta, avambracci sul tavolo!»

Fai sempre così: alzi la voce, ti arrabbi, poi ti penti e cambi tono.

«Dài, tesoro...»

Infatti...

«I professori sono stati generosi con te: ti hanno promosso basandosi solo sugli scritti. Ma era la terza media e dicono che, se il tuo problema continua, alle superiori sarà difficile trovare qualcuno che chiuda un occhio. E non vogliamo iscriverci a una speciale, vero? Il collegio è un posto magnifico: antico, con un parco enorme.»

Lo so, mi hai mostrato il sito mille volte.

«E se non fosse stato per Gian, che ha studiato lì, sarebbe stato impossibile essere accettati.»

Grazie, avvocato Giancarlo Maria Medusian. Ma se è un luogo così bello, perché non ci mandi anche il tuo, di figlio?

«Buongiorno, Arianna... Viola...»

Eccolo qui, Tancredi Medusian, che gli amici chiamano Tan ma che io, per dispetto, ho soprannominato Credino. Vive più in questa casa che con sua madre, un'americana di Washington che lo vede solo una volta all'anno, in estate. D'altra parte, avere a che fare con lo studio legale internazionale Medusian & Associati non deve essere stato facile per lei. Ma a Credinetti – altro suo nomignolo, questo inventato da papà – non sembra dispiacere la situazione: qui ha tutto quello che vuole, PlayStation, XBox, Wii, PSP, Nintendo DS. È un piccolo genio dell'elettronica, anche se ha solo undici anni.

«Ciao, Tancredi, tesoro, hai dormito bene?»

Lui non la guarda nemmeno, invece io la fisso: da dove la tiri fuori questa vocina, mamma? E perché non ti arrabbi se lui non risponde?

«Adesso voi due finite la colazione, io mi preparo e poi usciamo.»

Pettinato, i capelli gellati, una riga che sembra tirata con il laser. Credino è concentrato sui corn-flakes. È a lui che piacciono, non a me...

«Che cosa c'è, muta?»

Mi chiama sempre così quando mia madre non c'è, trascinando la emme: *mmmuta*.

«Non ho sentito. Ti spiace parlare più forte?»

Mi alzo di scatto dalla sedia, tocco involontariamente la tazza e quel goccio di latte rimasto sul fondo si versa sul tavolo. Credino mi osserva, socchiude gli occhi. Impugna per il manico la sua tazza, piena di corn flakes inzuppati, e la rovescia, bagnando la tovaglietta e buttandosene un po' anche sui pantaloni. Mi scruta di nuovo e lancia un urlo.

«Nooo! Viola, sei una scema!»

Mia madre arriva a passi svelti. Entra in cucina: io sono in piedi accanto al tavolo inondato.

«Che disastro! Viola, ma cosa devo fare con te? Dài, muoviti che dobbiamo andare. E tu, Tancredi, cambiati per favore. Abbi pazienza, scusala.»

Mi strattona fuori tirandomi per un braccio. Io mi volto e Credino incrocia il mio sguardo, stringe le labbra e scuote appena la testa, un "mmm" di scherno silenzioso mentre mi mostra il dito medio. Io sollevo gli occhi verso mia madre, ma lei non si gira. Mi dice di aspettarla in camera, che appena arriva Margot, la tata di Tancredi, usciamo. Proprio in quel momento suona il campanello.

«Buongiorno, Margot.»

«Buongiorno, signora Arianna.»

«Per favore, sistemi subito la cucina. Viola ha combinato un pasticcio e Tancredi si deve cambiare. Ci vediamo per pranzo.»

«Va bene, signora.»

«Viola, sei pronta?»

Mia madre è ossessionata dai tempi, l'idea di arrivare in ritardo per lei è sconvolgente. Mi trascina in ascensore, sale in macchina e guida senza rivolgermi mai la parola. Non accende nemmeno la radio, le dava fastidio anche quando stava con papà.

Con lui, ho iniziato ad ascoltare musica in auto solo dopo che si sono separati. Ricordo che un'estate, prima di un viaggio lungo, avevamo fatto un accordo: ognuno si era portato i suoi cd e ne sceglievamo uno a testa. Solo che quando ne mettevo uno mio lui mi diceva sempre di abbassare: lo faceva apposta, carogna...

Io e mamma fissiamo la strada e in un attimo siamo arrivate. Come al solito, in un anticipo esagerato.

È la seconda volta che entro nello studio di Gian: sulla porta blindata di legno scuro, rivedo la targa di ottone lucida con la scritta "Medusian & Associati".

Questo posto è talmente grande che mamma ha una stanza per sé, che usa soltanto qualche volta per ricevere le persone importanti, come oggi. Ci ero stata il pomeriggio del funerale di papà, quando mamma doveva «sbrigare alcune formalità» e Giancarlo mi aveva tenuta qui, perché aveva «un incontro che non poteva essere rimandato».

Aveva cercato di intrattenermi, prima parlandomi del palazzo in cui si trovava lo studio («È stato costruito ai tempi di Napoleone: tu lo sai chi era Napoleone, vero?») e poi raccontandomi dei quadri appesi alle pareti («Tutta arte moderna: valgono un sacco di soldi, sai?»).

Subito però si era stufato – forse perché io non ero al massimo della forma e non gli stavo dando soddisfazione – e mi aveva lasciata davanti al computer nella stanza di mamma.

«Vuoi navigare su internet? Così ti distrai un po'...»

Aveva premuto il pulsante sul retro dello schermo ed era uscito. Su YouTube ho cercato i video che piacevano a papà. Cantanti dei suoi tempi: James Taylor, Bob Dylan e un tale John Martyn, un ricciolone col pizzetto che, accompagnato dalla sua chitarra, augurava a qualcuno di non addormentarsi mai "senza una mano da stringere". C'è stato un periodo, quando ero più piccola, che papà me la cantava e mi spiegava il significato in italiano quando mi metteva a letto. E intanto, tenendo il ritmo, mi stringeva la mano.

Ogni tanto io lo prendevo in giro: «Ma che pizza 'sta musica! Ti prego, cerca Lady Gaga o Ginger Lola». Lui rideva e mi accontentava e poi, a sua volta, si infilava due dita in gola e fingeva di vomitare quando ascoltava le mie canzoni.

Avevo distolto lo sguardo dallo schermo – mi bruciavano gli occhi – e avevo notato un post-it giallo appiccicato vicino al telefono.

Tre righe:

sito: mail.medusianemedusian.it
username: arianna
password: annaira

Mi aveva colpito che il nome di mia madre, letto al contrario, contenesse la parola "ira". Era giusto, avevo pensato, così impara ad arrabbiarsi sempre. Papà qualche volta era triste ma non urlava mai. *Quasi* mai.

Oggi, quattro mesi dopo, in questo ufficio, tutto è identico, persino quel foglietto giallo c'è ancora.

«Siediti lì, Viola, su quel divanetto. Vuoi qualcosa mentre aspettiamo la professoressa Bergson? C'è una macchinetta con merendine e bibite di là.»

La interrompono due colpetti leggeri sulla porta. La testa pelata e lucida di Gian, gli occhiali a mezza altezza sul naso.

«Ciao, Arianna, ciao, Viola. La vostra ospite è arrivata. La faccio accomodare?»

«Sì, grazie, tra un attimo. Vengo a prenderla io. Solo due parole a Viola.»

«Naturale. A dopo, allora.»

Giancarlo sparisce richiudendo lo spiraglio che aveva aperto. Ho visto solo il suo viso ma posso immaginare il resto: abito gessato grigio, camicia azzurra, cravatta blu. Ha un armadio pieno di vestiti tutti uguali, è la sua divisa.

«Allora, siamo d'accordo: quando entra la professoressa ti alzi, le stringi la mano e aspetti che io e lei ci accomodiamo prima di risederti. Io le racconto quello che è successo e vediamo se accettano l'iscrizione malgrado il tuo... il tuo problema, insomma. Se lei ti fa delle domande, usa questo blocco per rispondere. Ma mi raccomando: niente scherzi. Vado a chiamarla.»

Mi aspettavo una vecchietta secca secca vestita di nero, invece mi ritrovo davanti una biondina un po' paffuta, con un abito leggero a fiori.

«Eccoci, prego, si accomodi. Viola, ti presento la direttrice. Doveva venire a Milano e ha fatto un'eccezione per incontrarci qui: di solito sono gli studenti ad andare in Svizzera per il colloquio preliminare.»

«Buongiorno, Viola: mi chiamo Flora Bergson e dirigo L'écureuil jaune, che vuol dire "lo scoiattolo giallo". È vicino al Lago di Losanna, quasi in montagna. È un posto bellissimo. Tua madre mi ha detto di te e vorrebbe iscriverti da noi. Ne sarei felice, se lo sei anche tu.»

«Certo che Viola è felice. A lei studiare piace molto, non è mai stato un problema. Ma quello che lei vorrebbe – e che tutti noi speriamo – è ritrovare la capacità di parlare.»

«Sì, mi accennava a questo problema, ma...»

La biondina è a disagio. Si chiede se è il caso di parlarne davanti a me: non è abituata alla mamma.

«È successo poco dopo la morte di suo padre, perché in effetti per alcuni giorni Viola ha continuato a parlare. Lo shock, si pensa, anche se non immediato. Sa, è stata lei a trovarlo, nel letto. Se n'è andato così, nel sonno. Da un lato, non è come vorremmo morire tutti?»

«È sicura, signora, che sia il momento adatto per discuterne?»

«Assolutamente, professoressa, Viola sa tutto e non c'è nulla che le vada tenuto nascosto.»

Mi annuso le dita e la mamma mi lancia un'occhiataccia.

«Le stavo spiegando che quel giorno lei parlava ancora. Ha raccontato che cosa era accaduto alle persone dell'ambulanza, non sembrava avere difficoltà, anche se era in un più che comprensibile stato di confusione. Ma poi, è come se si fosse spenta piano piano, come quando si abbassa il volume di una radio fino a zittirla.»

Clic! Fine.

«Non ci sono problemi alle corde vocali, né cerebrali. Solo un blocco che – dicono i medici – dovrebbe prima o poi sparire. Sul come e sul quando, purtroppo, nessuno si pronuncia.»

«Capisco. È già successo in passato che specialisti abbiano consigliato il nostro collegio per disturbi simili: noi potremmo mettere a disposizione una logopedista che la segua, inoltre le insegnanti sono in grado di gestire situazioni come questa.»

Si sistema sulla sedia e sposta le gambe indietro: senza farsi notare ha sfilato dalle ballerine i talloni. C'è un cerotto su ognuno, mi sa che sono scarpe nuove.

«Però va anche tenuto presente che per sua figlia ci sarebbe un lungo distacco da casa, ed è una valutazione che dovete fare.»

Mi ha guardato e ha accennato un mezzo sorriso: secondo me si è accorta che le osservavo i piedi.

«Certo, lo sappiamo: ne abbiamo discusso e siamo convinti che sarebbe un bene per lei. Non solo: del collegio mi ha parlato in toni entusiasti mio marito... cioè, il mio compagno, l'avvocato Medusian, che ha studiato da voi e che ha il ricordo di un luogo incantevole, con un parco magnifico e cibo delizioso.»

Incantevole, magnifico, delizioso. Ma come parli, mamma?

«Ho pensato, professoressa, che lei potrebbe intanto accettare questo assegno che copre anticipatamente la retta dei primi due trimestri.»

La biondina mi guarda ancora. Questa volta le sorrido io: ho imparato a farlo a comando. Lei però diventa seria.

«Viola, tu ci vuoi venire?»

...

«Viola, hai capito che cosa ti ha chiesto la professoressa?»

«Sono sicura che abbia capito. Lasci che sia lei a rispondere.»

Ho scelta?

Sul foglio scrivo: *Sì*.

Me lo sono sognato o la Bergson mi ha appena fatto l'occhiolino?

«Bene, allora siamo d'accordo. Vi aspettiamo nella settimana tra il 25 e il 31 agosto: le lezioni cominciano il primo settembre. Tenga pure l'assegno. Sul sito trova le coordinate bancarie per il bonifico.»

4

Viola

Milano, 27 agosto 2010

«Hai messo tutto nella valigia, Viola?»

Hai fretta di mandarmi via, mamma?

«Lasciala aperta, domani mattina ci infiliamo anche lo spazzolino e le poche cose che mancano. La chiudiamo all'ultimo, prima di partire.»

Non riesco neanche a rispondere "va bene, mamma". E non mi dà grande soddisfazione essere un caso raro, come dicono. Una cosa così non capita quasi mai a una ragazza di quattordici anni. Mi hanno spiegato che può succedere a bambini più piccoli, che magari non riescono ad aprire bocca a scuola, o fuori di casa, ma con amici e genitori continuano a parlare. Io invece no. Niente. Con nessuno.

Il giorno in cui papà è morto però ho parlato. Quando ci ripenso – cioè sempre – mi sembra di non aver mai smesso.

Mi ricordo tutto. La telefonata a Fulvio, che mi ha detto di stare calma, di chiamare un'ambulanza: lui sarebbe arrivato subito.

La signorina del 118 è stata gentile, però mi faceva un sacco di domande: «Il papà si muove? È pallido? È sudato? Se lo scuoti reagisce?» e io ho risposto. Lei si è complimentata: ero molto brava e l'auto era già per strada.

Infatti avevo ancora il ricevitore in mano quando ho sentito la sirena che si avvicinava e si spegneva sotto casa. Ho aperto la finestra, un uomo e una donna vestiti di arancione scendevano dall'ambulanza. C'erano delle persone affacciate al palazzo di fronte. Cosa avevano da guardare?

Ho aperto la porta e sono uscita sul pianerottolo, erano già sulle scale. «Qui!» ho gridato. Appena li ho visti, mi sono sembrati così giovani. Ricordo la donna, occhi azzurri e capelli nerissimi, un sorriso dolce. Quando mi ha accarezzato la guancia, mi ha fatto uno strano effetto: aveva i guanti di plastica. Mi parlava tenendomi una mano, mentre il suo collega era accanto a papà, lo scuoteva: «Come si chiama tuo padre?» mi ha chiesto.

«Giacomo.»

E lui: «Giacomo, mi senti?».

Poi mi sono accorta che spostavano papà dal letto e gli tagliavano la maglia del pigiama con delle forbici.

Io ho gridato «No! Che cosa fate?» e la ragazza si è messa tra me e lui, come per impedirmi di vedere. In quel momento sono entrati altri due uomini. Mentre quello dell'ambulanza massaggiava il petto di papà, uno dei due appena arrivati si era inginocchiato e aveva acceso uno strano marchingegno in una scatola.

Poi si è aperta la porta di casa e Fulvio mi è venuto incontro, ma con lo sguardo cercava quello della ragazza con la tuta arancione. Mi ha stretto forte e io ho sentito che mi veniva da piangere, la gola e gli occhi mi bruciavano, ma non mi è uscita neanche una lacrima. Mi ha tappato le orecchie, una con la mano e l'altra schiacciandola contro il petto. Intanto parlava con la donna.

Ha squillato il cellulare di papà, che avevo messo in tasca. Ho risposto ma sono stata zitta. Dopo un attimo ho capito che era mamma che diceva: «Pronto? Pronto? Giacomo, che cos'hai? Fulvio mi ha lasciato un messaggio come al solito incomprensibile e dice che non stai bene...».

Allora le ho parlato: «Mamma, ciao, sono io, come va? Papà è stato male e ho chiamato l'ambulanza, adesso ci sono qui dei ragazzi e un dottore».

Mi sono sentita una scema per averle chiesto come stava. Papà era lì, così, e io chiedevo a lei come stava.

Fulvio ha preso il telefono e mi ha sorriso.

«Ciao, Arianna, sono Fulvio.»

Poi non ho più capito niente. Le parole mi sembravano lontane, me ne arrivavano solo poche: «Gravissimo... disperate... bambina... ospedale». Girava tutto, l'arancione delle tute, il blu dei jeans di Fulvio, il bianco delle lenzuola e i colori dei nostri due cuscini, a righe gialle il suo, con il disegno di Snoopy il mio. E papà, che adesso era sdraiato a pancia in su e aveva la bocca aperta.

Poi sono caduta.

Quando mi sono svegliata ero a letto, la moglie di Fulvio era accanto a me, seduta su una poltroncina sfondata che papà aveva a tutti i costi voluto comprare da Pietro, un suo amico che restaurava vecchi mobili. Si è alzata di scatto vedendomi aprire gli occhi e si è messa sul bordo del materasso, mi ha appoggiato la mano sulla fronte, poi ha fatto un sorriso forzato, a labbra serrate.

Lì tutto è stato chiaro, anche se dentro di me lo sapevo già. Lei mi ha abbracciato, io ho affondato la faccia nella lana morbida del suo golf. Ma, di nuovo, non ho pianto.

Neanche al funerale di papà ho pianto.

Durante la messa, un prete con la pancia gonfia che gli sollevava la veste viola in modo ridicolo diceva cose del tipo «dobbiamo essere felici perché Giacomo è andato in un luogo migliore». Ma quali sono i luoghi migliori? Mi è tornato in mente quando, da piccola, mi aveva insegnato ad andare in bicicletta: era una strada bruttissima, mezza sterrata, con il solo pregio di essere sempre deserta. Lui correva accanto a me, avanti e indietro, tenendomi il sellino e poi gridava: «Vai! Vai da sola adesso!». Quando finalmente ho pedalato senza aiuto, lui ha gridato: «Brava! Così!». Tornando indietro ho visto che rideva e batteva le mani: «Adesso andiamo a dirlo alla mamma e poi telefoniamo ai nonni per comunicare la grande notizia». E a me quella strada rotta era sembrata il luogo più bello del mondo.

Allora mi sono sforzata di pensare ad altro, anche quando ho sentito dire il mio nome e quello della mamma.

C'era molta gente che si soffiava il naso di continuo. Ho intravisto pure i miei compagni di classe e la prof di italiano: qualcuno aveva gli occhi lucidi, altri erano annoiati. Poi mi sono voltata verso il fondo della chiesa: c'erano un sacco di persone. Mica lo sapevo che papà ne conoscesse così tante.

La mamma indossava un cappotto blu scuro e un cappello, chissà perché il cappello. Quando la messa è finita, mi ha preso per mano e la sua era fredda. Abbiamo aspettato che dei signori vestiti da tranvieri sollevassero la cassa di legno lucido piazzata davanti all'altare. Fulvio ha detto a uno di loro di fargli posto, perché anche lui voleva portare fuori la bara. Li ho osservati parlottare un po' e risistemarsi: i quasi due metri di Fulvio – che si era messo davanti, con il naso rosso e gli occhiali da sole scuri – avevano complicato tutto e ora la cassa procedeva storta.

All'uscita, bambini e adulti, volti familiari e sconosciuti, uomini e donne, hanno cominciato ad avvicinarsi e ad abbracciare me e la mamma, baciandomi le guance o mormorando parole che mi sfuggivano. Io annuivo, cercavo di sorridere, di ricambiare sguardi e strette.

Mi sono ricordata di un film che avevo visto con papà: avevamo riso ma ci eravamo anche commossi. Era la storia di alcuni tizi, in un paesino inglese o irlandese, non ricordo, che vincevano alla lotteria. Quello che aveva comprato il biglietto, però, era morto per l'emozione e altri due vecchietti, che lo avevano scoperto, volevano incassare la vincita e dividerla con il resto del villaggio, quattro gatti in tutto.

Il problema era l'ispettore della lotteria, spedito sul posto a controllare: per convincerlo che tutto fosse in regola, uno dei due si doveva spacciare per il possessore del tagliando fortunato. Peccato che l'ispettore, appunto, fosse piombato in chiesa proprio nel bel mezzo del funerale del vincitore vero, un certo Ned. Così, per risolvere la situazione, dall'altare non era stato ricordato Ned, ma venivano dette parole bellissime e piene d'affetto nei confronti di quello che aveva preso il suo posto, che se ne stava lì ad ascoltarle.

Papà aveva commentato: «Pensa che bello, poter sentire quello che la gente racconta di te quando te ne vai. A me piacerebbe avere della musica al mio funerale. Ho già in mente molte canzoni adatte: te le scrivo, che non si sa mai?». Io gli avevo fatto la linguaccia e lui mi aveva abbracciato.

Solo che non c'è stata musica al tuo funerale, papà. E io non ho nemmeno ascoltato quello che hanno detto di te.

Quando tutti hanno cominciato ad allontanarsi, Fulvio ha bisbigliato qualcosa in un orecchio a mamma e poi mi ha preso per mano.

«Vieni a casa con me, Viola. Andrà mamma al cimitero e, se tu te la sentirai di salutare papà, ti ci porterò io tra qualche giorno.»

L'ho seguito e siamo saliti in macchina. Sua moglie si è seduta accanto a me, dietro. Sul sedile ho notato una borsa a tracolla di stoffa grigio scuro, chiusa da due grossi bottoni.

«È per te» mi ha detto Fulvio, voltandosi un attimo, la mano sinistra sul volante, la destra pronta a girare la chiave.

Dentro c'erano tre libri. Uno blu, uno grigio e il terzo molto vecchio, rilegato in pelle marrone con scritte dorate. C'era anche un pacchetto di lettere e di cartoline tenute insieme da un elastico, così consumato che appena l'ho toccato si è rotto, liberando le buste fatte di carta leggerissima, con i bordi rossi e blu. Le ho scorse: erano tutte indirizzate a papà.

«E poi c'è quella. Tuo padre mi aveva chiesto di dartela nel caso gli fosse successo qualcosa.»

Sul fondo della borsa ho trovato un'altra busta, di carta più pesante, che ho aperto.

Viola, amore mio, se stai leggendo queste righe è perché non ti potrò spiegare quello che vorrei, raccontarti quello che è stato. Ognuno di noi si porta addosso delle ferite che non guariscono. Avrei desiderato guarirle con te, perché tu non commettessi i miei stessi errori. Mi sarebbe piaciuto continuare a tenerti per mano. O forse avrei voluto che tu tenessi la mia.

Ti voglio bene, più di quanto potrai mai capire.

Il tuo papà

Ho preso di nuovo i tre libri. Due erano agende, una del 1980 e l'altra del 1981. Entrambe avevano una piccola mela incisa sulla copertina, ma non era quella che vedevo ogni giorno sul computer. L'altro invece era un vero libro, antico, scritto in inglese.

Ho cominciato a sfogliare l'agenda blu, la più vecchia.

Nella prima pagina, una scritta: "Ho conosciuto una ragazza".

Sotto, incollata, una foto in bianco e nero in cui papà, giovanissimo, rideva rovesciando indietro la testa. Era su una panchina di legno in un parco mentre una ragazza, di spalle, correva per sedersi accanto a lui. La sua grossa treccia bionda, ruotando, aveva creato una scia luminosa.

Ho sentito l'auto sobbalzare. Fulvio aveva messo in moto.

5

Giacomo

Brighton, 6 e 7 agosto 1980

Si chiamava Salisbury ed era la discoteca più frequentata dagli stranieri in città, meta obbligata dei ragazzi in vacanza studio. Soprattutto era terreno di caccia per giovani maschi italiani che puntavano bionde tedesche e viceversa. Si trovava in una delle tante stradine perpendicolari al lungomare, a due passi dal Pier, il famoso molo in legno, orgoglio di Brighton.

In realtà "laSalisbury" – come era stata ribattezzata dai ragazzi, con quell'articolo davanti, e pronunciata esattamente come è scritta – era poco più di un sottoscala: uno stanzone enorme, casse stereo inchiodate alle pareti, pochi faretti colorati, un tavolo con due giradischi e un mixer e una *mirror ball*, la palla ricoperta di specchi stile *Febbre del sabato sera* appesa al soffitto basso. Nessuno si sarebbe stupito scoprendo che per il resto dell'anno era usata come magazzino, o magari era la sede di corsi ai venditori porta a porta di aspirapolvere. Ma per quei tre mesi era pura magia.

Era lì che si consumavano gli amori di un'estate, era

lì che si scambiavano promesse che nella maggior parte dei casi si dissolvevano appena saliti sull'aereo che riportava verso casa, verso la vita reale. Ma nonostante tutti, in fondo, lo sapessero, quando ci si lanciava in pista o si stringeva tra le braccia una ragazza era bello pensare che quel momento potesse durare per sempre.

Giacomo arrivò in zona verso le otto, il cielo era ancora chiaro. Nella famiglia che lo ospitava si mangiava presto, alle sei e mezza, e male. Quella sera, per esempio, la cena era stata una zuppa di pomodoro versata direttamente dalla lattina, che lui aveva rovesciato nel lavandino non appena la signora Currie, la padrona di casa, lo aveva lasciato solo. Poi era uscito ed era montato sull'autobus che portava in centro con l'idea di fermarsi a mangiare un cartoccio di fish and chips. C'era un chiosco sulla Promenade, la passeggiata lungo la spiaggia, con qualche tavolino all'aperto dove spesso incontrava altri ragazzi italiani che seguivano i suoi stessi corsi. Ma quel pomeriggio aveva piovuto. Il mare della Manica era mosso, grandi onde giallomarrone si infrangevano sul bagnasciuga di sassi e, oltre a lui, non c'era nessuno seduto a quei tavoli di plastica bagnati.

Giacomo aveva ordinato una porzione di merluzzo fritto e patate untissime, innaffiate di sale e di aceto, e aveva iniziato a sbocconcellare il pesce, portandolo alla bocca con una forchettina di legno, mentre l'olio inzuppava il cono di carta giallognola. A Milano, considerava ogni volta che si fermava lì, usano dei cartocci così per le caldarroste a Natale. E anche quella volta, al ricordo della sua città, seguì un'ondata di pensieri. Non poté evitare di riflettere sul fatto che, una volta tornato a casa, tutto sarebbe cambiato, che il liceo era finito e che avrebbe dovuto iscriversi all'università, assolvere il maledetto servizio militare. E poi aveva paura che i suoi amici si disperdessero tra i primi lavori e le varie facoltà e che rivedersi sarebbe stato sempre più complicato.

Le sue divagazioni vennero interrotte da un vociare in avvicinamento. Erano ragazzi inglesi, come testimoniavano le nuche rasate e il ciuffo sulla fronte dei due maschi, con i pantaloni a sigaretta neri corti sulla caviglia, per lasciar spuntare i calzini bianchi, e le scarpe stringate con la punta arrotondata. Con loro c'erano tre ragazze: due, in minigonna, gambe grassocce e pallide e capelli dal colore indefinibile, sembravano sorelle e ridevano in modo sguaiato, la terza camminava con le braccia conserte, un po' discostata dal gruppo. I cinque ordinarono altrettanti cartocci all'indolente commesso lentigginoso, che li guardò senza nascondere il fastidio. Uscirono e si sedettero, incuranti del fatto che le sedie fossero fradicie.

Giacomo abbassò gli occhi e fece per allontanarsi. Gli avevano detto che i ragazzi del posto non amavano i coetanei stranieri che ogni estate invadevano la *loro* città, i *loro* locali e il *loro* mare (anche se quello, pensava Giacomo, per colore, temperatura e moto ondoso se lo potevano pure tenere). Soprattutto c'erano zone dalle quali era consigliabile stare alla larga, tra cui proprio la Promenade, territorio dei Mods e di altre piccole bande locali. Si raccontava che un ragazzo tedesco, sorpreso a baciare una ragazza sulla spiaggia, fosse finito in ospedale per colpa dei calci di una banda di inglesi ubriachi. In realtà si sospettava che fosse una storiella inventata dai professori per prevenire guai (e probabilmente agli studenti tedeschi era stata raccontata con un italiano per protagonista). In ogni caso, meglio non verificare.

Solo che, quando dal tavolino si alzò un'altra risata acuta delle ragazze in minigonna, Giacomo non poté trattenersi e si voltò, incrociando gli occhi di uno dei due ragazzi.

«*So what?*» urlò quello. Lui distolse lo sguardo, fece finta di niente. Buttò il cartoccio nel cestino e si mosse per allontanarsi. Ma sentì il rumore di una sedia che cadeva, dopo che il Mod si era alzato di scatto, e di nuovo la sua voce: «*Hey, I'm talking to you!*».

«Non capisco» disse Giacomo, girandosi verso il gruppetto e stringendosi nelle spalle: questa tecnica, gli avevano suggerito, poteva evitare pasticci.

«*I see, you're italian*... Italiano, merda, spaghedi, teste di cazo, vafanchiulo.»

«Sì, bravo, io però adesso vado, d'accordo?»

L'azione che seguì fu così rapida che Giacomo non riuscì nemmeno a rendersi conto di ciò che stava succedendo. L'inglese in un attimo lo colpì il mezzo agli occhi con una testata. Lui cadde, si ritrovò seduto in una pozzanghera: sentì i pantaloni inzupparsi di acqua gelida e un fiotto caldo e denso colargli in bocca dal naso.

In quell'istante una delle ragazze al tavolo, quella che se ne stava in disparte, si mise tra loro due e mollò un ceffone a piena mano all'inglese, stampandogli un'impronta rossa sulla guancia. Giacomo notò che, mentre lo colpiva, sulla sua nuca roteava una treccia bionda.

I due parlarono in modo fitto e concitato, Giacomo era troppo intontito per capire che cosa stessero dicendo, ma il tono era chiaro. Il Mod lanciò uno sguardo sprezzante verso di lui che ancora era a terra, il sedere e una mano immersi nella pozzanghera, l'altra stretta al naso. Poi quello si allontanò e, tornato insieme al resto della compagnia, tirò un calcio a una sedia facendola rimbalzare lontano e prese a camminare, seguito dagli altri tre che sghignazzavano in modo nervoso.

«Il mio nome è Claire» disse la ragazza, chinandosi su Giacomo e aiutandolo a rialzarsi.

«Pensavo Bond...»

«Scusa?»

«Niente, lascia perdere... Parli italiano?»

«Un poco, l'ho studiato a scuola.»

«Be', direi che te la cavi molto meglio di me in inglese.»

«Sì? Non so. Io non ho sentito tuo inglese.»

Giacomo sorrise per quella piccola dimenticanza dell'articolo e sentì una fitta alla fronte accompagnata da un giramento di testa.

«Mettiti qui» lo invitò poi Claire, avvicinandogli una sedia.

«No, è bagnata» rispose lui.

Lei abbassò lo sguardo sui pantaloni inzuppati. Lui arrossì e si lasciò cadere sulla sedia.

«Torno subito.»

Claire chiese qualcosa all'uomo del fish and chips e, poco dopo, aveva recuperato del ghiaccio, infilato dentro un asciugapiatti lurido, e una manciata di tovaglioli di carta. Appoggiò il ghiaccio sulla fronte di Giacomo che, forse per il freddo improvviso, per la botta o magari per l'odore di pesce marcio, sentì il merluzzo e le patate che dallo stomaco risalivano a tutta velocità e per poco non imbrattò le scarpe della ragazza.

«Scusa, scusa, sorry, sorry...» biascicò.

Claire scoppiò in una risata esplosiva, che quasi lo svegliò dal torpore del colpo. Poi gli domandò: «Non ti piace il fish and chips? Mio padre dice che una volta usavano la carta di giornale e questo lo faceva più buono. Era per...».

«Per?»
«Come si dice quello che si usa per stampare?»
«L'inchiostro?» suggerì Giacomo.
«Sì, dava sapore.»
Lui la guardò stranito: «Senti... grazie. Non c'è bisogno che resti qui, io mi sa che me ne torno a casa. Non posso uscire in queste condizioni, ti pare? Bel tipo il tuo amico, però».
«Martin è un idiota, lo so. È mio cugino. Io sono in vacanza dai miei zii, ma vivo a Londra. Tu perché sei qui?»
«Imparo l'inglese. Ho finito il liceo e a settembre comincerò l'università.»
«E i tuoi studi comprendono ricerche sul cibo tipico inglese, come fish and chips?»
«Il fatto è che dove vivo non mangio benissimo e allora ho fame quando esco, la sera.»
«E dopo cena che cosa fai?»
«Di solito vado in discoteca. Alla Salisbury. Speravo di andarci anche questa sera, ma conciato così non mi sembra il caso.»
«No, in effetti no. Forse è meglio che torni a casa.»
«Sì. Vado. Il mio autobus passa poco lontano da qui.»
«Vuoi che ti accompagni?»
«Se non ti vergogni a farti vedere con uno che sembra che se la sia fatta addosso, dopo aver chiesto in prestito la maglia a un macellaio...»
«Scusa, hai parlato troppo in fretta, non ho capito.»
«Non importa. Però lo parli davvero molto bene l'italiano: non ci credo che l'hai studiato e basta.»
«In effetti la mia più cara amica, Giorgia, era italiana.»
«Era?»
«Be', lo è ancora, solo che non abita più in Inghilterra.»
«Cioè?»

«Siamo state in classe insieme da *year one*, la vostra prima, a *year eleven*, come la seconda liceo. Suo padre era stato trasferito per lavoro a Londra e noi due siamo state inseparabili. Infatti la lingua l'ho imparata con lei e, in classe, se non volevamo farci capire dalle nostre compagne parlavamo italiano.»

«Mi pare che abbia funzionato.»

«Dici?»

«Dico.»

«Sono andata anche in Italia con loro per molte estati: suo padre è di Genova e aveva una casa bellissima al mare.»

«Bello.»

«Sì, ma qualche anno fa il papà di Giorgia è stato trasferito di nuovo, a Boston. E da allora non ci siamo più viste, solo scritte e qualche volta telefonate.»

«Peccato.»

«Già... Comunque non mi hai risposto.»

«Scusa?»

«Vuoi che ti accompagni o no?»

Giacomo si sentì arrossire: «Sì, mi fa piacere se mi accompagni».

Si incamminarono, lei con le braccia conserte e la treccia bionda che rimbalzava sulla schiena, lui con le gambe larghe, mentre tentava di mantenere un contegno malgrado le mutande inzuppate e il naso che gli pulsava.

Si salutarono davanti alla fermata del bus e, per tutto il tragitto, Giacomo si sentì addosso gli occhi degli altri passeggeri.

Non era mai rientrato così presto, rifletté. Infilò la chiave e dall'ingresso vide la porta della cucina chiudersi rapidamente, subito prima che Mrs Currie, da lì dietro, gli chiedesse se stava bene e perché era tornato tanto presto.

Fu la conferma di quello che sospettava: i suoi padroni di casa si concedevano una cena decente non appena lui se ne andava.

Giacomo rispose che non si sentiva molto in forma e che preferiva andare a dormire.

«*Fine, good night*»: in quel saluto gli sembrò quasi di cogliere un tono sollevato. Salì al piano di sopra, aggrappandosi al corrimano della scala, stretta e scricchiolante, coperta da una moquette stinta. In bagno si tolse gli abiti bagnati e sudici, si lavò il sangue secco dal viso e dalle mani, spazzolò i denti e, sciacquando, sputò acqua rossastra e grumi neri.

Solo allora ebbe il coraggio di guardarsi allo specchio: il naso era gonfio, le narici ancora sporche, ma tutto sommato temeva peggio. Si legò un asciugamano in vita e, dopo essersi accertato che il corridoio fosse deserto, si infilò in camera, indossò il pigiama ed entrò nel letto, dove si addormentò all'istante.

Ma quando la mattina dopo si svegliò, si trovò di fronte uno spettacolo diverso. "Ho il naso attaccato alle orecchie": fu questo il suo primo pensiero quando in bagno osservò la propria immagine. Il naso era talmente grosso che faceva un tutt'uno con gli zigomi e non sporgeva quasi più, dando alla sua faccia un aspetto cilindrico. I capelli corti neri sembravano accentuare ancora di più quella forma e il colore violaceo della zona sotto gli occhi pareva applicato con un trucco da cinema. Gli venne da ridere ma appena mosse la bocca una fitta gli trapassò la fronte.

Allora si mise lentamente ad aprire e chiudere la bocca, a fare smorfie per capire quali movimenti gli provocassero dolore. Provò a inspirare dal naso, prima piano, poi più profondamente, mentre sentiva i grumi di sangue rappreso vibrare al passaggio dell'aria. Si chiese quanto ci avrebbe messo a guarire e a riottenere un volto decente. E soprattutto si chiese che cosa avrebbero detto i compagni di corso.

Non si domandò invece quale sarebbe stata la reazione dei suoi padroni di casa. E non era pronto, infatti, allo strillo che la signora Currie lanciò quando lui scese in cucina per la colazione. Non si era preparato una scusa decente e, non sapendo come si dicevano in inglese le parole "stipite" o "anta del mobile in bagno" (e poi, valutò, uno dovrebbe sbattere contro l'anta di un armadietto con un bel po' di violenza per conciarsi il naso così!), si inventò che la sera prima era andato a pattinare sul ghiaccio e che era scivolato di faccia.

«E non hai messo giù le mani per proteggerti?»

Domanda legittima, quella della signora Currie, che necessitava di una risposta plausibile.

«Mentre cadevo ho temuto che qualcuno, passando vicino a me in velocità, potesse tagliarmi le dita con la lama dei pattini e così le ho tenute dietro la schiena.»

Giustificazione idiota, che però funzionò, visto che la padrona di casa, forse terrorizzata all'idea di un dito amputato, si portò istintivamente le mani al petto chiudendo i pugni e commentò: «*You're right*».

I figli della Currie, Thomas e Jeremy, soprannominati da lei stessa Tom e Jerry ("Certa gente non ha proprio il senso del ridicolo" aveva pensato Giacomo dopo averli conosciuti), due teppistelli in erba di tredici e quattordici anni, non smisero più di sghignazzare. Da allora e fino alla fine del soggiorno di Giacomo in quella casa, ogni volta che lo vedevano, si buttavano sul divano o sul letto o su qualsiasi superficie morbida, tenendo le mani dietro la schiena, scherzo che li divertiva tantissimo.

Quella mattina, a scuola, Giacomo incrociò per primo Spartaco, un livornese che indossava sempre camicie dai colori sgargianti (tinta unita di giorno, fiorate stile hawaiano la sera), al quale raccontò l'incidente nei dettagli. Per una volta, pensò, era riuscito a farsi ascoltare dal compagno, che nei giorni precedenti aveva sempre tenuto banco con presunte avventure sentimentali vissute non solo a Brighton, sosteneva, ma sulle spiagge della Versilia, terreno di caccia ben più difficile. Poi di solito parlava delle sfide della sua banda, quella dei cosiddetti Surfisti – capello lungo e, appunto, camicie hawaiane – contro i più fighetti Attias, che prendono il nome dalla piazza dove si ritrovavano. Infine concludeva con il racconto delle sue bravate recenti presso la famiglia che lo ospitava. La più celebre era l'omicidio accidentale del criceto, al quale aveva dato *per errore* varichina al posto dell'acqua.

La storia di Giacomo venne ripetuta più volte quella mattina e, come spesso succede, al termine delle lezioni una testata sul naso si era trasformata in una scazzottata con un avversario uscito malconcio.

Ringalluzzito, Giacomo tornò a casa e si preparò per la Salisbury. Si disse che in fondo il suo naso non era male, gli dava un'aria da duro, alle ragazze poteva piacere. Infilò un paio di jeans, per una volta preferì la camicia alla polo multicolore. Si arrotolò in vita una felpa nera con la scritta "Heroes" e la foto di David Bowie col ciuffo: gli sembrava adatta alla situazione.

Era pronto a tutto, tranne all'incontro con la ragazza dalla treccia bionda e con il cugino Mod davanti alla discoteca.

6
Viola

Svizzera, 28 agosto 2010

«Hai visto che bel panorama? Viola, mi senti? Ti dà fastidio la macchina con queste curve? E la smetti, per favore, di toccarti i capelli?»

Li ho tagliati un sabato mattina, due settimane dopo il funerale di papà: li avevo lunghi fin sulla schiena, quasi ricci. Papà diceva che erano un'eredità del nonno che, anche se adesso era completamente pelato, da bambino li aveva così. Quel giorno ho preso le forbici, mi sono chiusa in bagno e li ho tagliati, ciocca per ciocca: cadevano a terra, nel lavandino, sui miei piedi nudi. Dopo un po' – non saprei dire quanto ma doveva essere passato molto tempo se la mamma si è preoccupata – ho sentito la maniglia della porta che si muoveva.

«Viola, perché ti sei chiusa a chiave? Apri, per favore.»

Ho girato il rubinetto del lavandino e ho visto che l'acqua, invece di portarsi via i capelli, cominciava a salire verso il bordo.

«Viola! Apri la porta, ho detto! Subito!»

Ho ubbidito. Lei mi ha guardato...

«Che cosa hai fatto?»

Non ho capito se si riferiva ai miei capelli, che sembravano passati sotto un tosaerba, o al lavandino intasato. Ha chiuso il rubinetto e mi ha trascinato in camera, ordinandomi di starmene buona e di cambiarmi in fretta: Fulvio aveva chiamato e sarebbe venuto a prendermi di lì a poco.

Come ci si veste per andare al cimitero? E come ci si veste per andare al cimitero a trovare tuo papà? Ho deciso che non avrei pensato alla prima parte di quella domanda, cioè al cimitero, ma solo alla seconda, a papà. Mi sarei messa le cose che piacevano a lui: un paio di scarpe da ginnastica bianche alte che mi aveva regalato, anche se adesso mi andavano un po' strette, e poi jeans e una felpa che avevamo comprato insieme – l'avevo obbligato ad accompagnarmi in un negozio del centro molto di moda e aveva passato tutto il tempo a lamentarsi. Diceva che c'era puzza, invece era un profumo che a me sembrava buonissimo, e la musica per me era fighissima, però secondo lui era soltanto assordante: «Serve solo a rincoglionire i ragazzi che così comprano ed escono in fretta» aveva commentato.

E poi ho scelto una maglietta che mi aveva portato a casa una sera e che non avevo mai indossato, tutta nera con una sigla bianca al centro: CSN&Y.

«Che cosa vuol dire?» gli avevo chiesto.

«Possibile che tu non lo sappia? Non conoscete niente, voi ragazzine, oltre a Lady Gaga, Beyoncé o Ginger Lola?»

«Ah, ecco, è musica dei tuoi tempi.»

«No signorina, è musica immortale: Crosby, Stills, Nash and Young. Il primo disco che ho acquistato, quando ancora si andava nei negozi e si usciva con un oggetto quadrato e sottile che per noi era un piccolo tesoro. L'album si intitolava *4 Way Street*, un doppio dal vivo di questi quattro signori, primo disco acustico, secondo elettrico. Quando vai dalla nonna, chiedile di farti vedere i miei vecchi LP, sono ancora tutti lì. E magari ascolti qualcosa di serio. Ma che cosa te lo spiego a fare? Tanto tu e le tue amiche di musica non capirete mai niente.»

Si era messo a ridere e mi aveva stretta a sé, passandomi la mano tra i capelli lunghi che gli piacevano così tanto.

Anche Fulvio mi ha passato la mano tra i capelli: solo con un'espressione più perplessa.

«Originale come acconciatura: coiffeur fai da te? Che cosa ne dici se facciamo una variazione al programma e diamo subito una sistemata al look da un parrucchiere? Ho chiesto a tua madre di lasciarti tutto il giorno con me. Abbiamo tempo per quello che ci pare. Poi andiamo a trovare papà.»

Fulvio mi ha portata in un salone grande, in centro, vicino alla Scala, e ha domandato a una ragazza di riparare al danno. Lei prima mi ha lavato la testa, poi ha cominciato a tagliare e io ho chiuso gli occhi. Intanto mi parlava, mi raccontava di una modella famosa che aveva lanciato questo stile con i capelli cortissimi tanto tempo fa e che ogni anno c'era qualcuno che lo riportava in voga.

Parlava, parlava, parlava. Poi, a un certo punto, ho sentito: «Ecco: finito».

Ho aperto gli occhi e mi è venuto un colpo. Fulvio ha messo giù il giornale che stava leggendo, è arrivato alle mie spalle.

«Ammazza come sei bella! Stai benissimo!»

Io l'ho guardato, riflesso nello specchio, ma non ho risposto.

«Credimi! E poi nei momenti importanti della vita le donne si tagliano sempre i capelli: è un modo per dire che inizia un'altra fase, un nuovo capitolo.»

«Se lo dici tu...»

Mi sono alzata dalla sedia, ho dato un'occhiata per l'ultima volta alle mie ciocche che un ragazzo stava radunando con la scopa, prima di raccoglierle con una palettina rossa, e sono uscita con Fulvio.

Le strade erano bagnate, pozzanghere ovunque: aveva piovuto tutta la notte.

«Vuoi andare subito da papà?» mi ha chiesto Fulvio.

«Sì.»

«D'accordo.»

Fuori dal cimitero, Fulvio si è fermato davanti a un chiosco e mi ha detto di scegliere qualcosa. La signora voleva convincermi a prendere un gigantesco fascio di crisantemi colorati, io però ho preferito un mazzetto di margherite bianche che lei mi ha incartato con aria scocciata.

Una volta entrati abbiamo percorso sentieri tra grandi monumenti e lapidi di ogni tipo, semplici, imponenti, spoglie o piene di colori, con lumini elettrici e fiori di plastica impolverati. E poi c'erano le foto: uomini e donne cupi o sorridenti, in pose strampalate – c'era un signore vestito da pescatore, con un pescione in una mano e la canna nell'altra, e una ragazza in tuta da motociclista – assieme ad altre immagini che invece sembravano fatte per stare lì, al cimitero, tanto erano tristi, quasi ritratti di fantasmi.

E poi siamo arrivati davanti alla tomba di papà.

Nessuna foto, non ancora – chissà che foto sceglierà la mamma, mi sono chiesta – solo una scritta:

GIACOMO ZECCHINI
8.3.1961 - 8.2.2010

Attorno, tante altre, tutte uguali. Alla destra di papà c'era la tomba di una bambina di sette anni, morta il giorno dopo di lui. Mi sono guardata attorno e ho visto una signora che riempiva un vaso alla fontanella, poi è tornata, ha pulito con un fazzoletto la foto sulla lapide, ha strappato le erbacce cresciute tra la ghiaia, prima di consegnare con la mano un bacio alla terra: strano, perché non alla foto?

Sono andata anch'io a riempire d'acqua il vaso di rame e ho sostituito i fiori appassiti del giorno del funerale con le margherite. Poi ho chiuso gli occhi. Ho cercato di trovare una preghiera o un ricordo mio e di papà, ma l'unica cosa a cui riuscivo a pensare era la paletta rossa piena di capelli.

Poi ho sentito le mani di Fulvio sulle spalle: «Che dici, andiamo?».

Siamo risaliti in macchina. Io ho stretto al petto lo zaino, ho chiuso di nuovo forte gli occhi fino quasi a sentire male e ho fatto un lungo sospiro. Fulvio, prima di mettere in moto, si è voltato verso di me e mi ha fissata. Ma non ha detto niente.

Poi ho aperto lo zaino e ho tirato fuori le due agende e il libro antico.

«Che cosa vuol dire?» gli ho chiesto quasi in un soffio. Ero stata zitta tutto il giorno e mi sono accorta che la mia voca era uscita a fatica.

«È una storia lunga, Viola, che risale ai tempi in cui

io e tuo padre ci siamo conosciuti, una trentina d'anni fa. Aveva incontrato questa ragazza inglese, Claire, con la quale aveva avuto una relazione. Poi è finita. Male, molto male.

«Solo che ultimamente Claire era ritornata nei suoi discorsi, quasi un'ossessione. Diceva che con il passare degli anni si era reso conto di non avere amato mai nessuno quanto lei. Io gli rispondevo che gli amori di gioventù a un certo punto della vita ci sembrano sempre bellissimi, unici, puliti, soprattutto se, come lui, si è reduci da una separazione. Ma che se fossero rimasti insieme sarebbe arrivata la routine: dopo un po', il riso che lei aveva fatto scuocere non gli sarebbe più sembrato buonissimo e lei, invece di ridere quando lui, distratto, lasciava i cassetti aperti, glielo avrebbe rinfacciato. Tutto sarebbe cambiato. In peggio. Ma tuo padre mi rispondeva dicendo che era stato un egoista, che aveva pensato solo a sé, che l'aveva lasciata sola nel momento più difficile, scappando come un vigliacco. Non se l'era mai perdonato. E voleva dirglielo.»

«E l'ha fatto?»

«Non lo so.»

Mi sono messa a sfogliare la prima agenda, quella blu. Papà scriveva con uno strano stampatello in mezzo a una pagina: "Mi manchi, Claire".

«Claire...»

L'ho detto, quasi in un sussurro, e Fulvio si è voltato a guardarmi.

Allora ha ripreso il discorso, mi ha spiegato che papà sapeva che il suo cuore era debole: gli avevano trovato una malformazione che non si poteva operare. Avrebbe potuto vivere ancora a lungo, ma il suo battito si poteva pure interrompere all'improvviso.

Io ho avuto l'impressione che anche il mio, di cuore, saltasse un battito.

Ho cercato di rispondere qualcosa, per esempio che ero arrabbiata perché si era confidato con Fulvio e non con me, ma dalla mia bocca non è uscito niente. Ci ho ripensato spesso, dopo: quello è il momento in cui ho smesso di parlare.

E così è stato un nome: Claire. L'ultima parola che ho pronunciato è stato il nome di una donna che nemmeno conosco. E succedeva sei mesi fa, in un luogo e in un tempo che mi sembrano lontani anni luce da questa macchina, e da una strada che mi porta verso la mia prossima destinazione.

«Viola, ti stai guardando un po' intorno? Queste montagne tra qualche settimana saranno piene di neve. Sei una ragazza fortunata a poter studiare qui.»

Sì, proprio...

«Manca poco, ormai. Vedrai che posto fantastico. Il collegio ti lascerà a bocca aperta. Ci ha studiato un sacco di gente che poi è diventata celebre. Oltre a Gian, naturalmente. Ecco, ancora una salita e siamo arrivati.»

7

Giacomo

Brighton, 7 agosto 1980

«Martin voleva chiederti scusa.»

Giacomo si avvicinò a Claire e a suo cugino con circospezione. Il ragazzo teneva gli occhi bassi e scalciava sassi immaginari con la punta delle scarpe lucide. Claire aveva un vestito aderente grigio e un paio di ballerine nere e Giacomo per la prima volta la guardò davvero, per poi arrossire accorgendosi di averle fissato il seno.

«Stringetevi la mano.»

Giacomo la allungò, Martin la afferrò per lasciarla subito, poi gli voltò le spalle e se ne andò, bofonchiando qualcosa.

Claire inclinò di lato il viso e osservò il volto di Giacomo: «Non è poi così tremendo» disse, sfiorandogli con le dita il naso violaceo.

Giacomo sentì un brivido lungo la schiena e si ritrasse, pentendosi immediatamente di essersi sottratto al tocco.

«Fa molto male?» chiese Claire.

«Un po', ma sta passando.»

«Non sembra» scherzò lei, accennando un sorriso. Ogni volta che sorrideva, Claire emetteva uno strano suono, come un leggero schiocco delle guance.

In quel momento Spartaco spuntò dalla porta della discoteca: «Allora, che fai? Vieni o stai fuori tutta la sera a prendere aria? Porta anche la tua amica».

Giacomo e Claire si scambiarono uno sguardo e lui provò una rapida scossa quando lei lo prese per mano guidandolo lungo le scale, verso la musica. Diana Ross cantava *Upside Down* e la pista – se così la si poteva chiamare – era piena.

«Che cosa fai qui, Giacomo?»

«Cosa?»

«Ho detto, che cosa fai qui a Brighton?»

«Ho capito, scusa, ma con questa musica non sento. Studio inglese.»

«Sì, questo me lo hai detto ieri. Studi inglese e vieni in questa discoteca: ma poi?»

«Poi niente. La mattina vado a scuola, il pomeriggio si visitano musei o robe simili, la sera, appunto, vengo qui. Come tutti.»

«Interessante...»

«Be', in effetti...»

«E nel weekend?»

«Non ci sono lezioni. Il prossimo vorrei prendere un treno verso nord, per incontrare un *pen friend*. Ci scriviamo da quando abbiamo dodici anni e ci siamo visti solo due volte, sempre perché lui è venuto in vacanza in Italia con la sua famiglia.»

«Capisco. Al nord dove?»

«Morecambe, nel Lancashire.»

«Peccato.»

«Perché peccato?»

«Sabato prossimo andrò a trovare uno zio – altro ramo della famiglia, niente a che vedere con mio cugino Martin – ad Arundel, non troppo lontano da qui, e volevo chiederti se ti va di accompagnarmi.»

«E perché lo faresti?»

«Forse mi sento in colpa: guarda come ti ha conciato Martin!»

«Ah, per quello...»

«Senti questa che bella! Balliamo?»

Give Me the Night di George Benson era uno dei pezzi più famosi di quell'estate e Giacomo, con le movenze di uno sciatore di fondo colto dai crampi, si piazzò davanti a Claire, che non riuscì a trattenere una risata. La faccia scura di lui e il gesto di lasciare la pista la spinsero a tirare Giacomo per una mano: un altro brivido, che partì dalla punta delle dita e si spense sulla nuca, gli diede la certezza che non sarebbe andato a Morecambe.

8

Viola

Svizzera, 28 agosto 2010

«Prego, vi mostro la scuola. Anche se lei, avvocato, la conosce già.»

Me la ricordavo più bionda la Bergson: sarà il posto che incupisce un po'. Da fuori sembra una baita di montagna, ma poi entri ed è una specie di castello medievale, mancano solo i cavalieri e le armature.

Mia madre e l'avvocato continuano a ripetere: «Guarda, Viola, che meraviglia». Lui osserva le foto alle pareti, che probabilmente gli ricordano l'adolescenza, lei invece punta il naso all'insù, verso le enormi travi del soffitto a cassettoni, o all'ingiù, sul parquet intarsiato. Con 'sti soffitti e 'sto parquet Gian mi ha fatto una testa tale che alla fine ho pure imparato i nomi precisi. Infatti mi sa che la mamma sta lì a fissarli per far piacere a lui...

«Questa è l'aula magna e al piano di sotto c'è il refettorio. Ora vi porto a vedere le classi. Come sapete, in questo collegio si studiano quattro lingue: le tre ufficiali della Svizzera, tedesco, francese e italiano, e naturalmente l'inglese. Qui c'è in corso una lezione di tedesco, prego.»

Ragazzi e ragazze in divisa si alzano di scatto: «*Guten Morgen Frau Bergson*». I corsi veri e propri cominciano la settimana prossima, ma chi arriva qui in anticipo sull'inizio dell'anno scolastico fa qualche ora di ripasso. Gian dà sfoggio dei suoi studi e dice qualcosa in tedesco che ovviamente non capisco, poi ce ne andiamo. Il tour continua.

«La stanza dei computer. Ai ragazzi è consentito l'utilizzo di internet solo qui e sotto il controllo dei docenti. Nell'edificio adiacente ci sono la palestra e la piscina. Vi mostro anche le camere da letto. I ragazzi e le ragazze dormono in due ali differenti, tutti in camere doppie con bagno privato. Vi precedo.»

La porta è di legno scuro, la maniglia color bronzo. La Bergson bussa tre colpetti leggeri ed entra senza aspettare una risposta. La ragazza che la occupa è scalza, ha un caschetto di capelli nerissimi, con una frangia che le arriva quasi fino agli occhi. Ha le unghie delle mani e dei piedi smaltate di nero, indossa una T-shirt che le arriva fino alle ginocchia. Nera pure quella.

«Conosci le regole del collegio, vero? Capelli raccolti, unghie senza smalto, camicie con bottoni e gonna.»

«Sì, professoressa, però sono in camera mia e sono arrivata solo questa mattina. Stia tranquilla: quando mi vedrà nei corridoi della scuola sarò come lei desidera.»

«Io sono sempre tranquilla.»

«Scusi...»

«Questa è Viola, la tua nuova compagna di stanza, e loro sono i suoi genitori.»

Lui non è mio padre...

«Viola, lei è Leslie Preston.»

Mia madre ondeggia da un piede all'altro e cerca lo sguardo della Bergson.

«Le posso parlare un attimo, professoressa?»

«Certo, signora, dica pure.»

«Le spiace se usciamo?»

Leslie mi fissa, con un'espressione che non riesco a decifrare. Usciamo, mia madre chiude la porta e ci si appoggia con la schiena.

«È sicura che sia la persona adatta come compagna di stanza di Viola?»

«Più che sicura ma, se lei non lo è, può sempre ritirare Viola dalla scuola: non ci mancano le richieste e per sua figlia abbiamo fatto un'eccezione, soprattutto perché l'avvocato Medusian è stato un allievo. Leslie è stata informata delle difficoltà di Viola e non ha mosso obiezioni: semmai toccava a lei, nel caso, opporsi. Inoltre, malgrado il suo modo di vestire eccentrico, è una delle studentesse migliori della scuola e, come ha sentito, parla un italiano perfetto. Comunque, una volta presa una decisione non cambiamo mai stanza a un'allieva a meno che non succeda qualcosa di grave.»

«D'accordo, professoressa. Non posso che fidarmi della sua esperienza.»

Solo per il fatto che non ti vada a genio, a me questa Leslie piace già, mamma.

9

Giacomo

Arundel, 9 agosto 1980

Lo zio di Claire era un omone con la voce da baritono, la pancia prominente e le guance rosse. Te lo saresti immaginato dietro il bancone di un pub a spillare birra, o in una macelleria ad affettare bistecche. Invece faceva il libraio. Per la precisione il libraio antiquario. Il suo negozio era in una buona posizione, sulla strada obbligata per tutti i visitatori del castello, grande attrattiva per turisti e scolaresche.

Alan's Books and Bindings: Alan era lui e i libri e le legature quelli che esponeva sugli scaffali, divisi per argomento – Storia, Letteratura, Viaggi, Scienza, Economia, Filosofia – in attesa di essere venduti a un collezionista, un curioso, uno studente che volesse stupire un genitore o una fidanzata con un regalo insolito e, almeno all'apparenza, di valore.

In realtà, i libri veramente preziosi erano chiusi in una vetrinetta dietro la piccola scrivania di mogano dove Alan sedeva e, in parte, in un armadio nascosto nel minuscolo retrobottega, in cui il libraio spariva se il cliente meritava qualcosa di speciale. Là stavano le piccole perle che riservava magari a un giovane che mostrava una vera passione per i libri, o a due innamorati che volevano a tutti i costi un ricordo unico di quell'ora e quel luogo. Oppure proponeva qualche libro di valore a un vecchio signore che cercava un pezzo del proprio passato ormai perduto – un amore, una città, un amico – e che sperava, annusando l'odore delle pagine o del cuoio lustro delle legature, che quel vuoto si sarebbe colmato.

Ma la vetrinetta e il retrobottega mai e poi mai venivano aperti ai ricchi collezionisti, ai bibliofili che acquistano ma non leggono, ai fanatici di un unico stampatore o di un autore, a causa del quale trasformano la propria passione in mania di possesso. Quando Alan avvertiva la presenza di uno di questi tipi umani, ascoltava le sue richieste, poi si muoveva lentamente tra gli stretti scaffali e tornava a mani vuote. Oppure, nel tentativo di liberarsene, proponeva uno dei suoi libri preziosi a un prezzo talmente esagerato che comprarlo sarebbe stata una follia. A quel punto il "bibliofolle" aveva due alternative: se gli era rimasto un briciolo di buon senso, rinunciava; se invece il tarlo del possesso era irresistibile, cedeva e acquistava subito quello che avrebbe di sicuro trovato a cifre più ragionevoli. E così il libraio lo puniva, guadagnandoci.

La tecnica, Alan l'aveva imparata da Albert Cohen, il grande antiquario londinese con un'enorme libreria a poca distanza da Charing Cross Road, dove lo zio di Claire aveva lavorato come apprendista verso la metà degli anni Cinquanta. Cohen la applicava più che altro ai tedeschi: aveva visto sparire, negli anni della guerra, troppi amici ebrei, professori universitari, bibliotecari, musicisti di mezza Europa.

Ma una volta, alla presenza di Alan, Mister Cohen aveva ricevuto una lezione che il giovane libraio non avrebbe mai dimenticato. In un giorno caldissimo di luglio, nel 1956, era entrato in libreria un tedesco sulla trentina, per chiedere se per caso erano disponibili vecchie edizioni del *Mein Kampf*. Cohen gli aveva risposto quasi senza sollevare lo sguardo che i libri erano in ordine alfabetico per autore, di cercare tra le opere sulla Seconda guerra mondiale sotto la H. Il tedesco aveva sfilato il volume dallo scaffale e aveva chiesto il prezzo: non era la prima edizione, eppure Cohen aveva sparato una cifra esorbitante. L'altro aveva sorriso: «Tanto vale lasciarlo qui, nessuno lo comprerà». Si era avviato per rimettere al suo posto il libro quando, mentre alzava il braccio per riporlo, il libraio aveva intravisto al di sopra del suo polso una serie di numeri tatuati. Scattò in piedi.

«Permette una domanda, signor...»

«Rosenberg, Aron Rosenberg.»

«Ecco, signor Rosenberg, mi spiega perché le interessa tanto leggere questo libro?»

«Non ho intenzione di leggerlo.»

«E allora perché lo vuole nella sua biblioteca, fa lo stesso.»

«Non arriverà neppure nella mia biblioteca, stia tranquillo. Vede, io ero ad Auschwitz. Ho fatto il conto che in quel campo, tra amici, compagni di università e parenti più o meno prossimi, ho perso 87 persone. Io sono stato fortunato, perché ci sono finito solo pochi mesi prima che i russi arrivassero a liberarci. Ma quando sono tornato a Dresda, la mia città, ridotta in macerie, mi è capitata una cosa strana. Vicino alla libreria che frequentavo prima della guerra, quasi distrutta dai bombardamenti, ho visto volumi sfogliati dal vento e pagine sparse nel raggio di centinaia di metri. Poi sono inciampato in una cassa che, miracolosamente, era rimasta intatta. Erano 25 copie ben conservate del *Mein Kampf.* Capisce? Il male aveva resistito ed era sopravvissuto. Così sono andato a cercare dei fiammiferi, ho dato fuoco a quei libri e mi sono ripromesso che avrei distrutto 10 copie del *Mein Kampf* per ognuno dei miei cari morto ad Auschwitz. Al momento sono a quota 499.»

«500, Herr Rosenberg: questo libro è suo.»

«Solo se lo posso pagare, Mister Cohen.»

«Come vuole, allora. Un penny.»

Uscito l'uomo, Cohen si era rimesso a leggere un tomo rilegato in pelle blu, lo sguardo immerso nelle pagine. Alan, che aveva assistito a tutta la scena, aveva cercato di capire che cosa stesse leggendo, ma non era stato facile: Cohen teneva il libro al contrario.

Alan stava ripensando a questo episodio di tanti anni prima quando Claire e Giacomo irruppero nel negozio.

«*Hello uncle Alan!*»

«*Hello Claire, my dear, how are you?*»

Claire quasi scomparve nell'abbraccio di quell'uomo enorme, Giacomo si fermò qualche passo indietro, finché lei si voltò e disse nel suo italiano: «Zio, egli è Giacomo, un mio amico italiano. Giacomo, egli è mio zio Alan e parla italiano, tedesco, francese e un po' di spagnolo, anche se con i clienti fa finta di sapere solo l'inglese, vero zio?».

Giacomo sorrise, più per quell'*egli* che per la battuta, e si avvicinò al libraio.

«Claire, non devi svelare i miei trucchi... Piacere, Alan Kettle, come l'affare per bollire l'acqua del tè.» E rise. Una risata grassa e contagiosa che si trasmise ai ragazzi. Claire voleva a tutti i costi portare Giacomo al castello, ma prima gli fece vedere la libreria e i titoli che aveva conosciuto tra quegli scaffali. Il tutto grazie allo zio, che aveva cercato di trasmetterle l'amore per la lettura più che per il possesso dei libri, pur avendole insegnato anche che cosa rende prezioso un volume.

Alan non aveva avuto figli, sua moglie era morta giovane e non si era più risposato. Se Claire avesse voluto, quella libreria sarebbe stata sua, ma lei, diceva, non aveva nessuna intenzione di finire la sua vita rinchiusa in quel buco all'ombra di un castello. Lei avrebbe studiato a Londra per poi girare il mondo. Lo zio, ogni volta che ne parlavano, si stringeva nelle spalle massicce, sorrideva e rispondeva: «Come vuoi. Sappi però che se cambi idea...».

I due ragazzi uscirono, visitarono il castello, con le sue armature e i suoi quadri di nobili con le parrucche, probabilmente disgustati dalle orde di giovani in bermuda e canottiera che invadevano corridoi e saloni dove un tempo erano ammesse solo teste blasonate. Dopo mangiarono nel pub di fronte alla libreria, il Red Lion: una lavagna all'esterno comunicava che la cucina era aperta a qualsiasi ora, così si concessero un pie alla carne e un bicchiere di birra locale, Arundel Sussex Gold. Poi chiesero un caffè da portare via e andarono a berlo su una panchina nel giardino accanto al castello. E fu lì che successe.

«Pulisciti lì sotto.»

«Scusa?»

Claire gli passò il pollice sul mento, dove si era fermata una goccia. E poi gli accarezzò la guancia.

Lui le fermò la mano, se la accostò alle labbra e le baciò il palmo, che sapeva di crema e di caffè.

Fu lei a prendere l'iniziativa, spostando la stessa mano sulla guancia di Giacomo, per avvicinare la bocca alla sua.

Quando si staccarono, Claire appoggiò la testa sulla spalla di lui, che avvertì la treccia sfiorargli la schiena.

Alzandosi dalla panchina, Giacomo sentì le gambe molli, insieme al braccio di Claire che gli cingeva la vita. Poi lui la strinse a sua volta. Camminarono così, i fianchi che sbattevano l'uno contro l'altro, nel breve tragitto verso la libreria. Rientrarono per dire ad Alan che sarebbero tornati a Brighton.

«Come sei arrivata qui, Claire? Dimmi che non è la macchina di tuo cugino Martin.»

«In effetti, sì, zio. Come facevo se no?»

«Esistono i treni, i pullman. Arundel non è il centro dell'universo ma non è nemmeno su Marte. O sulla luna, dove stava il senno di Orlando. Conosci l'Ariosto, Giacomo?»

«Sì, signore... Un po', almeno. L'ho letto a scuola.»

«A scuola si studia, non si legge, purtroppo. Nessuno ti insegna il piacere della lettura, quello si impara da soli.»

«Sì, certo, mi scusi...»

«Dài, zio, piantala. Lo metti in imbarazzo.»

«Sì, d'accordo, ma volevo capire che tipo è il tuo amico: faccio male? Giacomo, dimmi tre libri che ti sono piaciuti.»

Giacomo ci pensò un momento e poi sparò: «*Fahrenheit 451* di Ray Bradbury, *Marcovaldo* di Calvino e poi... Poi non saprei».

«Be', sono già due bei titoli, hai passato l'esame Giacomo: diventerai un buon lettore, me lo sento.»

«Sbrigati zio, ci devi aiutare a far partire la macchina.»

«Quel *rottume*... si dice così, Giacomo?»

«Rottame.»

Alan uscì dal negozio con i ragazzi, chiuse la porta e piazzò lì fuori un piccolo sgabello con qualche libro e un cartello con un messaggio: "Torno subito. Se avete fretta, addio. Se avete tempo, intrattenetevi con questi". Il rottame in questione era una vecchia Ford Taunus, che non partiva più con la chiave: il motorino di avviamento era bruciato e, a quel punto, non valeva più la pena sostituirlo. Così, per metterla in moto, bisognava essere almeno in due: uno doveva sedersi al volante, inserire la chiave e girarla – questo fu compito di Claire – l'altro doveva aprire il cofano e appoggiare un lungo cacciavite sui due poli della batteria per fare contatto. Alan, con il cacciavite ancora in mano, scuoteva la testa ma sorrideva allo stesso tempo.

Mentre stava per salire, Giacomo si voltò verso il libraio.

«Mi è venuto in mente.»

«Scusa?»

«Il terzo libro. Ma mi vergogno quasi a dirlo perché, quando ho raccontato ai miei compagni di classe che mi era piaciuto, mi hanno preso in giro, dandomi del secchione.»

«*Secchione*? Vuole dire?»

«Non so come si dice in inglese, comunque uno che studia sempre.»

«Ah, ho capito, *swot*. E questo libro è?»

«*Le ultime lettere di Jacopo Ortis*... Penoso vero?»

«No, non direi. Temevo peggio. E poi Foscolo è un po' inglese: sai che ha vissuto i suoi ultimi anni a Londra?»

«Sì, me lo ricordavo...»

Claire scese dall'auto, abbracciò lo zio e gli sussurrò all'orecchio qualcosa che spinse Alan a spostare gli occhi sul ragazzo e a rivolgergli un avvertimento: «Mi raccomando, trattamela bene».

10

Viola

Svizzera, 24 novembre 2010

«Vieni a vedere, Viola. Nevica. Tempo un paio di settimane e cominceranno i corsi di sci.»

Leslie si alza sempre presto la mattina, è già in piedi quando suona la sveglia, per gli allievi alle 6.30. Dividiamo la stessa stanza da poco più di due mesi, non sappiamo molto l'una dell'altra.

Lei non racconta mai niente dei suoi genitori, come se non esistessero. Se ne sta tutto il tempo con il naso nei libri e le cuffie nelle orecchie, ascoltando musiche assurde. Una volta, mentre era chiusa in bagno, ho dato una sbirciata alla playlist sul suo iPod: Deep Purple, Led Zeppelin, Thin Lizzy, Def Leppard, Iron Maiden, Metallica. Nemmeno una canzone di quelle che piacciono a me.

«Vado io in bagno per prima, ok?»

Sono le 6.40, alle 7.15 si fa colazione in refettorio, alle 8 cominciano le lezioni, fino alle 13. Poi pranzo e dalle 14.30 alle 16.30 sport. Dalle 17 alle 19 c'è la cosa che detesto di più, le ore di studio tutte insieme in biblioteca, tranne per chi ha la media sopra l'otto, come Leslie, che ha il privilegio di studiare in camera.

«Ho fatto, vai pure...»

Ogni volta che mi trovo davanti a uno specchio in un bagno, come adesso, mi torna in mente quella mattina.

«Ti manca molto? Tuo padre, intendo.»

La sua voce arriva da dietro la porta. A volte ho l'impressione che mi legga nel pensiero. Ma è la prima volta che mi fa una domanda così diretta. Chiudo il rubinetto, esco, con la faccia ancora sporca di sapone.

«Ogni sera ti infili sotto le coperte e sfogli quel vecchio libro e le due agende. L'altra notte ti sei addormentata prima di me e una è scivolata per terra. Sono uscite delle fotografie e delle lettere: mi sono alzata per raccoglierle e rimetterle a posto, non ho potuto fare a meno di guardare.»

...

«Sì, lo so, non avrei dovuto farlo senza chiedertelo, ma tanto mi avresti detto di no, invece così, chissà, magari serve a qualcosa...»

Sono arrabbiata così prendo il mio blocco e scrivo velocissima: *E a che cosa dovrebbe servire secondo te?*

«La Bergson mi aveva raccontato che tuo padre è morto e che è più o meno per questo che non riesci più a parlare.»

Oddio, anche tu. Questa storia l'ho sentita da tutti, mia madre, i professori a Milano, i dottori che mi visitavano. Non ne posso più...

«Poi ho visto l'agenda e ho capito che sono ricordi di tuo papà, di una certa Claire conosciuta a Brighton. Mi ha colpito, perché i miei nonni vivono nel Sussex, a poca distanza da lì. Ci sono stata un sacco di volte.»

Hai guardato le mie cose: ti odio.

«Ti piacerebbe andarci?»

Cioè? le scrivo.

«A Brighton, intendo.»

E come?

«Potresti chiedere ai tuoi di lasciarti venire con me, quando ci vado. Non a Natale, perché immagino che tua madre vorrà che passi le feste con lei. Ma magari nella settimana di carnevale. Se le dici che partiamo con mia mamma e che lei garantisce per te, forse ti dà il permesso.»

Figurati: tu non la conosci.

«Io un padre non ce l'ho mai avuto. Ovviamente ci deve essere stato, ma mia madre non me ne ha mai parlato, non so se perché era uno stronzo, o magari anche lei non sa esattamente chi è. Boh, insomma, è un casino e come vedi non sei l'unica a... hai capito.

«E in più mia mamma fa un mestiere strano. Ha avuto un sacco di uomini. Ne ho visti passare diversi quando ero piccola: a qualcuno mi ero pure affezionata, però quasi tutti mi trattano bene solo se c'era lei. Quando si allontanava, io non esistevo più.

«Dài, torna a prepararti. Abbiamo tempo per parlarne. O almeno, io parlo e tu annuisci...»

Brighton... Sarebbe bello. Ma tanto non mi lasceranno, lo so. Quest'idea mi ha talmente stordito che ho sbagliato strada due volte dalla stanza verso il refettorio. Leslie sorride – è così raro vederla sorridere – mentre beve il suo caffelatte. Io invece non riesco a mandare giù niente, mi si è chiuso lo stomaco.

Che cosa avranno quelle due stronze di Petra e Sabine da guardare ridacchiando? Faccio un cenno a Leslie con il mento, lei si volta appena e scuote la testa.

«Non badarci, sono due cretine.»

Eccole che si avvicinano: sarebbe la prima volta da quando sono qui che mi rivolgono la parola.

«Ciao, Leslie, ciao, Viola, come va?»

«Ciao, Sabine, che cosa volete?»

Mamma mia come è tesa Leslie...

«Oh, niente, era solo un gesto di gentilezza. Magari a Viola fa bene parlare con qualcuno di diverso, visto il suo problema, non credi?»

«Se ha voglia di vedervi sa dove trovarvi, visto che studiate insieme tutti i pomeriggi.»

«Hai ragione, Leslie. Tu invece studi in camera, perché sei la più brava della classe. O magari perché è più conveniente...»

«Sarebbe a dire, Sabine?»

«Be', una senza padre e con la madre che fa quel mestiere magari non ha voglia di mettersi a confronto con le altre...»

«Tu non sai niente di mia madre, chiaro?»

Leslie si alza di scatto e la sedia cade a terra: il fracasso zittisce il refettorio e vedo in lontananza la Bergson al tavolo degli insegnanti sollevare lo sguardo per seguire la scena.

Gli occhi azzurro ghiaccio di Sabine sono piantati in quelli neri di Leslie, mentre Petra ridacchia.

«Che cosa succede ragazze?»

La Bergson è arrivata subito. Leslie la fissa.

«Niente, professoressa: stavamo parlando e senza accorgermi mi sono versata un po' di latte addosso. D'istinto mi sono alzata e ho fatto cadere la sedia. Scusi.»

«È così, Sabine?»

«Sì, professoressa. La colpa è anche un po' mia che le ho distratte. Ero venuta a chiedere se Viola faceva progressi.»

«Va bene, però adesso andate. Tra poco cominciano le lezioni.»

Leslie ha smesso di sorridere e se ne va, lasciandomi sola. Sabine e Petra si allontanano, poi si voltano e mi fanno un cenno con la mano. Ruotano l'indice e sulle loro labbra leggo: "Ci vediamo dopo".

11

Giacomo

Brighton, 16 agosto 1980

«Torneremo domani mattina. Ricordati di prendere le chiavi, Giaccomou.»

Giacomo – *Giaccomou,* come lo chiamavano i Currie – non realizzò subito la portata di quella notizia per il suo ultimo sabato sera a Brighton: i padroni di casa fuori, Tom e Jerry piazzati da qualche parente.

L'idea gli venne nel pomeriggio. Più che altro fu Spartaco a suggerirgliela con una domanda a bruciapelo.

«Sei attrezzato?»

«Scusa?»

«Ho detto: sei attrezzato? Te la porti a letto, no?»

«Ma io... a dire il vero non ci ho pensato proprio, non so...»

«Non l'hai mai fatto, vero?»

«Ma dài, Spartaco, certo che sì. È che mi sembra così presto, ci conosciamo appena.»

«Però, se non lo fai stasera, non lo fai più. È passata una settimana, da quando siete tornati dalla gita al Castello di re Artù.»

«Arundel.»

«Giacomo, ascoltami bene. Vi vedete dopo la scuola, alla Salisbury, fate grandi passeggiate mano nella mano, grandi limonate, secondo te cosa vuol dire?»

«Piantala, Spartaco!»

«Insomma, è assurdo che vi diate solo bacini e bacetti e non combiniate niente.»

«E se a noi andasse bene così?»

«A nessuno va bene così.»

«Ammettiamo che tu abbia ragione. Secondo te, che cosa dovrei fare? Portarla a casa, buttarla sul pavimento e saltarle addosso?»

«Io veramente pensavo a qualcosa di più romantico. Voi due soli, se non a letto magari in un bel salotto, dove immagino ci sia una soffice moquette – se proprio ti piace l'idea del pavimento – ma anche un comodo divano...»

«In effetti.»

«Appunto. E qui torniamo alla domanda iniziale: sei attrezzato? Hai i preservativi?»

«...»

«Ho capito, li devi comprare.»

«...»

«Guarda che non ci vuole una scienza. Vai in farmacia, li chiedi, paghi, saluti, esci. In inglese si dice *condom*.»

«...»

«Non ti fanno la foto, non lo raccontano a tua madre, ci sarà un farmacista che non vedrai più per il resto della tua vita, se è questa la cosa che ti preoccupa.»

Dalla prima farmacia, Giacomo uscì con un pacchetto di cerotti. Dalla seconda con uno sciroppo per la tosse, perché davanti al farmacista venne colto quasi dalle convulsioni e con le lacrime agli occhi per l'imbarazzo si era indicato la gola. Dalla terza, inspiegabilmente, soprattutto perché sulla spiaggia di Brighton non batte il sole dei Tropici, con una crema contro le scottature.

Fu così che Spartaco entrò al posto suo, guardò fisso negli occhi una farmacista bionda e scheletrica, indicandosi la zona pubica e disse: «*Condom. Two, please*».

Di nuovo in strada, lanciò una delle due scatole a Giacomo, che si guardò intorno per vedere se qualcuno aveva notato la scena, e si infilò l'altra nella tasca della camicia a fiori gialli e arancioni.

«Li ho presi anche per me, metti che la tua ragazza cambia idea...»

«Stronzo. Grazie, però.»

«Avevo paura di vederti uscire dalla prossima farmacia con uno stetoscopio o con i pannoloni per incontinenti.»

La sera, Giacomo arrivò davanti all'ingresso della Salisbury venti minuti prima dell'apertura e si stupì quando vide anche Claire sbucare in anticipo dal fondo della via.

«Sono venuta in macchina, così ti riporto a casa. Però mi devi aiutare per accenderla, lo sai...»

Giacomo sorrise e la baciò delicatamente sulle labbra, accarezzandole la nuca e tirando appena la treccia.

Claire lo prese sotto braccio: «Che si fa?».

«Hai fame?»

«Non molta, ho mangiato da poco. Tu no?»

«No, i miei padroni di casa non ci sono stasera, tornano domani mattina e quindi non ho cenato. E poi...»

«Cosa?»

«No, niente. Comunque neanch'io ho fame. Andiamo a ballare?»

«Non mi sembra che ti piaccia tanto ballare. Ma andiamo, *of course*.»

«A te che cosa andrebbe di fare?»

«Io voglio stare con te, dove vuoi. È l'ultimo sabato sera, domani ti vedo ancora ma lunedì sali su un aereo e non so...»

«Cosa non sai?»

«Non so se ci rivedremo.»

«Perché dici così?»

«Perché è vero. Perché tra noi c'è un mare e ci sono un po' di confini, perché abbiamo vite lontane e i nostri programmi, i nostri studi, le nostre famiglie sono diversi. E poi voglio vivere questa sera senza pensare a dopo. Allora, che cosa facciamo stasera?»

Giacomo prese fiato e mormorò: «Vorrei portarti a casa».

«Ok.»

«Davvero?»

«Davvero, sì. Ti ricordi come accendere la mia macchina?»

Una volta arrivati, Giacomo si disse che mister Currie almeno aveva buon gusto per la musica. David Bowie, Roxy Music, Police. Scelsero *Outlandos d'Amour* e, mentre Sting si sgolava per Roxanne, si avvicinò a Claire. A piedi nudi sulla moquette della piccola sala, iniziarono a ballare, lui muovendosi con la flessuosità di un metronomo e tenendole le mani strette sui fianchi, lei attaccata al collo di lui e con la guancia appoggiata al suo petto.

Giacomo la strinse lentamente a sé ed ebbe l'impressione che lei a sua volta strofinasse l'inguine contro il suo. Piegò il collo e annusò i capelli di Claire, che subito cercò con la bocca quella di lui, per un bacio che durò per tutta *Born in the Fifties*.

Il ballo si fermò solo quando si resero conto che la

puntina del giradischi grattava – chissà da quanto – sulla zona non incisa dell'album.

«Andiamo di sopra?»

Fu Claire a prendere la mano di Giacomo e a precederlo lungo la scala, sotto la luce fioca delle lampade a muro a forma di candelabro.

Entrato nella stanza angusta dove dormiva, con la valigia aperta a mo' di armadio permanente e il mucchio della biancheria sporca ammassata sull'unica sedia, Giacomo provò vergogna per non aver messo un po' in ordine. Forse non aveva considerato quell'eventualità sul serio.

Claire lo tolse dall'imbarazzo, chiudendo con un piede la valigia, prendendogli il volto tra le mani e dicendogli, quasi gli avesse letto nel pensiero: «Non importa».

Un altro bacio, lunghissimo, e poi lei cominciò a slacciare i bottoni della camicia di Giacomo, l'unica bianca che aveva portato con sé e che miracolosamente era rimasta intonsa fino a quella sera.

«Claire...»

«Giacomo?»

«Io non l'ho mai fatto.»

«Neppure io.»

Giacomo, rimasto a torso nudo, sfilò la maglia di Claire sbattendo con il polso sulla mensola sopra il letto: soffocò un grido di dolore che fece ridere la ragazza e un po' indispettire lui, raffreddando per un istante l'atmosfera.

«Stai tranquillo.»

Claire non indossava il reggiseno e Giacomo la accarezzò a lungo. Poi le slacciò la gonna e le infilò la mano negli slip. La vide inarcare la schiena e fu in quel momento che gli vennero in mente i preservativi. Erano ben nascosti nella valigia, nella tasca con la cerniera e coperti da una montagna di maglie, mutande, calzini.

Ma non ebbe tempo di pensare, perché Claire si era alzata, si era tolta gli slip e gli aveva sfilato i pantaloni. E poi, nuda, gli stava togliendo i boxer con i disegni delle renne e di Babbo Natale: ma proprio quelli doveva mettere?

Dopo si sdraiò accanto a lui, il respiro nell'orecchio, una gamba appoggiata sulla sua. E bastò che lo sfiorasse perché Giacomo venisse scosso da un brivido e non riuscisse a trattenersi.

«Scusa» mormorò lui, quando ebbe ripreso fiato.

«Di che cosa?»

«Mi spiace, non sono riuscito a...»

«Non mi pare importante.»

«Sì, ma tu?» disse lui avvicinando la mano al ventre di lei, che delicatamente la allontanò.

«Abbracciami.»

Rimasero così, la mano di lei sulla pancia di Giacomo, lui con gli occhi aperti fissi sul soffitto. Quando si accorse che Claire aveva la pelle d'oca, le propose di alzarsi.

Si lavarono, lui si infilò gli abiti in fretta, lei vagò un po' alla ricerca delle mutande, che erano finite sotto il letto. Scesero al piano di sotto, ascoltarono *Flesh + Blood* dei Roxy Music mentre bevevano una birra e parlavano.

Si diedero appuntamento per il giorno dopo, alle dodici, davanti al Pier. Il loro ultimo pomeriggio.

Giacomo fece partire la Ford con il cacciavite, rimase a guardare Claire che si allontanava, prima di svoltare a destra e sparire dalla sua vista.

12

Viola

Svizzera, 25 novembre 2010

«Ciao, Viola, possiamo metterci qui?»

Sabine e Petra non aspettano la risposta e si siedono al mio tavolo, una di fianco e l'altra di fronte. Studio sempre nell'angolo più nascosto della biblioteca, dove non passa nessuno: mi sono venute a cercare.

«Come ti trovi nel collegio? Non deve essere facile per te.»

È sempre Sabine che parla, Petra annuisce e mastica la cicca. Ho saputo che sono figlie di due ricchi banchieri di Zurigo, amiche da sempre, e che i genitori le hanno piazzate qui per toglierle dai guai, dopo averle beccate in locali non proprio adatti a ragazzine minorenni. Sono inseparabili e a poco è servito metterle in stanze separate ai due estremi del corridoio delle femmine: passano lontane giusto le ore del sonno.

Scrivo: *Bene, mi trovo bene*, sperando che la finisca lì.

«E come va con Leslie? Che temperamento la tua amica, eh? Ragazza intelligente, non c'è dubbio, ma anche strana, non trovi?

«Sai che per qualche mese io e lei siamo state compagne di stanza? E ci è mancato poco che ci facesse espellere entrambe. Solo perché ho raccolto le sue confidenze e poi si è pentita di averlo fatto. Certo, con te è più tranquilla: con tutto il rispetto, per il momento è difficile che tu vada a parlarne in giro...»

Quella cretina di Petra sogghigna. Un *ihihihih* insopportabile e la bibliotecaria ci lancia uno sguardo di rimprovero.

«*Mademoiselles, silence s'il-vous-plait!*»

Sabine rivolge un sorriso forzato alla responsabile per far capire di aver colto il richiamo. Poi abbassa la voce e si avvicina al mio orecchio.

«Ha raccontato anche a te la stronzata del padre ignoto e della madre molto impegnata in giro per il mondo? Tutte balle, Viola... Mente sempre, sappilo. Finge di essere quello che non è, magari si fa rivelare qualche segreto e poi è capace di usarlo contro di te: spero proprio che tu non ti sia lasciata scappare niente di importante.»

...

«A giudicare dalla tua faccia mi sa che è già riuscita a sapere qualcosa che ti preoccupa. Sembra incredibile, visto che non parli... Ma non mi stupisce. Aveva fregato anche me. Pensa che per colpa di Leslie mi ero allontanata da Petra, che è mia amica da sempre. Poi però ho scoperto la verità sulla sua famiglia e non ho potuto fare altro che prendere le distanze da lei.»

Petra annuisce con forza.

«Vuoi sapere qual è il vero lavoro della madre di Leslie?»

Credi che cambi qualcosa per me?

«Sì, sì, lo so, pensi che non te ne importi niente. Scommettiamo?»

...

«Fa la pornostar.»

La pornostar? Mi accorgo di aver spalancato la bocca e la chiudo di scatto.

«Leslie ti ha detto che non sa chi è suo padre. Balle, lo sa benissimo: è un attore di film hard morto di Aids, e uno non ci tiene a dire la verità se è questa, no? Nemmeno, perdona il linguaggio, vai a raccontare in giro che tua madre è una troia. Certo, deve essere piuttosto ben retribuita se può permettersi la retta di questa scuola per la sua bambina. E forse la Bergson prova un po' di pena per Leslie se la fa rimanere in collegio, proteggendola in modo così evidente. Almeno qui non vede la madre alle prese con negri superdotati...»

Mi viene da vomitare.

«Non pensavi, vero? Ecco, adesso sai chi è la tua compagna. Ti consiglio di evitare di confidarle qualcosa di importante, perché da una cresciuta in quell'ambiente puoi aspettarti di tutto. Ma ti senti bene, Viola?»

Se non mi alzo subito, vomito qui. Oddio non ce la faccio.

«Viola, cazzo!»

È Petra che urla. Alzandomi mi sono sporta in avanti e ho vomitato sul suo libro. Sabine sogghigna mentre la sua amica se ne sta immobile, con i resti del mio pranzo sui vestiti. Sento il mormorio delle altre alunne e i passi rapidi della bibliotecaria.

13

Giacomo

Brighton, 17 agosto 1980

Erano da poco passate le sette del mattino quando i Currie entrarono in casa. Trovarono Giacomo in cucina, intento ad armeggiare con la caraffa di quel caffè in polvere che, dopo due settimane, gli sembrava quasi bevibile.

Gli chiesero come mai fosse già sveglio e lui rispose che doveva preparare la valigia e che aveva dormito poco per l'agitazione della partenza. Poi a mister Currie cadde l'occhio sul divano, dove giacevano le copertine di qualche album, e sul tavolino con sopra due bottiglie di birra. Giacomo si diede dell'idiota per non avere sistemato e arrossì.

Sentì la porta della camera da letto dei padroni di casa chiudersi, cercò di riordinare in fretta la sala, rimettendo a posto i dischi e buttando i vuoti nel sacco della spazzatura, e poi si dedicò alla sua stanza. Si premette sulla faccia il cuscino, alla ricerca di un residuo dell'odore di Claire. Trovò un lungo capello biondo sfuggito alla morsa della treccia, e lo volle conservare: non trovando niente di meglio, lo infilò nella pagine del libro con gli esercizi di inglese.

Per prima cosa tirò fuori l'ultima camicia pulita, azzurra con i bottoni al colletto. I jeans potevano reggere ancora una giornata. Poi cominciò a buttare in valigia la biancheria sporca, piegandola e comprimendola alla meglio. Fece scorrere la cerniera della tasca interna e prese la scatola ancora sigillata dei preservativi: fu tentato di buttarla via ma poi, visto che scadevano tre anni dopo, la rimise via, avvolgendola in una maglietta: doveva solo ricordarsi, una volta a casa, di impedire a sua madre – sempre esageratamente premurosa – di disfare il bagaglio.

Erano appena passate le 9, mancavano tre ore all'appuntamento ma Giacomo decise lo stesso di uscire. Passeggiò sul lungomare. Voleva trovare qualcosa da lasciare a Claire, un regalo, ma sembrava che i negozi vendessero solo souvenir della città. Fu persino tentato di comprarle una palla di neve con il Royal Pavillon o la spilletta di un gruppo, magari degli Who, con la o che termina in una punta di freccia. Poi ripensò al cugino Martin e giunse alla conclusione che la band simbolo dei Mods non era l'ideale. Gli venne quasi da ridere al ricordo del primo incontro con Claire. Nonostante il sangue e il naso gonfio, ora quella serata gli sembrava speciale. Lei aveva qualcosa di indecifrabile negli occhi, ed era bellissima. Ancora non gli sembrava possibile che le fosse piaciuto un tipo come lui, timido e pure un po' imbranato. Una volta un suo amico gli aveva detto una specie di proverbio: «Quel che avviene, conviene». Sicuramente era valsa la pena di farsi spaccare la faccia: era stato fortunato a incontrarla.

Alla fine le regalò della carta da lettere: buste e fogli per la posta aerea, leggere come veline, con il bordo tratteggiato di rosso e blu.

Si avviò verso il Pier quando mancavano ancora quaranta minuti: avrebbe aspettato Claire a poca distanza, su una panchina, per il piacere di vederla arrivare. Ma si accorse ancora una volta che lei era già lì. Affrettò il passo e quando le fu vicino coprì gli ultimi metri quasi di corsa. Non la salutò nemmeno. «Non sono riuscito a chiudere occhio stanotte» le disse.

«Neppure io.»

«Non riesco a pensare al fatto che domani non ti rivedrò.»

«Neanche io.»

«Eppure è così, no?»

«Abbiamo scelta?»

«No. Non per il momento.»

«Vediamo che cosa succede nei prossimi mesi. Forse io dimentico te e tu dimentichi me e tutto diventa più semplice.»

«Parla per te, nel senso che tu mi puoi dimenticare ma io non credo proprio perché insomma, guarda... Vabbè, hai capito, no?»

«Non credo...»

Lei lo fissò e lui cercò disperatamente qualcosa di brillante da dire in quel momento. Non gli riuscì troppo bene: replicò la domanda della sera precedente.

«Hai fame, Claire?»

«Non molta. Il mio... stomaco? Si dice stomaco? Ecco, egli è chiuso.»

Lui sorrise. «*Stomaco* è giusto, ma non si dice *egli.*»

«Ah sì? Peccato, è una parola così buffa...»

«Tu usala allora. A me piace. Senti, Claire, c'è un posto dove vorrei portarti.»

«E quale?»

«Vieni.»

Tutto era cominciato in quel chiosco: oggi però era una bella giornata e molti dei tavolini, sistemati al sole, erano occupati.

«Il tuo naso era molto bello.»

«Sei gentile a ricordarlo. Vi fate ancora delle gran risate tu e tuo cugino?»

«Ogni tanto sì. Non gli piaci, sai?»

«Se è per questo, neppure lui piace a me.»

«...»

«Ho una cosa per te. Così, magari, non ti dimentichi subito di me.»

«Sì, magari» rispose lei, sorridendo, rigirandosi tra le mani la carta da lettere. «Anch'io ho qualcosa per te.» E prese dalla borsa un pacchetto avvolto in una carta marrone.

Giacomo lo scartò e vide un libro antico, rilegato in pelle, con fregi dorati sul dorso. Lo aprì e lesse il frontespizio:

Historical Illustrations
Of the Fourth Canto
Of Childe Harold
Containing
Dissertations on the Ruins of Rome
And an Essay on Italian Literature
By John Hobhouse, Esq.
Of Trinity College Cambridge
London
John Murray, Albemarle Street
1818

Dentro, una minuscola busta con un biglietto scritto a mano.

Dear swot, never stop at the frontpage, always take a look at what's inside.
Alan

Giacomo alzò uno sguardo interrogativo verso Claire.

«Che libro è? E che cosa significa "non fermarti mai alla prima pagina"?»

«È il mio regalo, capirai perché ho scelto proprio questo. E anche il biglietto di zio Alan prima o poi ti sarà chiaro.»

Che cos'era, si chiese Giacomo? Che cos'era, negli occhi di Claire, che gli faceva girare la testa e allo stesso tempo lo paralizzava? Lei sembrava così sicura di sé, così "grande" rispetto alle ragazze con cui lui aveva avuto qualche storia a Milano. Mai niente di serio, la più lunga era durata un anno ed era finita quando lei si era messa con uno che faceva l'università. Ci aveva sofferto, ovvio, ma era niente in confronto al mal di stomaco che sentiva adesso, al solo pensiero di partire e lasciarla lì.

Trascorsero qualche ora sulla spiaggia, affittando due sdraio bianche e rosse. Poi si concessero un tè in un locale di una via pedonale interna e verso sera Claire accompagnò Giacomo fino a casa.

«Non spengo il motore, altrimenti ti tocca di nuovo la storia del cacciavite sulla batteria...» gli disse una volta arrivata davanti alla villetta dei Currie.

«Ah... va bene.»

«Allora, ciao. Ci rivediamo, spero.»

«Sì, sì, adesso torno e vedo come e quando. Insomma, mi piacerebbe.»

«Anche a me. Ma niente illusioni.»

«No, meglio di no.»

«Ciao, Giacomo.»

«Ciao, Claire.»

Si sfiorarono le labbra, lui scese, si fermò davanti alla porta di casa e seguì con lo sguardo la Ford che si allontanava. Pochi metri dopo la vide fermarsi, gli stop incandescenti nel buio della sera.

«Claire!» urlò e corse verso la macchina. Lei era scesa e stava a sua volta correndo verso di lui. Si abbracciarono, si baciarono e per la prima volta piansero.

14

Viola

Svizzera, 26 novembre 2010

La Bergson mi ha detto che capisce le mie difficoltà, che non augura a nessuno di passare quello che ho passato io la mattina che è morto papà e che è convinta che io sia una ragazza intelligente: secondo lei riuscirò a superare il mio problema.

Ma ha aggiunto che una scena come quella della biblioteca è inammissibile, se sarò ancora responsabile di episodi *imbarazzanti* (ha usato proprio questa parola!) sarà costretta ad avvisare mia madre. La permanenza al collegio è strettamente legata al comportamento: è una regola che vale per ogni studente e io non faccio eccezione.

Non un cenno a Petra e Sabine, che ho visto uscire dall'ufficio della direttrice prima che io venissi invitata a entrarci. Ci siamo scambiate solo uno sguardo, ma mi è sembrato che Sabine mi strizzasse l'occhio quasi a dire di stare tranquilla, che non sarebbe successo niente.

In effetti la Bergson, al di là della ramanzina, non ha preso provvedimenti. Mi chiedo se ha idea di quello che ho saputo da Petra e Sabine sulla madre di Leslie. Forse in questa scuola l'unica cosa che conta è avere i soldi per pagare la retta.

Magari Leslie viene considerata un caso un po' particolare. Magari ci hanno messe insieme per questa ragione. Magari lei non ha il coraggio di parlarmene, così come io non riesco a raccontare di papà, al punto che non mi esce più la voce. Magari, magari...

No, magari un cazzo. Meno male che Petra e Sabine me l'hanno detto.

Certo che Leslie non fa proprio una piega. Sono tornata in camera e, anche se sa benissimo quello che è successo, non mi ha chiesto niente. Non ha neppure sollevato lo sguardo dal libro che sta leggendo. È ancora lì, muta. Come me.

Sento la musica uscire dalle sue cuffie, ma non riesco a riconoscere la canzone. Come fa a concentrarsi con quel rumore nelle orecchie?

Anch'io dovrei studiare, invece penso solo alle agende di papà. Chissà se Leslie ha letto pure qualche lettera di Claire. Spero non questa, con la sorpresa. Mi sembra strano pensare a papà così giovane e per di più innamorato. Mi colpisce che lei gli scrivesse queste cose. E lui, che faccia avrà fatto accorgendosi che c'era altro oltre alla lettera? Avrà sorriso? Si sarà commosso? Se lo sarà passato tra le dita, accarezzandolo, o se lo sarà portato al naso, per ritrovare il suo profumo?

Io l'ho annusato spesso, ma dopo tutti questi anni non ha più nessun odore.

Leslie ha spento l'iPod. Io non la guardo mentre si alza dal letto e va in bagno. Sento l'acqua scorrere e poi il rumore di quando si infila sotto le coperte. Ha spento la sua luce.

«Buonanotte.»

Leggo, per la centesima volta, questa lettera, con i suoi "egli", i suoi "esso" e la sua sorpresa.

London, 24th August 1980

Caro Giacomo, ho aspettato di tornare a casa, a Londra, per scrivere questa lettera, la prima per noi. Almeno qui ho il mio vocabolario e posso cercare le parole che non so...

Ho trascorso gli ultimi giorni di vacanza a Brighton con i miei parenti e sono tornata un giorno ad Arundel, da zio Alan. È stato divertente, perché sono rimasta con lui in libreria per tutto il tempo. Mi ha svelato un segreto. Nell'ultima pagina di ogni libro scrive un codice misterioso fatto di lettere. A ognuna di quelle lettere corrisponde un numero da zero a nove e quei numeri vengono dati dalla parola Buckingham. Quindi B=0, U=1, C=2, K=3 *e così via fino a* M=9. *Ogni volta che egli compra un libro, scrive con questo codice quanto ha pagato esso: per esempio,* UMB *se gli è costato 190 sterline...*

Cerco di immaginare la tua faccia mentre leggi queste cose, perché probabilmente vorresti leggere altro. Cerco di immaginare i tuoi occhi, le tue guance che rivedo piene di lacrime l'ultima sera a Brighton. E anche il tuo naso, che spero non rivedrò più come era.

Devo scherzare, Giacomo. Non posso rimanere seria, perché ho dentro una enorme malinconia. Gli ultimi giorni a Brighton senza te sono stati tristi, ogni angolo della città mi ricordava te. Una sera, sono arrivata sul lungomare, mi sono seduta su una panchina e ho pianto, ho pianto tanto. Due signori si sono fermati a chiedere se va tutto bene e ho risposto in modo maleducato: sono andati via scuotendo la testa.

Penso sempre all'ultima sera, a noi due da soli. Non è

successo niente, o almeno non è successo quello che entrambi pensavamo. Eppure è stato bellissimo.

Io non ho mai fatto l'amore, Giacomo, però con te lo volevo molto e non passa giorno senza che ci pensi.

Mi chiedo se ci sarà un'altra occasione. Anzi, mi chiedo se ci rivedremo ancora, perché neanche questo è sicuro: magari il nostro resta il ricordo di un'estate.

Tu sei a Milano, io a Londra, e in questo momento le nostre vite sono come sui binari della metropolitana: non siamo noi – non ancora – a decidere le fermate. Viaggiamo, sentiamo l'annuncio della stazione, il rumore delle porte che si aprono e poi si richiudono e i vagoni che si muovono verso la stazione successiva. Nella mia mente, sul mio vagone, se alzo lo sguardo, vedo dei ragazzini con la divisa della scuola che ridono, due signori vestiti da muratori con gli attrezzi in un secchio e le mani sporche, un uomo elegante in abito grigio che legge il "Financial Times", una giovane donna con gli occhi lucidi alle ultime pagine di un romanzo. E c'è un rumore di fondo mentre la carrozza si ferma di nuovo, le porte si aprono e chiudono ancora, e si riparte.

Ma arriverà il momento in cui da quella metropolitana scenderò, camminerò su una di quelle lunghissime scale mobili che ci sono a Londra (le hai mai viste?) e alla fine uscirò all'aperto, e scoprirò se piove o c'è il sole, se è una giornata di vento o se l'aria è ferma. E lì, sempre nella mia testa, lì fuori, ad aspettarmi ci sei tu.

Mi accorgo di aver scritto tantissimo. Ma anche di non averti detto quello che forse, però, sai già.

Sono innamorata di te.

Lo sono dal giorno in cui quell'imbecille di mio cugino ti ha picchiato e io ti ho accompagnato al bus. Per questo mi fa così male non sapere se ti incontrerò di nuovo. Ma mi fa bene pensare che tu leggi questa lettera e che, alla fine, trovi questo ciuffo di capelli intrecciato. Voglio vedere se, quando lo toccherai, mi sembrerà di sentire le tue dita che mi sfiorano.

Scrivimi, se puoi. Scrivimi presto.

Mi rendo conto ora che non abbiamo neanche una foto insieme. Forse è meglio così, almeno non restano tracce di quel naso...

Ti bacio

Claire

15

Giacomo

Milano, 15 ottobre 1980

Tra i compagni di liceo, Giacomo era stato l'unico a iscriversi alla facoltà di Lettere. Alcuni avevano scelto la neonata facoltà di Scienze dell'informazione, perché, si diceva, «i computer sono il futuro». Le menti matematiche della classe avevano preferito Ingegneria, c'erano un paio di aspiranti architetti e la maggior parte si era divisa tra Bocconi e Cattolica per Economia e commercio.

Qualcuno aveva optato per Giurisprudenza, soprattutto i figli di avvocati e naturalmente Diego, erede di una dinastia di notai con uno studio in via Mozart. Giacomo c'era stato una volta per fotocopiare degli appunti e l'amico gli aveva proposto di farlo fare alle impiegate di suo padre. Lui era rimasto sbalordito di fronte ai pavimenti in legno intarsiato, alle arcate sopra le porte e alla quantità di ragazze che lavoravano lì dentro, tutte bellissime ed eleganti. Si mormorava che il padre di Diego facesse una sorta di casting particolare prima di assumerle, e a giudicare dal loro aspetto poteva essere vero.

Quando aveva comunicato al padre che aveva scelto Lettere, il geometra Emilio Zecchini, da sempre assunto nella stessa impresa di costruzioni, della quale era poi diventato socio di minoranza, aveva fatto un solo commento: «la fabbrica dei disoccupati». Coi risparmi di una vita si era potuto permettere, oltre all'appartamento dove abitava, una mansarda che affittava agli studenti e un trilocale in un condominio a Madonna di Campiglio.

A "Madonna" – alcuni milanesi la chiamano così, a differenza dei locali che dicono "Campiglio" –, aveva casa anche il geometra Bussoni, socio di maggioranza dell'azienda in cui lavorava il padre di Giacomo. Solo che la sua era una villa a due passi dalla funivia dello Spinale.

Emilio aveva cercato la soluzione più consona per stare vicino al suo capo che, per inciso, era figlio unico, scapolo e senza prole. La cosa suscitava inevitabili malignità tra i suoi operai, che l'avevano ribattezzato Busoni. Insomma, a settantacinque anni, quell'uomo era l'ultimo erede di un piccolo impero.

Così, il padre di Giacomo sognava di poter rilevare di lì a qualche anno l'impresa e di avere il figlio al proprio fianco. Un ingegnere sarebbe stato l'ideale. Bene anche architetto. Poteva accettare Economia e commercio, perché l'avrebbe messo dietro a una scrivania a fare i conti con i fornitori e le dichiarazioni dei redditi della Zecchini e figlio. Invece a cosa gli serviva un professore di italiano e latino? Uno che sarebbe campato dando ripetizioni perché di insegnanti a scuola ce n'erano fin troppi? Inaccettabile. Ma alla fine si era dovuto rassegnare.

E poi c'era la storia del militare. Lui al servizio c'era andato eccome, un anno spaccato, dal primo febbraio al 31 gennaio. Era stato assegnato al centro addestramento reclute dell'aeronautica militare a Viterbo, sette licenze in dodici mesi contando quella di Natale e quella estiva di dieci giorni. Aveva passato in quella caserma cupa 340 giorni su 365, e senza battere ciglio. E ora suo figlio non voleva: gli aveva chiesto di aiutarlo a trovare una via di fuga per essere esonerato, ma lui si era rifiutato.

«Col cazzo!» gli aveva urlato in faccia, stupendosi del proprio turpiloquio, lui che aveva fatto il boyscout e che andava a messa quasi tutte le domeniche. «Se sei un uomo, a militare ci vai» aveva ribadito quando si era calmato. E Giacomo alla fine aveva accettato il compromesso: militare in cambio del cessate il fuoco sulla scelta della facoltà. Si sarebbe tolto il pensiero subito, evitando di consegnare le pratiche per il rinvio pur essendosi iscritto all'università. Avrebbe potuto spostare di altri dodici mesi la data di partenza, ma ormai era convinto: secondo i suoi calcoli la cartolina sarebbe arrivata nella primavera dell'anno successivo.

E poi la caserma gli avrebbe tolto dalla testa il pensiero di Claire. O almeno avrebbe capito se la storia era destinata a durare. Gli amori a distanza, rifletteva, non funzionano mai: una volta aveva avuto un legame con una ragazza che stava a Brugherio e già gli sembrava complicato, sia perché per raggiungerla doveva prendere il trenino giallo che partiva da piazza Sire Raul sia perché i suoi si erano lamentati della bolletta, visto che la telefonata era interurbana. Figuriamoci dover pensare ad aerei e a chiamate internazionali: impossibile.

Eppure, dentro di sé, sapeva che stava solo cercando delle scuse. Voleva trovare una giustificazione in anticipo, nel caso con Claire tutto fosse finito ancor prima di cominciare. Gli mancava. Gli mancava la sua dolcezza, quella capacità di farlo sentire adeguato quando lui era così spesso inadatto alle situazioni. Al sicuro: ecco, come si sentiva con lei.

Erano questi i suoi pensieri un giorno di ottobre, mentre dalla sede della Statale in via Festa del Perdono tornava verso casa, in piazza Leonardo da Vinci. Suo padre aveva usato anche quell'arma nel tentativo di fargli cambiare idea: abitavano in Città Studi, circondati dalle sedi delle facoltà di Ingegneria e Architettura, iscrivendosi lì avrebbe potuto dormire più a lungo, la mattina...

Il geometra Zecchini non doveva nemmeno sospettarlo, eppure la scelta di Lettere aveva sorpreso un po' anche Giacomo. Certo, scrivere gli piaceva, gli riusciva bene, e nei temi in classe aveva sempre preso voti alti. Ma se gliel'avessero chiesto tre mesi prima, avrebbe detto che si sarebbe iscritto a una facoltà meno "evanescente", per la gioia di suo padre e per la certezza di un futuro come i suoi compagni. E se doveva indicare un momento in cui aveva cambiato idea, pensava a quel giorno ad Arundel, allo zio di Claire immerso nei libri, felice. Non aveva mai visto quella serenità sul volto di suo padre.

Erano da poco passate le sei quando Giacomo entrò in casa. Sua madre era già ai fornelli a preparare la cena. Sua madre: una vita dedicata ad assecondare il marito, anche negli orari che scandivano le giornate, pranzo sempre alle 12.30, cena alle 19.30, come in una pensione della Riviera romagnola. Così, spesso, beveva il caffelatte della colazione mentre un penetrante odore di soffritto o di zucchine bollite invadeva la cucina.

«Ciao, mamma!» gridò, attraversando il corridoio diretto verso camera sua.

«Ciao, Giacomo, come è andata?»

«Bene, grazie.»

«Non vieni a darmi un bacio?»

Giacomo sbuffò sottovoce e si affacciò in cucina, tenendosi lontano dai fornelli dove il ragù bolliva in un tegame schizzando ovunque.

Notò, mentre la baciava sulla guancia cercando di mantenere un po' di distanza, che sua madre, spesso soggetta agli infortuni in cucina, aveva un dito della mano sinistra fasciato e la garza macchiata di rosso – impossibile dire se fosse sangue o pomodoro.

«Che cosa ti sei fatta?»

«Mi sono tagliata facendo a cubetti i pelati freschi. Sai che a tuo padre quelli in scatola non piacciono.»

«Sì, però qualche volta si può accontentare, no?»

«Smettila, con tutto quello che fa per noi e per te in particolare. È un uomo che ha lavorato tutta la vita e non si è goduto niente.»

«Allora sarebbe l'ora di incominciare: perché non ti porta fuori una sera?»

«Lo sai: dice che come a casa sua non mangia da nessuna parte...»

Cristina era una buona cuoca, però Giacomo era certo che stare ai fornelli non fosse il suo sogno. Né sognava i regali che puntualmente, a Natale e al compleanno, le offriva il marito. Un nuovo servizio di piatti, posate in acciaio, bicchieri da vino rosso, flûte in cristallo, tovaglie ricamate, mestoli e vassoi da portata... Mai un gioiello, mai un abito. E sua madre sempre ad accoglierli con il sorriso: «Che meraviglia, ci serviva proprio». Suo padre era anche uno sperimentatore delle nuove tecnologie da cucina, così ogni frullatore, miscelatore o aggeggio elettronico appena lanciato sul mercato compariva in casa loro nel giro di pochi giorni.

Si ricordava ancora la pentola a pressione. Giacomo era poco più che un bambino quando sua madre aveva trovato sotto l'albero di Natale la scatola che conteneva quel mostro di acciaio. Propose di inaugurarla il giorno dopo, per cuocere il cappone da portare al pranzo di Santo Stefano dai nonni. Fu l'unico anno in cui la sua famiglia non partecipò alla tradizionale riunione, perché raccolta al Pronto Soccorso del Fatebenefratelli in seguito all'esplosione della pentola. La mamma l'aveva aperta in anticipo, riportando ustioni a entrambi gli avambracci. Il cappone venne ritrovato solo a tarda sera: dopo averlo creduto disintegrato, suo padre aveva voluto controllare per scrupolo sopra i mobili della cucina, tra pentole di rame di ogni dimensione (regalo alla moglie per il compleanno del 1966), trovandolo in un paiolo per polenta.

Giacomo tornò in camera sua, mise sul piatto dello stereo *Gorilla* di James Taylor, prese dal cassetto la carta da lettera e cominciò a scrivere.

Milano, 15 ottobre 1980

Claire, amore mio distante e bellissimo.

Posso chiamarti così? Sai, noi italiani tendiamo al melodramma. E se ti conosco un po' adesso tu hai fatto una delle tue risate.

Quante lettere ci siamo scritti in poche settimane, spesso senza aspettare le risposte l'uno dell'altra? È stato strano scriverti della città, dell'università, dei miei amici e leggere qualche giorno dopo che mi chiedevi di Milano, della facoltà, delle persone che frequento... Ma scriverti e sbirciare tutti i giorni nella casella della posta in attesa di una busta per me è l'unico modo per sentirti vicina, per sentirti mia. A dire il vero, mi piace quasi di più la nostra corrispondenza rispetto alle telefonate. Quando mio padre riceverà la bolletta andrà in bestia, lo so. Come se già non lo fosse abbastanza per la mia scelta di una facoltà che non gli piace...

Ma dimmi di te. Che fai? È già freddo lassù? Mi piacerebbe venire a trovarti. Magari per l'ultimo dell'anno: sarebbe un sogno passarlo con te. Sono persino disposto a rivedere quello squilibrato mentale di tuo cugino.

Mi manchi, Claire. Non passa istante senza che ti pensi, ma allo stesso tempo i miei pensieri portano con sé un'ondata di malinconia, perché non so che cosa ne sarà di noi e del nostro amore.

Sì, amore. Non storia, legame o altre parole che non descrivono nemmeno lontanamente quello che provo per te.

Mi capita di fare strani sogni ultimamente e ci sei sempre tu. Un paio di notti fa, uno era così nitido che, a differenza di quello che accade di solito, mi è rimasto impresso nella mente come un ricordo vero. Eravamo in spiaggia, noi due su una spiaggia che per me era quella di Brighton, anche se non le assomigliava: niente sassi ma sabbia bianca, niente onde gelate dell'oceano ma acque trasparenti e calde.

Eravamo sdraiati, tu sopra di me, e mi baciavi. Poi ti sei alzata di scatto e ti sei messa a correre verso l'acqua. Io ti ho inseguita, ma ero goffo e saltellavo, perché mi facevano male le piante dei piedi come se stessi correndo sulle rocce e non sulla sabbia. Tu ti sei voltata, hai riso e poi sei tuffata. Fendevi le onde leggera e veloce, mentre il mare si ingrossava.

Ti ho chiamato, a squarciagola, ma tu non sentivi e così mi sono buttato anch'io. Solo che mi sono messo a nuotare a delfino. A delfino, ti rendi conto? Lo stile più faticoso che esista. Così, dopo un po', mentre tu eri sempre più lontana – e dove volevi andare Claire, in Francia? – io ho cominciato ad annaspare, non riuscivo più a sollevare le braccia oltre il pelo dell'acqua.

Per fortuna passava di lì una barca a remi, mi ci sono aggrappato e sopra c'era una bambina, con due treccine nere, e io sapevo che eri tu. Capisci? Eri sia nella barca sia lontana a nuotare. La bambina mi ha teso la mano, mi ha trascinato in salvo e io ho sbattuto sul fondo di legno. In quell'istante mi sono svegliato.

Che cosa vorrà dire? Forse che tu sei lontana e vicina allo stesso tempo. Banale? Lo so, sono un ragazzo banale. Ma se non fossi così, non sarei andato quel giorno a prendere un "banale" fish and chips...

Mi manchi Claire. Lo so, te l'ho già scritto prima ma che cosa ci posso fare? Mi scrivi presto? Mi chiedo se anche tu la prima volta leggi le mie lettere con ingordigia, quasi saltando le righe tanta è la voglia di aggrapparsi a qualche parola che ci riconduca a questo strano e complicato amore, per poi riprendere da capo, godertela piano piano, soffermandoti persino sulla grafia.

Ho studiato la tua, sai? L'inclinazione, con il fondo delle lettere ancorato a sinistra e la cima verso destra, come se un vento che soffia da ovest le spostasse.

E poi – lo ammetto – annuso le lettere, alla ricerca di una traccia del tuo profumo.

Mi manchi (e tre). Ti aspetto. In carta o voce. Ma certo, se venissi di persona non sarebbe poi così male... Puoi arrivare anche in barca a remi, visto che nel sogno avevi già iniziato la traversata: sappi però che preferirei vederti in versione normale, non trasformata in bambina con le treccine.

Ti amo e ti voglio,
Giacomo

P.S. *Mi manchi.*

16

Viola

Svizzera, 2 dicembre 2010

«Ragazzi, ragazze: oggi gli impianti di risalita sono riservati soltanto a noi del collegio. Apriranno al pubblico sabato prossimo, quindi questa è un'occasione unica. Sarete divisi in gruppi da cinque, ognuno con un maestro. Alle 13 ci fermeremo in quella baita lassù, per pranzare insieme. Poi, dalle 14 alle 15.30 avrete tempo per sciare un po' in libertà, ma dovrete assolutamente restare sulle piste battute e in gruppo, mai da soli. È tutto chiaro?»

Il professor Blanc è uno dei nostri insegnanti di educazione fisica. È tutto un muscolo e gli piace mostrarsi: quando facciamo ginnastica in palestra indossa magliette striminzite che mettono ancora più in risalto i suoi bicipiti e le spalle enormi. Blanc è anche un maestro di sci, ed era quasi destino diventare un fuoriclasse della neve per uno che si chiama come lui. Io, assieme a Sabine e Petra e altre due ragazze più grandi, sono nel suo gruppo. Leslie è in un'altra squadra, la vedo poco distante mentre si infila gli sci, svogliata: lei non mi rivolge la parola da quella sera, deve aver capito che so di sua madre. Io non mi sforzo di fare lo stesso con lei: mi viene naturale.

«Andiamo, ragazze, partiamo. Viola, tu stai attaccata a me.»

Quando andavo con papà a Madonna di Campiglio, ero sempre io a stare davanti. Lui preferiva seguirmi, diceva che non voleva perdermi di vista. Mi piace sciare. Mi piace sentire il vento sulla faccia e quel brivido che mi corre sulla schiena quando, prendendo una cunetta, ho l'impressione di cadere mentre alla fine riesco a rimanere in piedi.

La seggiovia mi ricorda papà, che sulle risalite più lunghe si sfilava lo zaino dalle spalle, ci tuffava dentro una mano e tirava sempre fuori un pezzo di cioccolato per dividerlo con me.

«Tutto a posto, Viola? Ragazze, ci siamo? Dài, prendete velocità perché c'è una breve salita poco prima della seggiovia e se non accelerate vi tocca racchettare. Forza!»

Mi passano tutte davanti, arriviamo alla seggiovia e mi trovo accanto Sabine.

«Ciao, come va? Già, che scema, non mi posso aspettare una risposta... Però è bello, vero? Una figata. Il fatto che non ci sia nessun altro oltre a noi, poi, è fantastico. Vuoi sciare con me e con Petra nel pomeriggio? Ti portiamo sulla nera del bosco, lì sì che ci si diverte. Ti va?»

Non ne sono sicura. Mi guardo attorno, come per cercare aiuto o una scusa per dire di no, ma non riesco a rifiutare.

«Dài, vedrai che è bellissimo. Subito dopo mangiato, d'accordo? Brava, così si fa» dice mentre io annuisco poco convinta.

Sabine si allontana e la vedo confabulare con Petra. Mi indica alzando il mento e l'amica mi saluta.

Dopo la mattina mi sento più sicura. Ma quando arriviamo alla baita, dove i cuochi del collegio hanno portato hamburger, patate e torta di mele, non ho più tanta voglia del fuoriprogramma pomeridiano. Cerco con lo sguardo Leslie, la osservo divertirsi con altre ragazze e la cosa mi dà fastidio. I suoi occhi incrociano i miei, ma è solo un attimo, perché qualcuno le parla e lei scoppia in una risata. E io allora decido.

«Andiamo?» mi dicono.

Sabine e Petra hanno già infilato le giacche a vento e i caschi: sono pronte a uscire.

«È meglio partire subito. Dobbiamo prendere due impianti per salire fin lassù e la discesa è lunga, ne possiamo fare solo una se vogliamo arrivare in orario per la ripartenza. Te la senti?»

Guardo Leslie che non ha nessuna intenzione di uscire, a quanto pare. Prendo il casco e gli occhiali, li raccolgo con rabbia, troppo in fretta, uno dei miei scarponi scivola sul pavimento bagnato e io ripiombo seduta sulla panca facendo un gran fracasso. Petra e Sabine mi girano le spalle e secondo me hanno rivolto gli occhi al cielo.

«Dobbiamo sbrigarci, prima che arrivi la nebbia.»

Questa mattina non mi avevano dato l'impressione di sciare così bene. Petra e Sabine volano e faccio fatica a stare al loro passo. Arriviamo a una seggiovia a quattro e non c'è nessun altro. Una volta in cima, un breve tratto in discesa per arrivare all'impianto che porta in vetta, un'altra seggiovia, questa volta a due.

«Ti spiace se io e Petra saliamo insieme? Senza offesa, ma con te la conversazione è... diciamo... complicata, ecco.»

Ho fatto male a venire. Sono una cretina. Ora che siamo arrivate su, ho l'impressione di essere immersa nel grigio. Il sole è coperto dalle nuvole e mi tolgo la mascherina per vedere meglio, ma cambia poco. La rimetto. C'è un solo cartello: "Il Boschetto: pista per sciatori esperti".

«Andiamo, Viola. Vedrai che spasso. Non preoccuparti di quel cartello, vuole solo dire che non è per imbranate, e noi non lo siamo.»

Partono e mi staccano già nel primo tratto, un canalone ripido, ma almeno largo. Loro scendono a curve strette, io con diagonali lunghissime, girando quando sono davanti agli alberi di questo bosco tagliato a metà dalla pista. Mi aspettano, si fermano a chiacchierare mentre io scendo. Sembrano seccate. Mi gridano «Sbrigati!», e ogni volta che le raggiungo ripartono subito, senza lasciarmi riprendere fiato. Mi fanno male le gambe, sento la schiena sudata e i brividi di freddo.

Voglio arrivare in fondo e basta.

Ecco, si fermano vicino a dei paletti. Non ripartono subito. Dio ti ringrazio...

«Mi spiace, abbiamo sottovalutato la tua lentezza. Questa mattina sembravi più brava. Se prendiamo la pista normale, non arriviamo più. Ci conviene tagliare di qui, io e Petra l'abbiamo fatta mille volte, la conosciamo benissimo.»

Metto una mano sulla spalla di Petra e indico il cartello: "Pista non battuta: vietata la discesa".

«Non ti preoccupare. Seguici e basta, ricordati di tenere il peso indietro perché ci sarà un po' di neve fresca.»

Un po'? Appena un po'? Petra e Sabine sembrano galleggiare, mentre io sprofondo e faccio una fatica bestiale. Procedo, allargando sempre più gli sci e a un certo punto mi ritrovo con il sedere nella neve. Cerco di rialzarmi, ma non riesco a piantare le racchette. Petra e

Sabine si sono fermate più avanti, mi sembrano lontanissime.

«Yuhuuuuuu, Viola! Tutto bene?»

Faccio roteare un bastoncino, fingendo una tranquillità che non ho...

«Brava! Senti, noi non possiamo risalire a prenderti, perché sprofonderemmo e ci metteremmo un'ora. È più semplice che tu scenda piano piano, alla tua velocità: devi seguire le nostre tracce, è facilissimo, non puoi sbagliare strada. Noi andiamo avanti e avvisiamo Blanc, ok?»

Stronze! Certo, andate avanti. Ce la faccio da sola. Che fatica, cazzo...

Cazzo, cazzo, cazzo! Porca troia, merda, vaffanculo! Come mi piacerebbe urlarle tutte queste parolacce, a costo di far venir giù una valanga. Ecco, sono in piedi, mi fa male tutto...

Non le vedo più, sono sparite. Chissà quanto manca alla fine, almeno quello me lo potevano dire. Troie...

Adesso scendiamo, eh? Devo prendere ritmo, girare bene, senza fretta, piano, niente strattoni, qui è un po' più ripida.

No, ancora! Che male la mano. Anche la gamba. Ho perso gli sci, e adesso come faccio a ritrovarli in mezzo a questa neve? Neve... Ne ho dappertutto: nei guanti, in bocca, dentro gli occhiali... Mi sembra già che stia diventando buio. O forse è solo un'impressione perché sono in mezzo al bosco. Quelle due figurati se tornano a prendermi. Come faccio adesso?

«Serve aiuto?»

17

Giacomo

Madonna di Campiglio, 1° novembre 1980

«Non mi interessa se non ti diverti a queste cene. Il dottor Bussoni ci ha invitato per l'apertura della stagione invernale e tu ci vieni.»

«Ma papà, già è un ponte sfigato, visto che il primo novembre cade di sabato e il 2 di domenica. E poi io il sabato sera di solito esco con i miei amici. Per favore...»

«Finché Bussoni mantiene questa famiglia – compresi i tuoi studi da filosofo – noi accettiamo i suoi inviti. E finché io ti mantengo, tu fai quello che dico io, chiaro? Fine della discussione.»

La discussione era cominciata già il giorno prima al casello di Milano ed era continuata a più riprese, spingendo talvolta la madre di Giacomo a intervenire nel tentativo, spesso goffo, di interromperla quando la tensione saliva troppo. «Senti che bella questa canzone di Mina? Ricordi, Emilio, come eravamo giovani...» Oppure: «Giacomo, come hai detto che si chiama quel professore con cui vuoi dare il primo esame a inizio anno? Che materia è?». E così via. Ma non c'era verso: si ricadeva sempre lì.

Suo padre voleva partecipare alla tradizionale cena con cui Bussoni, nel ponte di Ognissanti, inaugurava l'apertura delle piste da sci di Madonna di Campiglio, che ci fosse o non ci fosse neve. Giacomo, invece, tremava solo all'idea di una serata con camerieri in livrea, cinque bicchieri davanti a sé per acqua, champagne, bianco, rosso e passito, forchette e coltelli che si estendevano per una spanna ai bordi del piatto e, soprattutto, gente con doppio e triplo cognome di una noia mortale. Ma suo padre era irremovibile.

All'ingresso di Pinzolo, quel venerdì 31 ottobre, Giacomo aveva perso le speranze e non vedeva l'ora di scendere dall'auto dopo l'ultima mezz'ora di tornanti, che sarebbero stati percorsi in un silenzio di piombo.

Entrato in casa, il ragazzo aveva disfatto i bagagli: era il suo compito da quando aveva compiuto quattordici anni, mentre sua madre era andata direttamente in cucina per scaldare il minestrone, tutto di verdure fresche, che aveva portato già pronto da Milano. Il capofamiglia, invece, «stanco dopo aver guidato più di tre ore», aveva la libertà di sedersi nel salottino e accendere la vecchia tv in bianco e nero.

Mangiarono in silenzio. I due uomini talvolta si osservavano di sottecchi, mentre abbassavano la testa verso il piatto per aspirare il minestrone dal cucchiaio, ma ogni volta distoglievano subito lo sguardo.

E al risveglio, l'indomani mattina, il clima non era migliore. Padre e figlio grugnirono un «buongiorno» e fecero colazione di nuovo in silenzio fino a quando la madre di Giacomo disse: «Emilio, io vado a comperare una bottiglia di champagne da portare questa sera a Bussoni».

«Ma come? Non l'hai presa da Milano? Qui questi

montagnini ci chiedono il doppio con la scusa che siamo turisti.»

«Hai ragione, scusami: me la sono dimenticata.»

«Be', non mi pare che ci siano alternative. Non possiamo andare là a mani vuote...»

«D'accordo, allora esco. Giacomo, mi accompagni per favore? Prendi anche le chiavi della macchina che non si sa mai.»

Fuori, furono investiti dall'aria gelida. Il cielo era grigio e minacciava neve. Giacomo sentì il braccio di sua madre infilarsi sotto il suo: «Allora, si può sapere che cosa ti passa per la testa?».

«Ma niente, mamma. È che papà continua a trattarmi come se avessi dieci anni.»

«Tu però non ti sforzi di andargli incontro...»

«E che cosa dovrei fare, secondo te?»

«Evita le discussioni inutili. Assecondalo in quello che puoi e punta l'obiettivo sulle cose che ti importano davvero.»

«Cioè?»

«Cioè, sai che la cena di questa sera era inevitabile e a te non costa nulla venire. E accontentalo, no? Sta iniziando adesso a digerire la tua scelta di iscriverti a Lettere e l'idea che forse non lavorerai mai con lui. Cosa non capisci? Il suo dispiacere? La sua frustrazione per non avere avuto le possibilità che, invece, hai tu?»

«No, scusa, ma...»

«No, scusa niente, Giacomo. Cosa mi hai chiesto come regalo di Natale?»

«Il capodanno a Londra.»

«Infatti, ne ho parlato a tuo padre e...»

«Oh no, mamma! Adesso figurati se mi dà il permesso! Non potevi aspettare?»

«Ho detto che ne ho parlato a tuo padre e lui non mi ha detto di no. Mi ha risposto "vediamo". E per la mia esperienza, quando fa così significa che sa che alla fine cederà.»

«Davvero, mamma?»

«Davvero.»

«Sarebbe bellissimo...»

«Immagino. E immagino anche che con questo tuo desiderio non c'entri niente quella ragazza che scrive così spesso e che ogni tanto chiama?»

«...»

«Vabbè, lascia perdere. Me lo racconterai un giorno.»

«E tu che cosa hai chiesto per Natale a papà?»

«Ah, una sera, facendolo sembrare un caso, gli ho indicato un anello che mi piace tanto nella vetrina di una gioielleria. Lui ha annuito. E il giorno dopo, così dal nulla, mi ha spiegato che per i nostri spostamenti in montagna mi sarebbe utile una borsa frigo. Secondo te che cosa riceverò? Vieni, scendiamo nel parcheggio.»

«Vuoi prendere la macchina?»

«No, voglio prendere una cosa *in* macchina.»

Arrivarono accanto alla Fiat 131 grigio metallizzato e, dopo aver aperto il baule, la madre di Giacomo tirò fuori la bottiglia già incartata che aveva portato da Milano. E champagne in mano, quella sera, il geometra Zecchini con famiglia al seguito suonò al cancello della villa.

Percorsero il vialetto fino all'entrata, dove li accolse un cameriere in giacca bianca, dietro il quale spuntò subito Bussoni. Capelli grigi pettinati all'indietro, abbronzato, rasato di fresco e con un piccolo taglio appena sotto la narice destra, il padrone di casa si avvicinò agli Zecchini tendendo la mano. Accennò un baciamano alla madre di Giacomo, strinse vigorosamente la destra di suo padre e gli diede una piccola pacca sulla spalla.

«Giacomo, quanto tempo! È un piacere averti qui. Come stai? E come va l'università?»

«Bene, grazie, ingegnere. Anche se ho appena iniziato...»

«Ma andrà bene di sicuro, figurati. Lettere, vero? Sai che era il mio sogno? Papà però non volle sentire ragioni e mi costrinse a iscrivermi al Politecnico. Tuo padre invece è di più larghe vedute...»

Giacomo sorrise e guardò suo padre che annuiva, pur restando serio.

«Venite, venite. Andiamo di là, qualche ospite è già arrivato.»

«Ecco, ingegnere, avremmo portato...»

«Emilio, non si doveva disturbare... Sandro, per favore, prenda la bottiglia del signore e la metta in fresco.»

E mentre il cameriere si allontanava, gli Zecchini videro i vassoi colmi di calici e cestelli pieni di ghiaccio, con magnum di Moët & Chandon.

La tavola, enorme, era apparecchiata per ventiquattro e i segnaposto, nell'impossibilità di rispettare l'alternanza uomo-donna visto che i maschi erano in netta maggioranza, tenevano almeno distanti i parenti. «Così si fanno un po' di conoscenze e non si parla sempre con la solita gente» disse il padrone di casa. Giacomo si ritrovò di fianco a un uomo sulla cinquantina che gli strinse la mano con forza.

«Adelio Ferretti.»

«Giacomo Zecchini, piacere»

«Che fai qui, Giacomo?»

«Sono il figlio del socio dell'ingegnere. Quello laggiù è mio padre. E due posti più in là c'è mia madre.»

«Quanti anni hai, Giacomo?»
«Quasi venti.»
«Come mia figlia.»
«Ah, e non c'è sua figlia?»
«No, non ne ha voluto sapere.»
«Lei è più permissivo di mio padre.»
«O più debole, dipende dai punti di vista. Nessuno può sapere chi ha fatto bene tra noi due.»
«Be', io so che a quest'ora i miei amici sono in giro a bere e scherzare e io invece sono qui...»
«Tra tutti questi vecchi?»
«No, non intendevo dire...»
«Stai tranquillo, ho capito quello che vuoi dire. Che cosa fai, Giacomo? Lavori? Studi?»
«Studio. Sono iscritto alla facoltà di Lettere.»
«Lettere? E poi?»
«A dire il vero non ho le idee chiarissime. Ma l'anno prossimo partirò per il militare così avrò tempo per decidere. E lei, se posso chiedere? Lavora anche lei con il padrone di casa?»
«No, siamo solo amici di vecchia data. Le nostre famiglie si conoscono e frequentano da sempre. Io mi occupo, diciamo, di import-export. Ramo combustibili.»
Fu in quel momento che la memoria di Giacomo si accese: Ferretti. Il suo nome era saltato fuori dal nulla l'anno prima, quando si era vociferato che l'Inter potesse tornare nelle mani di un petroliere dopo i fasti degli anni Sessanta con Angelo Moratti, ma poi non se n'era fatto niente. Ferretti! Uno degli uomini più ricchi e potenti di Milano, forse d'Italia, lì al suo fianco. Si bloccò per un istante: con un vicino così sarebbe stato opportuno sforzarsi su argomenti quanto meno intelligenti, se non proprio interessanti.

Lo cavò d'impaccio la signora alla sua sinistra, che gli domandò a sua volta che cosa c'entrasse in quella cena, lui così giovane. Allo stesso tempo l'attenzione di Ferretti venne distolta dal vecchio signore in smoking seduto alla sua destra, che diede il via a una discussione che passò dall'economia alla politica, dal sequestro Moro agli *Angelus* del nuovo papa polacco, dalla coltivazione di mele in Val Rendena alla delusione per la nazionale ai Mondiali in Argentina, fino a un commento su quanto fosse sexy Maria Giovanna Elmi. In realtà, più che una conversazione era un monologo: Ferretti annuiva e sorrideva solo.

E fu con l'arrivo del dolce, strüdel con panna accompagnato da un bicchierino di passito, che Giacomo sentì il gomito sinistro del vicino che premeva inequivocabilmente contro il suo braccio destro. Interpretò quel segnale come una richiesta di aiuto e si girò verso di lui.

«Dottor Ferretti?»

Ferretti si scusò con il suo interlocutore e si girò verso Giacomo, sgranando appena gli occhi.

«Sì?»

Giacomo purtroppo non si era preparato una domanda e gli uscì un improbabile: «Sa sciare?».

«No» disse Ferretti, con un pizzico di sconforto perché il signore in smoking era ancora in attesa di riprendere il discorso appena interrotto. E di fronte allo sgomento di Giacomo proseguì: «Però mia figlia sì».

«Ah già, sua figlia. E come si chiama?»

«Elena. Lei è iscritta alla Bocconi, vorrebbe occuparsi di economia internazionale.»

«A differenza mia è una con le idee chiare.»

«Anche troppo, a volte mi preoccupa un po'...»

«...»

«In ogni caso, venite spesso a Campiglio?»
«Ora che inizia l'inverno sì. Abbiamo un appartamento.»
«Ah sì? E dove?»
«Vicino al supermercato. E lei, ci viene spesso?»
«Sì, anche noi abbiamo una casa qui. Anzi, dopo presentami i tuoi. Se siete qui per il prossimo ponte, quello di Sant'Ambrogio, potremmo vederci a cena. E tu sei libero di non venire se vuoi uscire con i tuoi amici, questo è chiaro...»
Giacomo sorrise. Un coltello tintinnò su un bicchiere e Bussoni fece un breve discorso invitando ad alzare i calici per un brindisi all'inverno che stava iniziando e a tutti i presenti. Poi aggiunse che sarebbe stato felice di fumarsi un sigaro con chi ne aveva piacere e che avrebbe salutato coloro che invece preferivano tornare a casa visto che fuori aveva cominciato a nevicare.
Ci fu un mormorio e sia Ferretti sia i genitori di Giacomo si avviarono verso il guardaroba per ritirare i cappotti.
Lì si incontrarono.
«Giacomo, mi presenti i tuoi genitori?»
«Certo: papà, mamma, vi presento il dottor Ferretti.»
«Molto piacere, Adelio Ferretti.»
«Molto lieto, geometra Zecchini Emilio.»
Giacomo arrossì leggermente, non solo per la qualifica e il cognome prima del nome, ma anche perché suo padre aveva accennato un battito di tacchi mentre porgeva la mano. «E lei è mia moglie Cristina.»
«Vostro figlio sembra un ragazzo in gamba. Lei ne sarà orgogliosa, signora.»
«Grazie, sì. Ha molte potenzialità, ce lo dicevano anche i suoi insegnanti, deve solo decidere come usarle.»

«A volte ci vuole tempo per capirlo. Sono sicuro che quel momento arriverà. Dicevo prima a Giacomo che se siete qui per il ponte di Sant'Ambrogio potreste venire da noi a cena. Sempre che non abbiate già impegni...»

Il geometra Zecchini allargò la bocca e gli uscì un «Ma, veramente non saprei...».

«Sarà un piacere, la ringraziamo molto, dottor Ferretti» rispose pronta Cristina, che aveva appena incrociato gli occhi raggianti di suo figlio.

«Bene, ottimo. Anche perché sono in debito con Giacomo: questa sera mi ha "salvato" da un vicino un po' noioso... Allora vi mando un biglietto con le indicazioni. Tanto so come trovarvi: chiamo Bussoni.»

Si infilò i guanti, abbracciò il padrone di casa e si avviò sul vialetto sotto la neve che si stava infittendo. Un autista scese dal Range Rover parcheggiato lì fuori e gli aprì la portiera.

18

Viola

Svizzera, 2 dicembre 2010, sera

«Mi sono accorta che uscivi con loro e vi ho seguite. L'ho fatto d'istinto. Quando ho visto che le vostre tracce scendevano per la strada nel bosco non battuta sono stata tentata di tirare dritto e seguire la pista principale. Poi mi sono detta che se ero arrivata fin lì, tanto valeva andare fino in fondo e meno male! Eri buffa nella neve fino al collo: lì per lì ho pure pensato che forse te lo meritavi e mi è venuto anche un po' da ridere...»

Sì, ridi Leslie. Adesso si può. Adesso che ce ne stiamo infilate sotto le coperte e che la paura è passata. Ora anche il freddo che mi era entrato dentro se n'è andato.

«Sii sincera, se non fossi arrivata io...»

La cosa più irritante è stata vedere quelle due già sedute sul pullman: non hanno fatto una piega quando mi hanno vista salire. E in più mi sono dovuta sentire la ramanzina di Blanc.

«Quello che non capisco, Viola, è il tuo atteggiamento: non mi parli da giorni... Oddio, non intendevo dire "non mi parli". Sì, insomma, hai capito, no? Sei distante, mi sfuggi, quando incroci i miei occhi guardi per terra o ti metti a leggere. A volte ti osservo, so che te ne accorgi e fai apposta a non alzare la testa. È per qualcosa che ti hanno detto quelle due?»

Io abbasso gli occhi.

«Qualche cattiveria sul mio conto, di sicuro... Qualcosa di personale... Che sono lesbica? In passato l'hanno raccontato in giro. Oppure... Ci sono! Quel giorno avevano parlato di mia madre, quindi è qualcosa su di lei... I genitori di Petra e Sabine sono delle specie di istituzioni qui, hanno frequentato il collegio e lo sovvenzionano ed è anche per questo che gli insegnanti chiudono un occhio sui loro comportamenti. Mia mamma, ti ripeto, viaggia molto ed è stata un po' assente. Lavora nel mondo dello spettacolo e da quando sono qui non è mai venuta a trovarmi, così per loro è facile inventarsi delle storie.»

Ci credo...

«So che hanno cercato in tutti i modi di scoprire cosa fa, ma qui il rispetto della privacy è garantito. Solo la Bergson è in contatto con mia madre e di sicuro non ha parlato di lei in giro. Quindi stai sicura che Sabine e Petra non ne sanno niente.»

Sicura?

«Io non ci tengo a parlare di lei... Non ancora, almeno. E chissà quelle due che cosa si sono inventate di nuovo... Però mi dispiace che ci abbiano allontanate.»

Anche a me.

«E mi dispiace ancora di più che tu abbia creduto loro, senza venirmi a chiedere spiegazioni.»

Lo so...

«Smettila di abbassare gli occhi. Guardami in faccia, Viola. Sono io, Leslie. Poco importa come mi vesto, se vado bene a scuola o chi è mia madre: non riesci a considerare quello che sono e basta? Come puoi pensare di scoprire la verità sul passato di tuo padre se non riesci a vedere cose più semplici?»

Lascia stare mio padre.

«Oh, bene, così adesso mi guardi. Ho di nuovo la tua attenzione, vedo. Vuoi sapere perché Sabine mi odia?»

Prendo il blocco e scrivo: *Sì.*

«È tutto a causa di un ragazzo. Si chiama Ian, è scozzese, ha i capelli rossi e l'estate scorsa, alla festa di fine anno, aveva indossato il kilt. Ha un anno in più di me. Ci eravamo parlati ogni tanto durante le lezioni, e quando lo vedevo mi mancava il fiato: è bellissimo...»

Anche col gonnellino?

«Non fare la spiritosa... Quel giorno avevo deciso che avrei provato ad avvicinarlo, ma poi mi sono accorta che Sabine gli ronzava attorno. Si era persino fatta invitare a ballare, non si staccava un momento da lui. Stavamo ascoltando la musica e tutti ridevano: il giorno dopo ognuno sarebbe partito per passare l'estate con la famiglia e c'era quell'atmosfera di allegria e di malinconia allo stesso tempo. Così mi ero seduta sulla panchina vicino al boschetto e avevo tirato fuori il libro che avevo in borsetta, nel caso le cose fossero andate proprio come stavano andando.»

Ti ha fregato il ragazzo?

«Peggio. Aspetta e vedrai. Comunque io non avevo voglia di fare festa: non c'era da festeggiare né il mio stato d'animo né il ritorno a casa. Poi ho sentito che avevano messo su una canzone che detesto, un pezzo pop. Si è sollevato il solito grido di eccitazione dalle ragazze, che si sono buttate in pista strillando: "Andiamo, dài, questa è l'ultima di Ginger Lola". Allora ho rialzato lo sguardo ma Ian non c'era più. E nemmeno Sabine. Ho fatto uno più uno e mi sono rimessa a leggere, anche se le lacrime mi annebbiavano la vista. Poi ho sentito una mano che si appoggiava sulla mia spalla.»

Vorrei domandare a Leslie molte cose, ma mi limito a sgranare gli occhi. Lei continua.

«Era lui, Ian. Mi ha preso la mano e mi ha portata sul sentiero che si inoltra nel bosco, mi ha accarezzata e mi ha baciata, senza dire una parola. Io ho sentito le gambe molli, la testa che girava e mi sono aggrappata alle sue spalle. Una scema, capisci? Ma ancora più scema mi sono sentita subito dopo... "Ah, eccovi qui: ho detto alla professoressa che eravate spariti e lei era preoccupata che vi fosse successo qualcosa..." Era Sabine, con la Bergson. Il mio primo – e ancora unico – bacio finiva così. E Ian quest'anno non è tornato al collegio, ha cambiato scuola.»

Mi dispiace... Scrivo: *Che stronza!!!*, calcando sui tre punti esclamativi.

«E quindi puoi capire quello che provo ogni volta che ti vedo con lei...»

Leslie si interrompe perché una busta viene infilata sotto la porta.

La raccoglie, legge il destinatario e me la porge.

«È per te.»

È la stampata di una mail:

Da: arianna@medusianemedusian.it
A: bergson@ecureuiljaune.ch

Gentile professoressa Bergson,
le comunico fin d'ora che mia figlia Viola trascorrerà le festività natalizie con noi, a Milano.

Poiché, per motivi professionali, non ci è possibile venire a prenderla direttamente al collegio, le sarei grata se potesse organizzare un trasporto fino alla stazione di Ginevra e assicurarsi che sia affidata al capotreno sull'Intercity del giorno 23 dicembre alle ore 13.40.

La saluto cordialmente e auguro anche a lei liete feste.

Arianna Bruggi Medusian

19

Giacomo

Madonna di Campiglio, 5 dicembre 1980

Il cartoncino color panna, tagliato a mano e con in rilievo il timbro della cartoleria più conosciuta di Milano, era stato recapitato agli Zecchini una settimana dopo l'incontro con Ferretti.

La S.V. è invitata a brindare ai 20 anni di
ELENA FERRETTI
Sabato 5 dicembre, ore 21
Villa Ferretti, Madonna di Campiglio, Belvedere

In fondo, in un corsivo svolazzante, si domandava "cortesemente" di dare conferma a un numero della Ferroil, al quale una segretaria aveva risposto alla madre di Giacomo, sottoponendola a una specie di interrogatorio. Le aveva chiesto se «i signori» sarebbero arrivati da soli o se avevano bisogno che una macchina li andasse a prendere a Trento, in quanti sarebbero stati presenti, se qualcuno soffriva di intolleranze alimentari, se desideravano pernottare in zona.

La sera della cena era arrivata. La neve aveva cominciato a cadere abbondante già dalla fine di novembre e il vento freddo aveva trasformato i marciapiedi di Madonna di Campiglio in lastre di ghiaccio. La madre di Giacomo per l'occasione aveva portato da Milano una pelliccia di castoro, regalo del marito – uno dei rari doni fuori standard in vent'anni e più di matrimonio – e indossava delle décolleté con un tacco di qualche centimetro, mentre il geometra Zecchini, stretto nel suo loden verde, strisciava a passi brevi sull'asfalto, per via delle suole di cuoio, come se si stesse muovendo con delle pattine su un parquet appena lucidato.

Giacomo si era rifiutato di indossare giacca e cravatta – «È la festa di una ragazza della mia età che come minimo sarà un'odiosa racchia figlia di papà: almeno risparmiatemi il supplizio della divisa» – e sotto la giacca a vento imbottita rossa portava un golf di cachemire blu con le toppe sui gomiti, pantaloni beige e un paio di scarponcini gialli che la madre detestava perché, diceva, «sembrano quelli di Topolino».

Arrivati al Belvedere, scorsero un cancello alto almeno tre metri, con un'unica feritoia per la cassetta delle lettere. Ai lati, due colonne di sassi a vista chiudevano mura appena più basse: Giacomo riconobbe la Range Rover nera parcheggiata lì fuori e si avviò a passo spedito in quella direzione. Gli parve di udire un sospiro di sollievo da parte dei genitori, che viaggiavano saldamente ancorati sottobraccio, rigidissimi, nel tentativo di non scivolare.

Vedendoli avvicinarsi un uomo scese dal fuoristrada. Giacomo gli mostrò l'invito e il cancello si aprì, azionato da un comando automatico.

Se la villa di Bussoni lasciava ogni volta Giacomo e i suoi stupefatti per l'eleganza, questa volta c'era voluto il rumore del cancello che si chiudeva per ridestarli dalla paralisi che li aveva colti. Un sentiero di ghiaia perfettamente spazzato dalla neve e dal ghiaccio – con grande sollievo del geometra e della sua signora – li condusse verso un edificio che somigliava a un piccolo castello: un corpo centrale di tre piani e una torre laterale di quattro. Dall'esterno, nulla lasciava intendere che dietro quell'ingresso si nascondesse una residenza così sontuosa.

Tutte le luci erano accese al pianterreno, e la musica di archi mise in ansia Giacomo: sarebbe stata una insopportabile serata danzante con vecchi in smoking e anziane signore ingioiellate. Guardò il padre e vide nei suoi occhi lo stesso sgomento: l'idea di mettere il completo marrone in velluto a coste forse non era stata la migliore. Sua madre invece sorrise e si mosse, trascinando dolcemente il marito: «Andiamo, dài. Mai vista una casa così».

Dai guanti bianchi Giacomo realizzò di essere di fronte a uno dei camerieri. Tutti gli ospiti, infatti, indossavano abiti «da montagna»: pullover intrecciati, giacche in fustagno, persino qualche pantalone alla zuava con calzettoni di lana pesante. Abito nero e papillon solo per la servitù e per il quartetto d'archi che suonava mentre attorno tintinnavano i calici.

Adelio Ferretti chiese scusa a una signora con cui si stava intrattenendo e si avvicinò ai nuovi arrivati.

«Benvenuti, grazie per aver accettato l'invito. Ciao, Giacomo, che bello rivederti.»

«Buonasera, dottore, come sta? Scusi, io avrei portato...»

Ma, ancora prima di terminare la frase, scorgendo su un tavolo vicino all'ingresso una montagna di pacchetti, alcuni minuscoli – senz'altro gioielli – e altri più ingombranti – quasi certamente abiti –, si rese conto che il libro che aveva comprato solo due giorni prima, avvolto nella carta verde della libreria, non era decisamente un regalo adeguato.

«Mettilo lì, assieme agli altri. Non dovevi disturbarti, Giacomo. Aspettate, voglio presentarvi mia moglie. Tesoro? Per favore...»

Capelli nero corvino raccolti in una crocchia sulla nuca, maglia d'angora bianca, pantaloni scampanati neri e tacco altissimo – unica trasgressione all'abbigliamento casual della serata – la padrona di casa porse la mano alla madre di Giacomo.

«Piacere, Cristina» dissero le due donne all'unisono.

«Guarda un po', due Cristine» sorrise Ferretti.

«Be', è un nome piuttosto comune» continuò la moglie del padrone di casa, mentre allungava la destra verso il padre di Giacomo.

«Molto lieto, signora: geom... ehm.. piacere, Zecchini... Emilio Zecchini.»

Giacomo aveva passato due ore a ricordare a suo padre che ci si presenta per nome e cognome e gli aveva persino raccontato di quando Giosuè Carducci, professore universitario, aveva cacciato da un esame uno studente solo perché aveva fatto l'opposto.

«Prego, accomodatevi. Vorrei che incontraste Elena» disse rivolgendo un sorriso ironico a Giacomo, «ma ha avuto una piccola crisi isterica ed è andata a cambiarsi d'abito di sopra, assieme al suo ragazzo. La vedrete dopo.»

Gli Zecchini si avviarono verso il centro del salone. «Saranno almeno 500 metri quadri» sussurrò il padre di Giacomo alla moglie: «tra i 530 e i 550, se il mio occhio di geometra non mi inganna...».

Parquet, boiseries alle pareti, travi a vista: Giacomo non poté fare a meno di pensare che una sigaretta spenta male avrebbe potuto trasformare quel luogo in un immenso rogo e cercò di immaginare la fuga delle persone attraverso l'ingresso principale. Almeno l'incendio l'avrebbe salvato dalla figuraccia del suo regalo.

Erano le nove e mezza passate quando il brusio cessò e dalle scale spuntò una ragazza che indossava un abito rosso lungo fino ai piedi, con accanto una specie di vichingo biondo alto due metri. Il suo smoking bianco sembrava cucito addosso e metteva ancor più in evidenza due spalle enormi.

«Auguri, Elena!» I calici si sollevarono all'unisono mentre un cameriere si avvicinava alla coppia porgendo loro due bicchieri.

«Grazie» rispose lei con voce nasale.

«I regali! I regali! Aprili subito» gridò qualcuno.

Giacomo contò un anello, due braccialetti – uno d'oro e l'altro di perle –, una spilla antica d'argento, una collanina con un piccolo brillante come ciondolo, tre sciarpe, due maglioni, un oggetto di pelliccia che alla fine scoprì essere uno scaldamani, un colbacco in visone, una camicia da notte in seta. Ogni volta l'autore del regalo si avvicinava e, puntualmente, diceva che se forma-colore-misura non erano giusti-adatti-graditi si poteva tornare al negozio per cambiarli. Lei diceva sempre che no, era perfetto, andava benissimo, ringraziava e proseguiva il rito.

Poi Giacomo sbiancò quando vide la mano di Elena agguantare il pacchetto verde. La ragazza era seduta accanto al tavolo dei regali: ai suoi piedi un cesto dove buttava carte e fiocchi, al suo fianco il vichingo, che la guardava scartare l'involucro.

«Stefano Benni, *Bar Sport*...»

Era una sua impressione o tra gli ospiti c'era stato un mormorio?

Elena alzò gli occhi e scrutò tra i presenti.

«È mio... Ciao, mi chiamo Giacomo, non ci siamo ancora presentati... Sai, io non sapevo... insomma, a me è piaciuto tanto e...»

«Grazie, lo leggerò senz'altro.»

Giacomo rimase con la mano sospesa nel vuoto. Arrossì, se la infilò in tasca e si rifugiò tra le persone disposte a semicerchio mentre Elena allungava il libro al biondo che a sua volta lo passò a un cameriere che stava allineando i doni alle loro spalle.

La festeggiata riprese la sua attività. Ricevette la quarta sciarpa, se non identica, molto simile alle altre, una maglia d'angora, una scultura in bronzo che rappresentava una fanciulla a cavallo – «visto che l'equitazione è la tua grande passione: l'ho fatta creare apposta da un artista russo, è un pezzo unico» disse una signora ingioiellata – e per finire con il botto un collier di smeraldi da parte dei genitori. Elena baciò mamma e papà, poi Ferretti invitò gli ospiti a servirsi ai quattro tavoli del salone, dove i cuochi stavano portando vassoi colmi di canederli.

Giacomo scelse il tavolo più lontano dai padroni di casa e si mise in coda. Con il piatto fumante si accostò alla porta finestra e guardò fuori, il giardino illuminato dai lampioni. Si sentiva fuori luogo e sobbalzò quando avvertì una mano che si appoggiava sulla sua spalla.

«Certo, il tuo regalo è molto diverso dagli altri...»

Lui quasi si strozzò con il boccone e cominciò a tossire. Il vichingo gli porse un bicchier d'acqua mentre Elena lo fissava.

«Scusa... io non potevo immaginare che...»

«Voglio dire che è bello. Tutti mi hanno portato degli

oggetti: splendidi, per carità, ma oggetti. Tu invece hai scelto qualcosa di originale, intellettuale, direi...»

Giacomo la guardò meglio: i capelli erano neri, come quelli della madre, solo che erano sciolti sulle spalle. L'abito copriva le gambe, che quindi non potevano essere giudicate, ma di certo metteva in risalto il seno, quasi esagerato per una ventenne. Il ragazzo pensò al collier adagiato su quella scollatura e sorrise.

«Perché ridi?»

«Io? Pensavo... pensavo che quel libro forse non è un grande nutrimento per la mente. Nel senso che fa ridere, non è impegnato.»

«Ma dimmi un po': chi sei? Come mai sei qui?»

«Ho conosciuto tuo padre il mese scorso, a una cena qui a Madonna di Campiglio, a casa del socio del mio, di padre.»

«Certo, lui organizza la mia festa di compleanno ma poi invita gli amici suoi... Non mi fraintendere, sono contenta che tu sia qui: come vedi sei l'unico ragazzo oltre a me e al mio fidanzato. A proposito, lui è Erik.»

Giacomo allungò la mano e trattenne a stento una smorfia quando se la sentì stritolare.

«Erik è norvegese: è un campione in molti sport, sa fare praticamente tutto.»

«*Nice to meet you*» disse Giacomo.

«Piacere mio» rispose il gigante, facendolo sentire un idiota.

«Erik è anche un mezzo genio. Studia medicina alla Sant'Anna di Pisa. E parla italiano benissimo, vero, amore?»

Quello annuì osservando Giacomo, che riprese il discorso.

«Be', complimenti. E come vi siete conosciuti?»

«L'estate scorsa, a una festa a Londra.»

«Pensa, anch'io ero in Inghilterra l'estate scorsa. E a capodanno dovrei andare proprio a lì.»

La voce arrivò da dietro di lui: «Quando parti per Londra?».

Giacomo si voltò e vide l'ingegner Ferretti con suo padre e Bussoni. Arrossì, per l'ennesima volta in quella serata, notando lo sguardo interrogativo di suo padre: in realtà ne avevano discusso, ma niente era stato ancora deciso.

«Diciamo che vorrei andarci. Per l'ultimo dell'anno.»

«Ah, Londra è magnifica in quei giorni. Fai bene. E con chi vai?»

«*Se* ci vado, da solo.»

«Da solo? E che senso ha festeggiare da soli?»

«No, be', là sarei con qualcuno. C'è una ragazza che...»

«Ho capito, non devi dirmi altro.» Ferretti batté la mano sulle spalle del ragazzo. E poi domandò: «Ti piacerebbe trasferirti lì? A Londra, intendo». Per Giacomo fu come una fucilata.

Guardò in rapida sequenza Ferretti, suo padre, di nuovo Ferretti: «Scusi?».

«Signor Zecchini, mi perdonerà se ho fatto questa uscita senza consultarla prima, ma stiamo aprendo un'attività a Londra. Ci mettiamo nel mercato del carbone e sto cercando dei giovani *operator*, anche senza dimestichezza in quel campo, perché tanto avremo trader esperti, presi da altre compagnie, a istruirli. Mi scusi, lo so, ho agito d'impulso, ma mi pare un'offerta vantaggiosa per suo figlio: imparerebbe meglio l'inglese e starebbe vicino alla sua fidanzata, o comunque a questa sua amica. Sbaglio? Che cosa ne dici, Giacomo?»

«Be'.. io... certo... papà tu...»

«Lascia perdere: con tuo padre adesso parlo io. Tu pensaci. Vienimi a trovare in ufficio a Milano la prossima settimana. Entro Natale devo aver formato la squadra e ho ancora un paio di posizioni scoperte. Elena, Erik, ve lo lascio: trattatelo bene...»

Giacomo guardò Elena: gli occhi erano piccoli e ravvicinati, il naso un po' schiacciato. Non c'era dubbio che tra i due il bello fosse il fidanzato, eppure era altrettanto evidente che era lei ad avere in pugno la situazione. Aveva un sorriso ambiguo, indecifrabile, e l'aria di chi ha infranto molti cuori.

Si rivolse a Giacomo con un tono fintamente lusinghiero: «Mio padre deve proprio avere una passione per te per comportarsi così e farti una proposta del genere senza quasi conoscerti». E poi: «Scii, Giacomo?».

«Sì.»

«Vuoi venire con noi domani? Otto e mezza a Campo Carlomagno.»

«Non saprei...»

Ma Elena ed Erik gli avevano già voltato le spalle: «Ci vediamo davanti agli impianti».

Giacomo lasciò il piatto ancora pieno di canederli sul tavolo e non riuscì a mandar giù altro per tutta la sera: né gli involtini con speck e Asiago né una fetta della gigantesca torna di crema e frutti di bosco. Non vedeva l'ora di tornare a casa.

Lungo il tragitto del rientro affrettò talmente il passo da costringere a un'andatura troppo sostenuta i genitori, che un paio di volte gli chiesero di rallentare. Ripensava a quello che gli era successo quella sera, alla possibilità che la sua vita cambiasse. L'offerta di Ferretti gli avrebbe permesso anche di evitare il militare e si vergognò un po' per una riflessione così opportunistica, però era la verità, perché negarlo?

Ma era soprattutto Claire il centro delle sue considerazioni: vivere vicino a lei di colpo non era più solo un sogno. Si rese conto che per l'eccitazione faceva fatica a trattenersi, avrebbe voluto mettersi a correre. Certo, da un lato quell'eventualità lo spaventava un po', anche perché mai prima d'ora l'aveva messa in conto, ma sentiva il cuore martellargli nel petto e sapeva che quello era il segno di una felicità mai provata prima.

Una volta a casa, augurò la buonanotte ai suoi, anche se era certo che suo padre avrebbe voluto commentare l'evoluzione imprevista della festa. Si chiuse in camera e cominciò a scrivere.

Claire, amore mio,

è passata la mezzanotte, ma non posso aspettare.

Ci puoi credere? Ho conosciuto un uomo, un grande industriale, che potrebbe cambiare le nostre vite: la mia, la tua.

È una di quelle cose assurde che succedono all'improvviso. Gli ho raccontato che verrò da te per l'ultimo dell'anno – con mio padre siamo rimasti sul «forse», ma non ho dubbi sul fatto che il 31 dicembre a mezzanotte ti bacerò – e lui mi ha detto che deve aprire degli uffici a Londra e che potrebbe assumermi. In questo modo staremmo vicini, potremmo vederci ogni giorno. E in più, per la legge italiana, potrei evitare di fare il servizio militare.

Ci puoi credere? Non voglio illudermi, ma come faccio a non pensarci? Altrimenti scappo da Milano, non ne posso più. Esule a Londra, come Foscolo, come Mazzini. (Tuo zio sarebbe orgoglioso di me per queste citazioni, vero?)

Scusami, deliro. Non sto nella pelle, Claire. Vorrei che fosse già l'ultimo dell'anno, vorrei già essere da te.

Perdonami, è una lettera corta. Ma avevo troppa voglia di dirtelo e non al telefono: desidero che tu lo legga, per immaginarti mentre apri questa busta e scorri le mie parole. Voglio immaginare le tue labbra che si schiudono per la sorpresa, i tuoi occhi un po' sgranati che risalgono le righe per accertarsi di aver letto bene. E che magari si mettono anche a piangere...

E se le mie sono solo illusioni, non me lo dire. Lasciami questo sogno. Mi addormento con te, amore mio, stringendoti a me, come non ho mai potuto fare fino a oggi.

Ti amo.

g.

P.S. *Ma potremo dormire insieme l'ultimo dell'anno?*

P.P.S. *Ho conosciuto anche la figlia di questo tizio. Una ragazzina viziata odiosa, fidanzata con un energumeno scandinavo che mi ha quasi fratturato la mano stringendomela.*

P.P.P.S. *Ti amo.*

20

Viola

Svizzera-Milano, 23 dicembre 2010

«Hai preso tutto?»

Non porto a Milano granché, Leslie.

«Allora, glielo chiedi? Mia madre ha promesso che per la settimana bianca possiamo tornare in Inghilterra con lei. Non c'è bisogno che la tua sappia perché ci vuoi venire: dille solo che stai con noi. Ricordati che la Bergson pretende sempre un'autorizzazione scritta.»

Non mi darà mai il permesso.

«Questa notte devi aver fatto dei sogni terribili. Continuavi a rigirarti nel letto e ho avuto la sensazione che a svegliarmi sia stata una frase che hai pronunciato nel sonno. Non ci giurerei: la tua voce non la conosco. Non ancora, almeno. Prima o poi tornerà, giusto?»

Borsa fatta. Le camicie, il pile, gli scarponcini ché a Milano forse nevica, dice la mamma. Tra due giorni è Natale, il primo Natale senza papà.

«Hai almeno un po' voglia di tornare a casa? Pensa che io starò con i miei nonni sia a Natale sia a capodanno: mia madre deve lavorare e non esattamente dietro l'angolo. In Australia, ci puoi credere? La vedrò un paio di giorni prima di tornare qui.»

Dovrei prendere un regalo anche all'avvocato? E a Credino? E se alla mamma compro un vocabolario con il linguaggio dei segni? Non capirebbe l'ironia. Meglio un foulard. O un profumo. Ecco, sì: un profumo per lei, un dopobarba per il suo fidanzato e un deodorante per le ascelle del piccolo puzzone. Tre regali, un solo negozio. Andrò domani con Fulvio, siamo già d'accordo di incontrarci. Qualche volta ci siamo scritti in questi mesi: mi ha detto che vuole raccontarmi delle cose di papà ma che preferisce farlo di persona, vuole guardarmi negli occhi.

Bussano alla porta di camera nostra. Sono venuti a prendermi.

«Vieni qui, Viola, fatti abbracciare...»

Ci abbracciamo. Ciao, Leslie, strana ragazza figlia di una pornostar.

Dài, adesso staccati, non senti che mi chiamano?

«Buongiorno ragazze. Sei pronta, Viola? È solo questo il tuo bagaglio?»

Sì, Bergson, sono pronta.

Mentre il minibus parte, metto le cuffie e accendo l'iPod. Ho chiesto a Leslie di scaricarmi qualche vecchia canzone: questo tale George Benson dice che c'è musica nell'aria e chiede di dargli la notte. È una delle canzoni che papà cita nel suo diario. Mi sembra così strano pensare a lui in discoteca. Ha sempre detto che odiava ballare, che non era capace. Però con Claire ci andava, a quanto pare. Questa ragazza aveva qualcosa che rendeva papà diverso e non credo che fosse solo perché era un ragazzo.

Prendo una delle sue lettere e leggo.

Londra, 15 dicembre 1980

Sei un ragazzo cattivo, Giacomo.

Dispettoso. A naughty boy, *come diciamo noi.*

Ma è possibile? Negli ultimi giorni ci siamo sentiti tante volte al telefono e ti ho chiesto che cosa avevi, perché capivo dalla voce che eri strano. Continuavi a domandare se avevo ricevuto la tua lettera e io non sapevo che cosa aspettarmi.

Poi l'ho ricevuta. E da quel momento non faccio che immaginarmi una scena, noi due che camminiamo mano nella mano e ci fermiamo ogni tanto, per baciarci e stringerci in un abbraccio. Come hai fatto a non dirmi che forse vieni a vivere qui? Giacomo, amore mio, sarebbe meraviglioso. E dove staresti? Con chi?

E poi, c'è un'altra cosa, sei un indovino. Come hai fatto a immaginare così bene la mia reazione alla lettera? Sì, ho pianto quando l'ho letta. Non tanto, però, solo un po'...

Sono felice. Una felicità grande, molto grande.

Muoviti, Giacomo, mancano due settimane. E questa sera ti chiamo e ti interrogo come a Scotland Yard, voglio sapere tutto.

Ti amo e ti aspetto.

Claire

P.S. *Ah, pure io, per punizione, ti scrivo (e non ti dirò al telefono) che sì, dormiremo insieme, nello stesso letto.*

Sei un ragazzo perfido, ma ti amo. Anche se non te lo meriti.

21

Giacomo

Madonna di Campiglio, 6 dicembre 1980

Due metri e dieci centimetri. Rossignol Roc 550, rossi. E duri come lastre di marmo. Curvare era un'impresa, ma suo padre glieli aveva presi tre anni prima, quando ancora si pensava che l'altezza giusta degli sci fosse quella della propria statura con un braccio alzato. Giacomo si presentò all'appuntamento alle otto e trenta precise, davanti agli impianti. Prima era passato a imbucare la lettera per Claire, così avrebbe guadagnato due giorni, visto che sarebbe tornato a Milano soltanto la sera dell'8 dicembre. Aveva finito di scrivere a notte fonda, si era coricato ma non era riuscito a dormire bene: all'alba era già con gli occhi sbarrati a fissare il soffitto. Non gli era costato troppo arrivare puntuale, anche se non si poteva certo dire riposato.

Si guardò intorno, cercando di scorgere Elena ed Erik in mezzo alla gente che, sbattendo gli sci e strusciando gli scarponi sull'asfalto, si accalcava davanti alla seggiovia appena aperta.

Dopo mezz'ora, quando si rese conto che le punte delle dita delle mani e dei piedi iniziavano a formicolare per il freddo, entrò nel bar lì accanto e chiese un caffè. Alle dieci decise che non avrebbe più aspettato.

Stava andando a fare il biglietto quando vide arrivare il Range Rover nero. Il solito autista scese e aprì la portiera alla ragazza, mentre il vichingo uscì con un salto dalla parte opposta.

«Ciao, Giacomo, scusa il ritardo. È molto che sei qui?»

«Un'ora e mezza...»

«Accidenti, è così tardi? Perdonaci, non abbiamo sentito la sveglia.»

Elena aveva pantaloni e giacca a vento bianca, un completo di marca, la stessa di Erik, che però era tutto in nero. Ed entrambi avevano dei Maxell turchesi nuovi fiammanti, che sembravano alti la metà dei Rossignol di Giacomo.

«La nuova tendenza è quella di avere sci molto corti. Si manovrano meglio» commentò Erik, lanciando un'occhiata sprezzante ai suoi.

Era la prima volta che Giacomo lo sentiva pronunciare una frase di più di due parole. Non aveva quasi accento, se si escludeva la erre un po' trascinata. Lo guardò: i capelli biondi spuntavano da una fascia di lana e portava occhiali da sole a specchio, oltre al completo nero molto elegante. Così distante dal suo, di look: giacca a vento rossa e sopra un gilet azzurro, jeans infilati negli scarponi, cappellino con pon-pon e mascherina con elastico.

«Andiamo? Che cosa aspettiamo?»

Sciarono senza tregua. Erik si esibiva in serpentine strettissime sempre ai bordi delle piste, dove la neve era meno battuta. Gli piaceva fermarsi ogni tanto a contemplare il disegno che lasciava dietro di sé, scuotendo la testa se l'ampiezza degli archi non lo soddisfaceva. Elena preferiva curve più ampie, sciava come chi sin da bambino ha preso lezioni private, alzando una polvere sottile ai cambi di direzione.

Giacomo notò che lei aveva il sedere basso e le gambe corte: se la sera prima l'abito nascondeva bene questi difetti, i pantaloni aderenti erano impietosi. Essendo sempre l'ultimo del trio, ebbe modo di osservare a lungo la coppia: la chioma bionda di Erik e il culo di Elena.

Si fermarono per pranzo, al rifugio Boch. Dopo aver mangiato un toast con aria svogliata, la ragazza si rivolse a Giacomo: «La nostra macchina viene a prenderci allo Spinale. Tu invece devi tornare a Campo Carlomagno. Che cosa ne dici se, prima di separarci, facciamo una 3Tre insieme?».

La 3Tre era un canalone ripido e gobboso, che veniva usato per lo slalom di Coppa del Mondo, e questo era il valore aggiunto che rendeva la pista così attraente.

Alzandosi, Giacomo avvertì una fitta ai polpacci. L'acido lattico cominciava a tormentare i suoi muscoli e si chiese se era il caso di affrontare *quella* pista in *quelle* condizioni, ma ormai non aveva senso tirarsi indietro.

Sulla discesa per prendere la piccola funivia che portava in cima alla 3Tre, però, Giacomo incrociò le punte degli sci e cadde. Rotolò due volte sulla testa e poi ruzzolò per quasi venti metri fino ai piedi di Elena. Erik era già una cinquantina di metri più a valle.

«Vai avanti, tesoro! Io aspetto Giacomo! Tu tanto sei veloce, fai in tempo a farti una discesa da solo e poi a raggiungerci.»

«Va bene, ci vediamo tra poco!»

Il vichingo si spinse con i bastoncini e sparì in pochi secondi. Giacomo tentò di darsi un contegno mentre si sollevava: i jeans erano impregnati d'acqua e la neve gli era entrata dappertutto. Se la scosse di dosso, riagganciò gli attacchi e seguì Elena fino alla funivia.

«Allora, quando vieni a parlare con mio padre?» gli chiese, mentre il dondolio la avvicinava a lui e il suo alito si condensava sul viso di Giacomo.

«Non lo so. Dipende dalla sua disponibilità. Sono ancora senza parole per quello che mi ha proposto.»

«Oh, lui è così. Si innamora delle persone. Il problema è che poi, con la stessa velocità, si disamora. Ha fatto così anche con mia mamma: l'ha voluta sposare a tutti i costi in un lampo e adesso credo che abbia amanti ovunque...»

«Come fai a dire questo di tuo padre?»

«Be', che c'è di strano? Voi uomini siete tutti così.»

«Non ti sembra di generalizzare un po'?»

«Perché, tu credi di essere diverso? Ami tanto questa ragazza inglese che si chiama...»

«Claire.»

«Claire. Ma se tu conoscessi un'altra che ti piace, oggi, o domani, o il giorno prima di partire per Londra, credi che non approfitteresti dell'occasione?»

«No, credo di no. Per il semplice fatto che a me piace lei.»

«Sì, sì, non ho dubbi. Ma io sto parlando di altro: dell'occasione... Però forse hai ragione. Sei il classico bravo ragazzo.»

«...»

«Vabbè, lasciamo perdere. Comunque Londra è splendida. Noi abbiamo una casa lì, dalle parti di Kensington... Oh, guardalo che sta passando: scia come un dio, vero? Ciao, amoreeeee!»

Elena aveva urlato dallo spiraglio del finestrino e aveva sporto una mano. Quando scesero, Giacomo sentì di nuovo i polpacci che gli dolevano. Si infilarono gli sci nel budello appena oltre la casetta di legno del manovratore e scivolarono poco più sotto. Giacomo rallentò fino a bloccarsi in un punto dove era impossibile curvare e sentì chiaramente il seno di Elena premere contro la sua schiena.

«Scusa» gli disse, mentre disincagliava gli sci dai suoi.

«Figurati, scusami tu, mi sono fermato nel posto sbagliato» rispose lui, mentre si girava a piccoli passi.

Erik li raggiunse pochi secondi dopo: «Ci vediamo alla biforcazione e ci salutiamo lì?». Non aspettò la risposta e ripartì subito, seguito a breve distanza da Elena, mentre Giacomo scese a fatica, con le gambe che ormai gli pulsavano a ogni curva.

Al punto di ritrovo, il vichingo gli diede una robusta pacca sulla schiena: «Ciao, Giacomo, comportati bene con il mio futuro suocero, mi raccomando» gli disse ridendo e partì.

Elena a sua volta gli si mise di fianco, le punte degli sci nella direzione opposta alla sua: «Sono sicura che ci rivedremo: se lavorerai per mio padre non potrà non capitare». Gli cinse il fianco, poi sembrò perdere l'equilibrio, così si aggrappò a lui e gli mise una mano dietro la nuca. Tirandolo verso di sé, appoggiò con forza le labbra su quelle di Giacomo, leggermente schiuse per la sorpresa.

Elena rise come se fosse stato solo un incidente e gli carezzò con la mano guantata la guancia prima di seguire la scia di Erik. Giacomo era sicuro di aver sentito la lingua di Elena toccare la sua.

22

Viola

Milano, 23 dicembre 2010

«Non so se posso lasciare a lei la bambina, signore...»

Bambina a chi?

«Guardi, la madre ha avuto un contrattempo e non è potuta venire: le faccio vedere il messaggio che mi ha mandato.»

E tira fuori 'sto BlackBerry, Fulvio.

«Sì, ma che ne so che questa che le scrive è davvero la madre della ragazza?»

«Secondo lei, io come avrei potuto conoscere l'orario del suo arrivo con questo treno? Come potrei sapere che Viola era affidata a lei se non me l'avesse detto sua madre?»

«Sì, ma...»

«Senta, e poi lo chieda a lei, no? Viola mi conosce.»

«Peccato che la bambina non parli...»

Tutti si comportano come se io, oltre a non parlare, non sentissi e non vedessi.

«Sì, ma è in grado di farsi capire perfettamente.»

«Aspetti, facciamo una cosa. Sul foglio delle mie istruzioni c'è un numero di telefono: chiamo la mamma e risolviamo la faccenda...

«Pronto? Buongiorno, signora, sono il capotreno Vertemati e ho accompagnato sua figlia Viola da Ginevra a Milano... No, non è successo niente, stia tranquilla. C'è qui un certo signor Natali che... Sì, mi ha mostrato il suo messaggio, però... Certo, ma io che cosa dovrei fare: consegnarla al primo che capita senza neppure verificare?»

Il capotreno mi *consegna* a Fulvio e io mi sento una valigia come quelle che altri passeggeri stanno ancora scaricando dalle carrozze. Poi si sistema il berretto, mi accarezza la testa, forse con un po' di compatimento, si volta e se ne va. Lo sento sibilare un «che stronza» rivolto, immagino, a mia madre. Mi sa che lo sente anche Fulvio, che ridacchia e poi mi guarda.

«Mamma mia come sei diventata grande. Vieni qui, fatti abbracciare...»

È la seconda volta in poche ore che mi dicono la stessa frase.

«Andiamo, Viola. I piani sono cambiati, tua madre non arriverà prima di questa sera tardi, abbiamo il resto del pomeriggio per noi e poi ceniamo insieme. È un po' come se fosse un anticipo di Natale...

«Se sei d'accordo possiamo comprare subito i regali. Pensavo un golf di cachemire per mamma, una stilografica per l'avvocato e un gioco della PlayStation per Tancredi, che ne dici?»

Certo, e io invece avevo pensato a una corona di diamanti per la mamma, una casa al mare per l'avvocato e una settimana a Disneyland per Credino... Prendo il blocco e mi limito a scrivere il simbolo dell'euro con tre punti di domanda.

«Non fare quella faccia e non ti preoccupare per i soldi. Consideralo un prestito. Inoltre, Viola, li ho già presi. Così abbiamo più tempo per noi. Sempre che ti vada bene...»

L'odore della macchina di Fulvio mi riporta indietro nel tempo, dove non vorrei tornare. Rivedo noi due al cimitero, lui che mi dice di Claire e poi mi spiega della malformazione al cuore di papà. I miei pensieri si fermano mentre il motore si spegne e scendiamo davanti alla villetta con giardino di Fulvio.

«Entra, Viola... Amore? Vieni a vedere chi c'è!»

Non faccio in tempo a mettere piede in casa che sua moglie mi butta le braccia al collo. Non riesco a ricambiare la stretta perché ho la borsa in una mano e il sacchetto con i regali nell'altra. Resto così, un po' rigida, la testa rovesciata all'indietro e il mento che appoggia sulla sua spalla.

«Dài, molla tutto qui, togli il cappotto e scendi in taverna. Conosci la strada, no?»

Sono stata qui un sacco di volte, sin da piccola. Mi ci portava papà, anche quando stava ancora con la mamma e ci venivamo tutti e tre insieme. Giocavo in giardino, soprattutto d'estate: obbligavo mio padre e Fulvio a estenuanti partite a biliardino che, chissà come mai, vincevo sempre.

Fulvio e sua moglie non hanno avuto figli, non so perché: una volta mamma aveva fatto un commento acido in proposito e papà le aveva risposto a brutto muso – una delle poche volte che gliel'ho visto fare, forse l'unica – che sui dolori degli altri, se non si conosce la verità, è meglio tacere. Poi i miei si sono separati e da quel giorno ricordo soprattutto lunghe serate invernali davanti al camino della taverna. Spesso mi addormentavo lì, sul divano, papà mi rivestiva, mi prendeva in braccio e mi caricava in macchina come un sacco. A volte ero sveglia, ma mi piaceva così tanto quel momento che fingevo di dormire.

«Abbiamo acceso il fuoco, se è troppo caldo levati il golf. Ma non fa Natale col camino spento, non credi?»

Mangiamo, noi tre soli, attorno a questo tavolo enorme, coperto da una tovaglia rossa e per metà sommerso da tartine, pietanze, bottiglie e un gigantesco panettone. Non sono più abituata a tutte queste portate: i mesi all'Écureuil jaune mi hanno tolto l'appetito. Poi Fulvio taglia il dolce e versa un goccio di moscato anche a me.

«Per il brindisi ci vuole, sai? Non ti puoi tirare indietro. A noi, al nostro domani... E al tuo papà: a Giacomo!»

Fulvio ha gli occhi lucidi, poi si allontana e torna con un pacchetto.

«Buon Natale, Viola.»

Lo scarto. In una cornice di legno c'è una foto di papà. È giovanissimo, di profilo, serio, guarda davanti a sé, sembra pensieroso. Tiene in mano un bicchiere di birra e indossa una maglietta a maniche corte. Poi guardo meglio: in secondo piano, un po' sfocato, vedo Fulvio. Sta parlando con una ragazza che dà le spalle all'obiettivo. Ha una grossa treccia bionda che le cade sulla schiena.

23

Giacomo

Milano, 16 dicembre 1980

«Se ti dico carbone, a che cosa pensi?»

«Non saprei.»

«Non ti preoccupare, anche se la risposta ti pare scontata o stupida.»

«La rivoluzione industriale? Dickens? Da bambino probabilmente avrei pensato alla Befana o agli spazzacamini di Mary Poppins. Adesso non saprei...»

La sede della Ferroil si trovava in una via elegante a poca distanza dalla stazione di Cadorna, al primo piano di una palazzina d'epoca. Era a due passi dal distretto militare e Giacomo aveva deciso che avrebbe concluso tutto in quella giornata. Se il colloquio fosse andato bene, avrebbe chiesto anche il rinvio per la leva. Aveva già portato i documenti e i questionari del Ministero della Difesa.

L'ingegnere gli aveva dato appuntamento per le 8.30. Lui era arrivato con mezz'ora di anticipo, aveva girovagato per i dintorni, si era fermato nel bar di fronte agli uffici per bere un cappuccino e leggere la "Gazzetta dello Sport" e aveva imprecato quando lo zucchero a velo della brioche gli aveva sporcato il bavero del cappotto. Verso le 8.15 aveva visto arrivare una BMW blu e aveva riconosciuto l'autista, sempre quello di Madonna di Campiglio che aveva aperto la portiera a Ferretti.

Adesso sedeva davanti a lui: il suo ufficio era enorme, Giacomo calcolò a occhio che poteva essere grande quanto il salotto di casa sua. Ma quello che colpiva era il vuoto: tra la porta e la scrivania, imponente, di legno scuro, c'erano almeno cinque metri. L'impressione era quella di procedere verso un altare. Le quattro grandi finestre, che coprivano tutta una parete, inondavano di luce la stanza. Un solo armadio, bianco e di conseguenza quasi invisibile, stava a sinistra della scrivania. Alle spalle di Ferretti, una grande tela grigia attraversata da quattro tagli obliqui. Sul muro opposto – Giacomo l'aveva notato entrando – un quadro gigantesco colpiva per il suo cielo denso di nuvole grigie, che occupava quasi tutta la superficie del dipinto e sovrastava un paesaggio di campagna. Il ragazzo pensò subito che mentre Ferretti aveva di fronte quegli spazi aperti, chi parlava con lui era costretto a osservare gli squarci.

«Si dice carbone e tutti pensano a qualcosa di vecchio, del secolo scorso» aveva cominciato a raccontare Ferretti. «Invece il carbone è ancora una delle fonti di energia più importanti. Anzi, mi tocca dirlo, forse la più importante. Il mio business è il petrolio, ma è una risorsa che non durerà per sempre. Non succederà subito, certo, ma finirà. E le grandi risorse sono in mano a pochi Paesi con cui non è semplice trattare. Sull'energia nucleare ci sono ancora troppi rischi e incognite. Invece il carbone è sicuro e pulito.»

«Sì...»

«Sei perplesso, lo capisco. Però pensa a una cosa: se una petroliera affonda in mare i danni sono enormi. Se un reattore nucleare dovesse esplodere le conseguenze sarebbero devastanti. Con il carbone queste cose non accadono di sicuro. E poi, come ti dicevo, non possiamo stare senza. Ti faccio una domanda: se io accendo questa lampada, da dove arriva l'energia elettrica che la fa illuminare?»

«Dalla centrale elettrica.»

«Giusto. E la centrale, da dove prende l'energia per produrre a sua volta energia?»

«Non saprei...»

«Dal carbone. Tonnellate di carbone. Migliaia e migliaia di tonnellate che bruciano, così che io possa avere luce in questo ufficio, che tu faccia funzionare il tuo stereo, che tua madre riesca a cucinare col forno.»

«...»

«Ma c'è un'altra cosa, ed è quella che interessa a me. Il carbone è un business infinito. Le miniere sono ovunque, sparse nel mondo. Si tratta solo di trattare, di proporre le offerte giuste alle persone giuste. E su una cosa avevi ragione, prima, quando parlavi di Dickens e della rivoluzione industriale: l'Inghilterra in questo campo ha tradizione ed esperienza. Ecco perché ho assunto, a peso d'oro, il trader migliore su piazza. Si chiama Collins, conosce i minatori per nome anche nella miniera più sperduta della foresta equatoriale e ogni responsabile degli attracchi di qualsiasi porto, Italia compresa, visto che questa, almeno all'inizio, sarà la destinazione principale dei nostri carichi. Sei pronto, Giacomo?»

«Sì, sono pronto. E la ringrazio per l'opportunità che mi sta offrendo. Anche se...»

«Anche se?»

«Posso essere sincero?»

«Ti prego.»

«Sa, io non sono mai stato lontano da casa da solo per più di qualche settimana e qui si tratta di trasferirsi per molti mesi in una nuova città.»

«Be', se non ricordo male a Londra qualcuno che conosci c'è, no? Non sarà proprio questo a farti paura, vero?»

«Ma no, che cosa dice... Io sono preoccupato per lei, ingegnere.»

«Per me?»

«Sì, perché io non so niente di questo lavoro e lei si assume un bel rischio scegliendomi.»

Ferretti sorrise: le parole di Giacomo non erano per nulla credibili. Però decise di dargli corda. «Ti ringrazio, questo è ammirevole da parte tua. Ma non pensare che il mio sia un colpo di testa. Né che agisca per bontà d'animo: mi sei simpatico, Giacomo, ma io sono pur sempre un uomo d'affari e non faccio beneficenza. Collins mi ha chiesto due persone giovani del tutto a digiuno del lavoro, che parlino l'italiano e che siano fortemente motivate a restare attaccate a quel posto per almeno un anno. Io ho pensato che due ragazzi che vogliono evitare il servizio militare non metteranno mai a repentaglio l'esonero, visto che se si licenziassero tornerebbero subito arruolabili. In più mi sembrava che tu avessi un altro motivo per desiderare questo trasferimento, anche se prima, davanti ai tuoi tentennamenti, un po' ho dubitato.»

Giacomo arrossì e non rispose. Ferretti, dopo averlo fissato per qualche istante fino a fargli abbassare lo sguardo, proseguì: «Oltre a te, ho scelto un altro ventenne che conoscerai a Londra. Dividerete la stessa stanza.

Agli alloggi penserà il mio ufficio del personale, così come al tuo contratto. Il ragionier Sommariva ti aspetta quando hai finito con me. Hai altro da chiedermi?».

«Sì. Quando dovrei cominciare?»

«Collins ha già cominciato. Lavora per me da quasi un anno, sta chiudendo dei contratti e gli ultimi accordi li prenderemo insieme tra un paio di settimane in Sudafrica. All'inizio dell'anno verranno ultimati gli uffici, nella zona di Farringdon Road. Direi che ai primi di marzo potrai iniziare.»

Ferretti si alzò, segno che il colloquio era finito. Giacomo gli allungò la mano: «La ringrazio tanto, davvero. E mi saluti sua figlia».

Alle dieci Giacomo uscì dall'ufficio del capo del personale della Ferroil con un contratto di assunzione alla Ferrcoal, la nuova società con sede a Londra, e con una cartelletta che conteneva tutti i documenti che avrebbe immediatamente consegnato al Distretto militare di via Mario Pagano.

Mentre varcava la soglia – trattenendo a stento la voglia di mettersi a correre per l'eccitazione – incrociò sulla porta un ragazzo alto e allampanato che stava entrando nel palazzo.

24

Viola

Milano, 23 dicembre 2010

«Io e tuo padre ci siamo conosciuti a Londra, nel 1981, e la nostra amicizia è durata per tutti questi anni. In quella foto siamo a una festa, a casa di amici a Hampstead. E c'era anche Claire.»

Mi gira la testa. Sarà per il sorso di moscato?

«Ricordo quella sera come fosse oggi. Giacomo era introverso. Se ne stava per conto suo. L'opposto di Claire, che dopo cinque minuti aveva conosciuto tutti. Con quella risata, poi: impossibile non lasciarsi contagiare.»

Io invece ricordo lo scorso Natale, l'ultimo con papà. Lo avevamo passato da soli, nella casa minuscola. In sala c'era un tavolino con due ali pieghevoli, scelto per non ingombrare troppo, ma per l'occasione era stato allungato completamente e apparecchiato con una tovaglia rossa e una candela nel mezzo. Quella sera aveva persino cucinato lui. Non era il suo forte e gliel'ho detto. Lui ha sorriso, però ho visto che ci era rimasto male.

«Abitavo con tuo padre a Earl's Court, uno dei quartieri più vivaci della città in quegli anni. Avevamo un monolocale in affitto in Lexham Gardens, a un passo dalla villa di Freddie Mercury. Forse chiamarlo monolocale è fin troppo: era una stanza con due divani-letto, una cucina elettrica a vista e un bagno. Ce l'aveva affittata un tizio egiziano che, quando non c'eravamo, veniva a rubacchiare. Mai niente di valore, sia chiaro, ma noi tornavamo a casa la sera e magari non c'era più il burro, oppure il pane era dimezzato, o era sparito un pacco di rigatoni. Tieni conto che la pasta, allora, era una merce preziosa in Inghilterra, si trovava raramente al supermercato e spesso le marche non erano italiane.»

Dopo aver detto a papà che gli spaghetti alle vongole non mi erano sembrati una grande idea per la cena di Natale, anche perché in quella casa gli odori non andavano mai via, gli ho chiesto quando aveva intenzione di traslocare da lì. Lui mi ha risposto che non era così facile, che ci stava provando. Ero arrabbiata. Mamma, Gian e Tancredi erano andati a sciare a Sankt Moritz mentre a me toccava stare con lui, a Milano. Volevo fargliela pagare.

«Eppure, noi cercavamo di non farci mancare mai la nostra dose di pasta e di riso italiano. Li compravamo in Farringdon Road, c'era un piccolo negozio che importava di tutto. Trovavamo mozzarelle, parmigiano e i pomodori giusti. Non siamo mai diventati cuochi eccezionali, eppure i nostri amici, quando li invitavamo a cena, sembravano gradire.»

Papà mi aveva dato la possibilità di scegliere: preferisci andare con loro?, mi aveva chiesto qualche settimana prima. Troppo facile, così. Io gli avevo detto no, figurati, sono felice di stare con te. Ma come poteva pensare che io rispondessi il contrario, lasciandolo da solo? Ma sarei partita eccome...

«Abbiamo vissuto in quella casa insieme più o meno otto mesi. Eravamo stati entrambi assunti da una compagnia che trattava carbone e che ci avrebbe evitato il servizio militare.»

Così quella sera gli ho vomitato tutto addosso. Gli ho detto che mi vergognavo di quella casa, che non ci potevo mai portare un'amica, che facevo addirittura fatica a trovare lo spazio per appoggiare i libri sul tavolo quando dovevo studiare. Ho urlato che lui se ne fregava di me, di come stavo e di come mi sentivo. E che sì, avrei preferito mille volte essere a sciare piuttosto che lì, con lui, e che non glielo avevo detto per non ferirlo ma tanto valeva essere onesti. Non era lui, del resto, a predicare sempre la verità, che troppe volte aveva taciuto, menandola che bisogna dar retta al cuore e non lasciarsi guidare dal cervello? E poi quella frase uscita da chissà dove dentro di me: «Se un figlio lo si vuole solo come compagnia, e non per amarlo, allora meglio abortire».

«Però Giacomo aveva un motivo in più per essere lì: Claire. L'avrai capito dalle agende e dalle lettere. Tuo padre era arrivato a Londra più per stare accanto a lei che per evitare il militare. Solo che le cose non sono andate come aveva previsto.»

Ricordo benissimo come mi ha guardato papà. Sembrava spaventato. E un po' lo ero pure io, perché quelle parole avevano sorpreso anche me. Poi i suoi occhi sono diventati duri, ha stretto le labbra e ha fatto quello che non aveva mai osato prima.

«E pochi mesi prima di morire, ha ricominciato a parlarne, in maniera quasi ossessiva. La storia d'amore con Claire è finita all'improvviso e tuo padre ha lasciato Londra e il lavoro nell'ottobre dello stesso anno, il 1981. Quando siamo giovani pensiamo che tutto passi, che le ferite guariscano senza lasciare traccia, ma non è sempre così e lui non ha mai smesso di soffrire, anche se nel corso degli anni, oltre a tua madre, ha avuto altre donne e naturalmente ha avuto te, che eri la sua ragione di vita. Sono certo che te l'avrebbe raccontato. Ora però è tardi.»

Il bruciore alla guancia è arrivato quasi prima che vedessi la mano partire. Non mi aveva mai dato uno schiaffo, mai nemmeno sfiorata, ecco perché quel colpo mi ha fatto così male. Poi si è alzato di scatto, ha preso i piatti ancora mezzi pieni e li ha rovesciati nella pattumiera. Ha gridato che ero una bambina viziata, che non mi meritavo niente, che non capivo il suo dolore e i suoi sforzi. Se preferivo potevo restarmene sempre con la mamma, non gli importava.

«Conoscendolo deve aver analizzato e ripercorso per anni ogni atteggiamento, ogni scelta, ogni parola del periodo vissuto a Londra. Non si è mai dato pace e credo che non abbia passato un solo giorno senza sentirsi in colpa.»

Non ci siamo più parlati, per tutta la sera. Un Natale indimenticabile, per essere l'ultimo passato con mio padre. Abbiamo guardato un film buffo in cui due tizi, un bianco e un nero, fanno andare in bancarotta due vecchietti miliardari che avevano scommesso di riuscire a trasformare il nero in una specie di lord e l'altro, che prima lavorava per loro, in un delinquente. Quello che i due vecchi non potevano prevedere era che il bianco e il nero, grazie all'aiuto di un maggiordomo e di una bellissima prostituta, si alleassero. Faceva ridere, e molto, ma né io né papà abbiamo riso. Verso mezzanotte ci siamo infilati in quel lettone scricchiolante e io dopo un po' ho chiuso gli occhi fingendo di essermi addormentata.

Non so quanto tempo sia passato prima che la sua mano sfiorasse i miei capelli. Poi ho sentito che piangeva.

«Tuo padre non mi parlava d'altro nell'ultimo periodo. Aveva fretta e solo dopo, con quello che è successo, ho capito perché. Ma che cosa volesse davvero fare io non lo so. Forse però tu puoi scoprirlo. Devi sapere che, quando sei partita per la Svizzera, tua madre mi ha chiesto di andare a casa di Giacomo. La conosci, non ha usato troppi giri di parole: doveva svuotare tutto e mi ha detto di portare via quello che mi interessava, il resto lo avrebbe fatto buttare dall'impresa di pulizie. Ho cercato nei cassetti, ho preso alcune vecchie foto, ci sei quasi sempre tu, a ogni età, in ogni stagione. Le ho messe tutte in una scatola, sono tue se le vuoi. C'era qualche ritratto di tuo padre da bambino con i nonni e poi immagini di lui da ragazzo. Ma soprattutto ho copiato i file del suo computer su questa chiavetta. Tienila tu.»

E la mattina dopo... Quello che è successo non lo posso dimenticare. Mi sono svegliata presto e papà dormiva ancora. Aveva gli occhi gonfi ma non è questo che mi ha colpito. Era rannicchiato, con la mano stretta sulla giacca del pigiama all'altezza del petto. Poi ci siamo alzati e non ci ho più pensato fino alla mattina di qualche settimana più tardi. Mio padre è morto quella sera. E sono stata io a ucciderlo.

«E vorrei che prendessi tu anche questa.»

È una lettera. Sulla busta, una parola: "Claire".

25

Giacomo

Milano, 24 dicembre 1980

«Non si può avere tutto. E ricordati che chi troppo vuole, nulla stringe.»

Suo padre l'aveva liquidato così, con un proverbio. Era l'ultimo rifugio, quando non aveva più argomenti per difendere le proprie tesi: quando lui storceva il naso per un regalo («a caval donato non si guarda in bocca»), se si lamentava perché i suoi amici possedevano qualcosa che lui non aveva («l'erba del vicino è sempre più verde»). Poi, se cercava di difendersi da un rimprovero, il padre rispondeva sempre: «La lingua batte dove il dente duole».

La discussione andava avanti da giorni ed era arrivata fino alla vigilia di Natale. E questa volta non aveva trovato nemmeno l'appoggio di sua madre.

«Devi capirlo» gli aveva detto. «Mettiti nei suoi panni. Già ha dovuto digerire il fatto che ti iscrivessi a una facoltà come Lettere. Poi questa storia del lavoro a Londra, che spunta dal nulla. Tuo padre l'ha vissuto come un'imboscata: quella sera a Campiglio si è trovato costretto a "fare buon viso a cattivo gioco", per usare uno dei proverbi che ha ripetuto più di frequente in queste settimane, quando Ferretti ha avanzato quella proposta. Per di più davanti a Bussoni. "Come potevo rifiutarmi?" mi ha detto. "Avrebbero pensato che sono un padre che non ha a cuore il futuro del figlio e la sua felicità. E poi, così, su due piedi! Non avevo scampo." Metti queste due cose sul piatto della bilancia e dimmi, onestamente, se non credi che ti abbia concesso abbastanza.»

«Sì, lo capisco. Ma sai quanto ci tengo e lo sa bene anche lui, solo che preferisce obbligarmi a restare qui con il muso lungo piuttosto che lasciarmi andare...»

«E tu non fare il muso lungo, allora, e pensa che per lui, come per me, passare l'ultimo dell'anno con te prima che tu parta è importante.»

«Ma sì, mamma, certo. Però ho tentato di tutto per essere il 31 a Londra con Claire. Tu lo sapevi bene, anche meglio di papà. Mi avevi detto che mi avresti aiutato. Invece guarda: mi prospettate un veglione a Madonna a casa di Bussoni, ti rendi conto?»

«Porta rispetto a Bussoni! Il tuo futuro lo devi anche a lui, non te lo dimenticare! E poi lo sai che prova un grande affetto per te.»

«Lo so. Chissà che tipo di affetto, però...»

«Piantala, Giacomo. Non metterti anche tu a livello della gentaglia che parla alle sue spalle. Sono tutte bugie: è un uomo generoso, buono. E anche molto solo: tra quelli che lo riveriscono c'è chi lo fa solo per interesse.»

«Per caso pure qualcuno che abita in questa casa?»

«Giacomo, mi viene voglia di mollarti un ceffone quando parli così di tuo padre. Bussoni lo sa che lui spera di ereditare la società in futuro, ma papà gli ha dato una vita di lavoro ed è un uomo leale, che non lo tradirebbe mai.»

In quel momento sentirono le chiavi girare nella porta di ingresso.

«Sono io! State tranquilli, vengo da voi in un attimo. Restate dove siete.»

Era il copione di ogni vigilia di Natale. Emilio Zecchini, l'uomo più organizzato e preciso al mondo per 364 giorni all'anno, la vigilia andava puntualmente nel panico e comprava i regali all'ultimo istante. Con ogni probabilità, stava entrando in casa con i pacchetti in mano e voleva tenerli nascosti ancora per qualche ora.

La tradizione prevedeva che il 24 Giacomo e i suoi genitori cenassero da soli e aprissero i regali, mentre il giorno di Natale avrebbero visto gli altri parenti e festeggiato insieme a loro. Quando il padre entrò in cucina, dove sua moglie stava guarnendo le ultime tartine, non poté fare a meno di respirare, oltre all'odore del brodo dei tortellini, la tensione che era cresciuta nell'ultima ora.

«Che cosa c'è?»

«Niente papà.»

«Mi prendete per scemo?»

«Ma no, Emilio, che cosa vuoi che ci sia? Niente che tu non possa immaginare o che non abbia sentito ultimamente...»

«Ancora? Giacomo, finiscila con questa storia, per favore. Ti ho lasciato fare su tutto. Di capodanno abbiamo già discusso e mi pare...»

«No, papà, non abbiamo discusso. *Tu* hai deciso che *io* resto qui. Ed è inutile che tiri ancora fuori la faccenda dell'università e di Londra e del fatto che...»

«Basta!»

Entrambi si voltarono di scatto. Non succedeva mai che la madre di Giacomo alzasse la voce. Soprattutto non accadeva che sbattesse i pugni sul tavolo: tre tartine erano volate fuori dal piatto di portata, le perline di caviale surrogato sembravano formiche sul tavolo bianco.

«Basta, uno e due!» continuò indicandoli. «Soprattutto tu, Giacomo, è Natale. Non voglio più sentire discussioni, non questa sera.»

Giacomo guardò lei, poi suo padre. Non disse niente, uscì dalla cucina e si chiuse in camera sua, sbattendo la porta. Infilò il jack delle cuffie nell'amplificatore, mise sul piatto *The Wall*, primo lato del secondo disco, e chiuse gli occhi mentre ascoltava Pink sfasciare tutto durante la crisi di nervi di *One of My Turns*.

Li riaprì soltanto quando sentì qualcuno che gli toccava la spalla.

«Vieni a tavola» lesse sulle labbra di sua madre, che gli diede una carezza sulla guancia e gli sorrise.

In sala avevano un tavolo ovale in legno di ciliegio che poteva ospitare otto commensali. Per Natale sua madre lo apparecchiava completamente: in una metà sedevano loro tre, papà a capotavola, dall'altra parte venivano disposte le portate – gli antipasti, lo spumante, che si beveva all'aperitivo e poi al brindisi finale, una bottiglia di vino rosso, la zuppiera con i ravioli in brodo, il polpettone freddo, il panettone farcito, la frutta secca.

Mangiarono, riuscendo persino a scherzare.

«Papà, posso farti una domanda?»

«Dipende.»

«No, non è quello che pensi. Riguarda quando eri giovane.»

«E va bene.»

«Ti sei mai preso una cotta per una straniera?»

Emilio smise di masticare e fissò il figlio. Poi ingoiò il boccone e rispose: «Ti sembrano cose da chiedere? E poi davanti alla mamma. Te lo dico quando lei sparecchia e non può ascoltare».

Risero, se non proprio di cuore almeno con un grado di leggerezza accettabile. Mancava poco a mezzanotte quando aprirono i regali. Giacomo aveva comprato una cravatta con disegni cachemire a suo padre: «Così cambi un po', che con tutte quelle righe sembri sempre un televisore che non funziona». Per sua madre, invece, aveva acquistato un maglioncino di lana in un negozio di Brighton l'estate prima, tenuto nascosto per quattro mesi.

Lei aveva optato per un nuovo portafogli per il marito, una cartelletta in pelle per il figlio, al cui interno c'erano una stilografica e un set di carta da lettere: «Ci scriverai quando sarai là?».

«Aspettate un attimo» disse il geometra. Sparì e tornò pochi secondi dopo con due grossi pacchi.

«Una borsa frigo» commentò sua moglie quando scartò il primo. «Proprio quello che ci serviva. Grazie, Emilio.»

«Be', aprila, non controlli l'interno se va bene?»

«Perché, ci hai già messo le provviste?» disse lei, sollevando il coperchio e scorgendo sul fondo un altro pacchetto, più piccolo, che aprì, con le mani che le tremavano leggermente: era l'anello che aveva visto mesi prima, convinta che lui nemmeno l'avesse ascoltata. Lo baciò sulla guancia con uno schiocco potente.

«Emilio, bastava la borsa frigo...»

«Bugiarda... Adesso tocca a te, Giacomo.»

Era una grossa scatola, rettangolare, abbastanza pesante. Il ragazzo cominciò a staccare con delicatezza lo scotch grattandolo con l'unghia dell'indice.

«Papà... è bellissimo... come ti è venuto in mente?»

«So quanto ti piace la musica, ho pensato che non potrai andare a Londra con il tuo impianto stereo e mi sembrava perfetto questo apparecchio portatile. Oddio, no, a dire il vero uno migliore ci sarebbe, ma diciamo che qui il rapporto qualità-prezzo è ottimo, insomma, io credo che...»

Giacomo notò che sua madre stringeva dolcemente la gamba del marito come a invitarlo a non dire altro. Guardò quella gigantesca radio, con due altoparlanti laterali e un doppio vano per le cassette. Pensò che avrebbe dovuto registrarne qualcuna prima di partire, da portare con sé.

«Il biglietto non lo leggi nemmeno?»

Giacomo aprì la busta e lesse: "Sei la nostra vita. Non dimenticarlo mai. Mamma e papà". Lo estrasse e vide quattro pezzi di carta svolazzare verso terra. Erano tre banconote da centomila lire assieme a qualcosa d'altro. Guardò sua madre, si stava soffiando il naso, ed ebbe l'impressione che anche suo padre avesse gli occhi lucidi. Raccolse il foglio: era un biglietto aereo.

Zecchini Giacomo, Mr
Partenza, Milano Linate, 30 dicembre 1980
Destinazione: London Heathrow

26

Viola

Milano, 24 dicembre 2010

«Fate un applauso a Margot, che ha cucinato questa meraviglia! Brava, brava Margot! Buon Natale!»

La mamma sembra allegra. È un'altra persona rispetto a quella che ha aperto la porta ieri notte, quando Fulvio mi ha riaccompagnata. Prima di salutarlo ha dato una lunga occhiata all'orologio, per fargli pesare il ritardo. Poi gli ha messo le mani sulle spalle e ha schioccato il suo leggerissimo bacio in aria, senza neppure sfiorargli la guancia. Da quando sta con l'avvocato ha preso le distanze dai vecchi amici e credo che mantenga i contatti con Fulvio solo perché a me è simpatico.

Oggi però mia madre è diversa. La notte della vigilia fa così, lo ha sempre fatto, anche quando stava con papà. Ricordo un Natale, quando ancora abitavamo tutti insieme, in cui lei e papà si erano messi a raccontare le rispettive vigilie da bambini. La famiglia di mamma aveva avuto anni difficili, perché suo padre, che aveva un alimentari, si era visto spuntare vicino uno dei primi grandi supermercati della città. Era stato costretto a vendere e aveva iniziato a lavorare come rappresentante di surgelati. C'era stato un periodo in cui non si potevano permettere neppure il cenone, figuriamoci i doni costosi. Eppure, un anno aveva ricevuto in regalo una bellissima bambola: grande, con un vestito coloratissimo, i capelli che sembravano veri. Peccato che qualche giorno dopo le feste fosse sparita. L'avevano cercata in lungo e in largo in tutta la casa, lei aveva pianto ogni lacrima che aveva, ma non era stata ritrovata: era sicura che i suoi genitori si sarebbero arrabbiati perché l'aveva smarrita, invece era rimasta sorpresa quando si erano limitati a consolarla.

La bambola era ricomparsa a febbraio, per il suo compleanno. Le avevano detto che gliene avevano comperata una nuova, ma lei è convinta che fosse la stessa, impacchettata nella scatola originale, che sua madre era stata attenta a non rovinare.

Sta di fatto che quella bambola è una delle cose alle quali tiene di più: se ne sta ancora seduta sul letto in camera sua in questa casa, come lo è stata in quella di papà e, immagino, in quella dei nonni che non ho mai conosciuto.

«Forza! Viola, Tancredi, date a Margot il suo regalo: lei ora va a casa a festeggiare con la sua famiglia. I vostri invece li aprirete domani mattina, come da tradizione.»

Come da tradizione... A volte la mamma parla in modo strano. E si comporta in maniera assurda. Sembra quasi commossa mentre vede Margot ricevere da noi un pacchetto che – a occhio e croce – contiene un golf, mentre l'avvocato le allunga una busta che immagino abbia dentro un po' di soldi.

È capace di piangere per queste cose e poi in altri momenti mi sembra così insensibile. Eppure papà deve aver trovato qualcosa in lei, se l'ha sposata. E mi ha sempre detto che mi avevano voluto tantissimo, perché per un po' avevano temuto che io non sarei mai arrivata e invece un giorno, quando quasi non ci speravano più, mamma è rimasta incinta.

Mi restano un sacco di domande, che non ho mai avuto il coraggio di fare a papà e che adesso non riesco a rivolgere a mamma. Quelle semplici, tipo dove si sono conosciuti, quando hanno fatto l'amore per la prima volta, le esperienze più belle che hanno condiviso. E poi le domande più dure: vorrei sapere i motivi per cui si sono separati, se non si sentivano in colpa costringendomi a una vita sballottata di qua e di là.

«Adesso abbiamo ancora tempo per un brindisi e per un'idea che mi è venuta. Ho preparato questi foglietti e delle buste. Ognuno di noi quattro – anche tu Gian, non la scampi – scriverà un desiderio per l'anno nuovo. Non necessariamente un oggetto, magari qualcosa di più intimo o di insolito. Insomma, una cosa che vi piacerebbe avere o fare. Domani mattina, dopo aver scartato i regali, li leggeremo e, salvo richieste impossibili, tenteremo di esaudirli. Forza, Viola: ci sarà pur qualcosa che vorresti, no?»

Credino ha già scritto e sta leccando la busta per sigillarla. Gian sorride e scuote la testa. Forse la mamma così allegra e propositiva è una sorpresa anche per lui.

Io però desidero una cosa che non posso confessare a loro: vorrei sapere chi è Claire. Quanto è stata importante davvero per papà in quel passato così lontano. E credo che questa occasione, per una volta arrivata dalla mamma, sia il vero regalo di Natale. Così scrivo sul mio biglietto: "Passare la settimana di fine quadrimestre in Inghilterra con la mia compagna di stanza Leslie".

27

Giacomo

Londra, 30 dicembre 1980

Il nastro trasportatore continuava a girare, sputando valigie dal sottosuolo, e per qualche minuto Giacomo temette che la sua fosse rimasta a Milano o finita su un aereo diretto chissà dove.

Suo padre gli aveva regalato un biglietto per il primo volo della mattina, senza considerare la possibilità che non partisse, visto che a quell'ora l'aeroporto di Linate era spesso immerso nella nebbia e i decolli venivano rimandati. Invece Giacomo era stato fortunato: il cielo di Milano quel giorno era terso come succede raramente. I genitori lo accompagnarono fino al banco dell'accettazione: avevano lasciato l'auto nei parcheggi a tempo, già carica – borsa frigo inclusa – perché dopo averlo salutato sarebbero a loro volta partiti per Madonna di Campiglio.

«Hai preso tutto?»

«Ma sì, mamma. E poi tra pochi giorni sono di nuovo qui.»

Aveva deciso di mettere in valigia gli abiti e di portarsi come bagaglio a mano solo uno zainetto oltre alla radio che gli avevano regalato a Natale: l'avrebbe lasciata a Claire perché gliela custodisse fino a marzo, quando si sarebbe trasferito lì. L'aveva chiamata la mattina di Natale, per farle gli auguri e per dirle che, a differenza di quanto le aveva detto fino al giorno prima, avrebbe passato con lei il capodanno.

Claire aveva gridato dalla felicità e subito dopo l'aveva sgridato, dicendogli che doveva piantarla con questa storia delle sorprese.

Giacomo aveva faticato un po' a convincerla che non se l'aspettava neanche lui. Soltanto quando aveva minacciato di passarle suo padre per averne conferma, lei aveva ceduto: «D'accordo, ti credo. E comunque, anche se non fosse vero, sono troppo felice per essere arrabbiata...».

Adesso, nella gigantesca sala d'attesa di Heathrow, l'idea di non essersi portato un cambio d'abiti nel bagaglio a mano non gli sembrò brillante, anche perché l'addetta all'imbarco gli era parsa piuttosto svogliata. Forse non accettava di dover trascorrere gli ultimi giorni dell'anno al lavoro, costretta a vedere centinaia di persone che andavano a divertirsi e allora, magari, aveva deciso di farla pagare a qualcuno a caso, dirottando su Kinshasa una valigia destinata a Londra... la sua.

Qualche minuto dopo la valigia apparve. Era di finta pelle marrone, con la cerniera che correva sui fianchi, una specie di cintura che si allacciava davanti, e i manici ormai consunti. La sollevò con due mani e la adagiò sul carrello su cui, nel cestello superiore, faceva già bella mostra di sé la radio. Poi si avviò verso l'uscita.

Quando la porta scorrevole si aprì davanti a lui, un muro di gente salutava o teneva cartelli con nomi di persone o di aziende.

La vide subito.

Stretta in un cappotto nero corto, jeans, cappello a secchiello blu scuro calcato in testa dal quale spuntava la treccia bionda, più lunga rispetto a qualche mese prima. Claire si avvicinò e gli buttò le braccia al collo, rimanendo così, in silenzio, la testa appoggiata nell'incavo della spalla di Giacomo. Lui la cinse con una mano, incurante delle persone attorno che li sfioravano, li urtavano, li guardavano con fastidio visto che si erano piantati appena dopo l'uscita dell'area Arrivi internazionali.

«Che bello averti qui» gli disse lei, senza sciogliere l'abbraccio: «Come stai?».

«Adesso bene» rispose lui, mentre con le dita le accarezzava la nuca.

«Ecco, è proprio lì» sussurrò Claire.

«Che cosa?»

«È il punto dove ho tagliato il ciuffo di capelli che ti ho spedito. Aspettavano il tuo tocco per ricominciare a crescere...»

Si baciarono. Lì, in mezzo alla folla. Lei aggrappata a lui, lui aggrappato al carrello. Quando una signora strillò «*Excuse me!*», si resero conto di intralciare la fila che continuava a defluire e si spostarono.

«Vieni, andiamo a prendere la Piccadilly.»

Si mossero verso le scale mobili, Giacomo sollevò la valigia, Claire si occupò della radio, e le dita delle loro mani libere si intrecciarono.

A Holborn cambiarono, salirono sul treno della Central in direzione est e scesero a Wanstead. Un'ora e venti di binari, quasi quanto ci aveva messo il volo da Milano, calcolò mentalmente Giacomo.

«Vieni, ci vuole una camminata di cinque minuti fino a casa mia.»

Lui guardò a sinistra per vedere se arrivavano macchine e mosse un passo giù dal marciapiede.

Ebbe la netta impressione che i capelli gli si rizzassero in testa quando sentì il clacson di un autobus che arrivava da destra.

«Ecco... *Look right*, cerca di ricordartelo» rise Claire, indicandogli la scritta sull'asfalto.

Si fermarono davanti a un grande giardino alberato. In un angolo c'erano scivoli e altalene dove alcuni bambini, incuranti della temperatura, stavano giocando. Sui quattro lati, una serie di villette a schiera tutte identiche: due piani, un praticello grande come un fazzoletto sul retro, pochi gradini davanti alle porte d'ingresso, molte delle quali, come quella dei genitori di Claire, con una finestra di vetro colorato.

«Benvenuto a Spratt Hall Road.»

28

Viola

Milano, mattina del 25 dicembre 2010

«Che figata il nuovo controller della Play! Grazie, papà! Grazie, Arianna! E la nuova versione di *Fifa*, grazie, Viola. Non sei male, anche se sei *mmmuta*.»

L'ultima frase me l'ha detta sottovoce, appena è stato certo che mamma e Gian non lo potessero sentire. Ma tutto sommato me l'ha sussurrata sorridendo, non mi ha dato nemmeno fastidio. I miei regali – anche se dovrei chiamarli i regali di Fulvio – hanno avuto successo. L'avvocato si è rigirato a lungo tra le dita la stilografica e la mamma mi ha abbracciato quando ha visto il golf di cachemire. Non che sia il primo: credo che da quando vive qui non indossi altro che cachemire.

«E tu, Viola? Ti sono piaciuti i regali?»

Se potessi parlare, mamma, ti direi che il nuovo completo da sci mi fa venire in mente un episodio non proprio divertente. Invece il computer portatile sì, quello mi servirà. L'avvocato ci ha tenuto a sottolineare di aver ottenuto per me il permesso dalla Bergson: lo potrò portare in camera, visto che è uno strumento utile nella mia situazione, anche per gli esercizi per la parola. L'unica condizione è che non mi colleghi mai a internet: al collegio è proibito farlo dalle proprie stanze.

«Sono contenta di vederti sorridere, Viola. Mi mancava il tuo sorriso, sai? C'è ancora una cosa da fare: le buste con il nostro desiderio. Ma le apriremo a tavola, dopo aver tagliato il panettone.»

Antipasto con tartine in gelatina, due primi (ravioli in brodo e tagliatelle panna e piselli), cappone ripieno. Mi sembra che questo pranzo non finisca mai: penso solo a quando mamma leggerà il mio biglietto. Forse ho qualche speranza, non l'ho mai vista così di buon umore.

«Gian, stappa lo champagne, per favore. Lo so che tu dici che con il dessert ci vuole il vino dolce, ma che cosa ci posso fare se non mi piace? Mi sembra dozzinale. E versane un goccio anche ai ragazzi, è Natale...»

«Certo, amore, come vuoi tu.»

«Possiamo aprire le buste, adesso: tocca a te, Gian.»

«Ecco qui: "Una settimana al caldo per fuggire dal freddo dell'inverno".»

«Quando si dice pensare all'unisono: leggi un po'.»

La mamma mostra il suo biglietto dove c'è scritta una sola parola: Maldive.

«Come vedi, in fondo, abbiamo lo stesso desiderio... però io ho scelto la destinazione. Tan?»

«*Assassin's Creed.*»

«Sarebbe?»

«Un gioco per la Play.»

«Ma non ce l'hai già?»

«Sì, papà, ma vorrei la nuova versione.»

Mamma ride, passa la mano sui capelli di Credino e poi guarda me.

«Viola, tocca a te. Posso aprire io la tua busta?»

Gliela passo e lei legge il biglietto. Mi fissa, fa per dire qualcosa, si ferma.

«Tesoro, sono così contenta che tu abbia trovato un'amica al collegio. Ma magari potresti andare con lei un'altra volta. Vedi, per la settimana bianca abbiamo deciso di venire noi in Svizzera, a sciare con te e tuo fratello. Sì, perché c'è un'altra sorpresa. Tancredi ha lasciato la scuola di Milano e studierà con te all'Écureuil jaune. Sei contenta?»

29

Giacomo

Londra, 31 dicembre 1980

«Scusa, ripetimi tutto un po' più lentamente. So che vuoi allenare il mio inglese prima che mi stabilisca qui ma faccio ancora un po' di fatica: chi sono questi amici?»

«Non è così difficile da tenere a mente, sono solo quattro. Te lo ripeto: Debbie è una mia vecchia compagna di classe, ha un buffo accento del Nord e ride sempre. Stuart è il suo fidanzato, parla velocissimo da vero cockney, e ha due passioni: Elvis e l'Arsenal. Non mi stupirei se questa sera comparisse con la maglietta rossa e bianca. Tony invece, lo vedrai, è tutto l'opposto: aspettatelo in dolcevita nero e giacca. È di Liverpool, ha un grande senso dell'umorismo e non offenderti se prenderà un po' in giro anche te. E infine Dee, che è la sua ragazza. Studia all'università e vuole diventare giornalista. Determinata com'è, ci riuscirà senz'altro. Potrebbe farti domande di storia o politica estera: preparati.»

Erano a tavola, nella piccola cucina sul retro che si affacciava sul giardino. Stavano bevendo tè e mangiando toast spalmati di marmellata di arance.

Era quasi mezzogiorno e quella era una sorta di colazione tardiva, anche se Giacomo si era svegliato presto la mattina. Un po' per il fatto di non essere nel suo letto – aveva dormito sul divano nel salottino al pianterreno – ma soprattutto per gli occhi dei genitori di Claire, che da quando era arrivato non gli si erano staccati di dosso.

La sera precedente si era sentito davvero sotto esame. La madre di Claire – la sorella dello zio Alan – era stata una maestra d'asilo prima di rimanere incinta di un giovane e promettente impiegato di banca che in realtà non sarebbe mai andato oltre la direzione di una filiale in quella zona di Londra. Giacomo si chiese se lo sguardo cupo che l'uomo gli aveva rivolto durante l'intera cena fosse dovuto a lui, alla minaccia che rappresentava per sua figlia o all'insoddisfazione professionale che, a quanto gli aveva raccontato Claire, era stata spesso motivo di pesanti discussioni tra i genitori e lo rendeva sempre un po' scontroso.

Per fortuna quella mattina Mr e Mrs Mayes erano partiti per il Lake District, dove avrebbero trascorso l'ultima sera dell'anno con altri amici, mangiando salmone affumicato e bevendo birra scura. Ed era stato con sollievo che Giacomo li aveva salutati, sulla porta. Aveva avuto l'impressione che il padre gli stringesse con forza eccessiva la mano, come se volesse intimorirlo prima di andarsene. Poi Claire li aveva accompagnati alla macchina e, quando Giacomo aveva scostato la tenda della sala per sbirciare, l'aveva vista annuire più volte mentre le dicevano qualcosa il cui senso era evidente.

Adesso però il programma era di uscire, incontrare gli amici di Claire, passare il pomeriggio con loro, andare al cinema, poi al ristorante, infine in un club dove si esibivano dei comici e lì brindare al nuovo anno.

«Ma non potevamo rimanere da soli noi due?»

«Vedrai che ti divertirai. E poi abbiamo tutta la notte per noi. I miei non torneranno prima del pomeriggio di domani: ci sono più di 400 chilometri tra Londra e il Lake District.»

«Sicura? Tuo padre mi guardava malissimo.»

«Lui guarda male ogni maschio che giri attorno alla sua bambina. E poi voi italiani siete famosi...»

«Spiritosa...»

«Aspetta, devo darti una cosa.»

Claire sparì di corsa al piano di sopra e tornò con un pacchetto: «Anche se in ritardo, buon Natale».

Giacomo lo scartò e indossò subito il golf grigio che conteneva. Lei lo guardò con soddisfazione e gli sistemò il colletto della camicia che era rimasto fuori.

«Grazie amore. È bellissimo. Anche io ho una sorpresa per te.»

Uscì dalla cucina per ricomparire con entrambe le mani occupate. In una teneva una boccetta di profumo acquistata il giorno prima al Duty Free di Linate, quando gli era sorto il dubbio che il dono che aveva preparato non fosse sufficiente. Nell'altra, appunto, una piccola scatola rettangolare infiocchettata, dove Claire trovò una cassetta musicale da novanta minuti. Ci aveva messo giorni a registrarla, scegliendo una per una le canzoni.

«È la nostra colonna sonora per questa sera: come vedi ho portato anche lo stereo.»

Lei scoppiò in una risata allegra, gli prese la testa tra le mani e appoggiò le labbra sulle sue. Giacomo rispose al bacio. Le infilò una mano sotto la maglia, accarezzando la pelle nuda del fianco, raggiungendo l'incavo delle natiche appena sopra la cintura, ma lei lo fermò, delicatamente, intrecciando le dita della mano nella sua.

«Non adesso.»
«E perché?»
«Perché voglio che sia più bello di così. Desidero addormentarmi con te e svegliarmi con te. Senza avere fretta.»
«E va bene...»
«Dài, non fare quella faccia. E poi dobbiamo uscire.»
Sistemarono la cucina, Claire lavò i piatti e pulì tavolo e pavimento dalle briciole, mentre Giacomo le vagava intorno, spostando oggetti da una parte all'altra senza un senso preciso. Lasciarono il divano con le lenzuola in disordine. Sarebbe rimasto così per dare la prova a Mr e Mrs Mayes che tutto era andato come si aspettavano; ovviamente Giacomo avrebbe dormito nel letto di Claire, al piano di sopra.
Si chiesero come potessero dei genitori fingere di credere che due ragazzi di vent'anni, lasciati a casa da soli per una notte, non andassero a letto insieme. Ipocrisia? Bisogno di essere rassicurati? Rimozione del proprio passato? Si dissero che, a cinquant'anni, non si sarebbero comportati così e avrebbero preteso dai figli la totale sincerità.
«Secondo te manterremo questi buoni propositi?»
«Non lo so, Giacomo. Fai domande su un futuro troppo lontano. Io mi concentrerei sulla serata che ci aspetta. Avremo tempo per le altre cose, ok?»
Giacomo si strinse nelle spalle e abbassò lo sguardo. Lei gli sollevò il mento con una mano e lo baciò, dolcemente. Lui per un istante ebbe l'impressione che la stanza oscillasse. Era diviso tra sentimenti diversi: la voglia di bruciare le tappe e la paura che tutto finisse. Paragonò la sensazione a quella che provava alla fine di ogni anno scolastico: non riusciva a godere delle vacan-

ze che lo aspettavano perché cominciava già a pensare alle lezioni che sarebbero iniziate tre mesi dopo.

Si prepararono e uscirono. L'appuntamento era a casa di Debbie, pochi isolati più in là. Li avrebbe accompagnati in centro il fratello di Stuart, Richard, che faceva il taxista. Lavorare l'ultimo dell'anno era perfetto per chi, come lui, era stato mollato di recente dalla fidanzata, perché avrebbe fatto un sacco di soldi senza intristirsi. Unico rischio: ritrovarsi il suo *black cab*, che teneva pulito e lucido come una Ferrari, imbrattato di vomito. Ma cinque anni di servizio lungo le strade di Londra gli avevano insegnato a riconoscere quali sono gli ubriachi più pericolosi.

Nella sua graduatoria, l'ideale era la coppia di mezza età allegra all'uscita dal ristorante: rischio quasi inesistente. Poi veniva il gruppo di maschi, di qualsiasi età, anche se un po' troppo urlanti: rischio molto basso. Un po' più pericolose le coppie giovani, soprattutto se entrambi brilli e appena usciti da un club. Ma mai e poi mai Richard raccoglieva i gruppi di tre o quattro ragazze schiamazzanti che si vedono per la strada i venerdì e i sabato sera, tacco alto e abitini sbracciati anche quando fuori ci sono tre gradi. In più di un'occasione si era sentito insultare per aver finto di non vederle: ma lì l'insozzatura degli interni era una certezza.

Richard aveva venticinque anni ma era già calvo e ne dimostrava dieci di più. In compenso, suo fratello Stuart aveva un ciuffo nero che si pettinava alla Elvis e per l'ultimo dell'anno si era vestito di bianco: giacca, pantaloni e camicia. Con un altro tocco eccentrico, la sciarpa rossa dell'Arsenal.

Giacomo, Claire, Stuart e Debbie furono scaricati a Paddington da Richard, che si raccomandò di farsi trovare alle quattro all'angolo tra Leicester Square e Charing Cross Road per essere riportati a Wanstead.

Di lì a poco incontrarono Tony e Dee, che rispetto a loro sembravano usciti da un galà dell'alta società: cappotto grigio scuro per lui, montone color panna per lei.

«È un regalo dei miei genitori: lo hanno comprato a Milano, durante un viaggio. Tu sei di Milano, vero?» esordì Dee.

«Sì.»

«Ho sentito che ci sono dei musei bellissimi, uno si chiama una cosa tipo Paldi Pezzali.»

«Poldi Pezzoli.»

«Esatto, Poldi Pezzoli. I miei hanno detto che è splendido. Tu ci sei stato un sacco di volte, immagino.»

«Lo conosco, ma non ci sono mai andato...»

Non era cominciata benissimo, ma Claire interruppe il terzo grado di Dee ricapitolando il programma. Democraticamente, a ognuna delle tre coppie era toccata l'organizzazione di una parte della giornata: il pomeriggio a Stuart e Debbie, la cena a Claire e Giacomo, il dopocena a Tony e Dee.

Così, dopo essere usciti da un cinema di Leicester Square con ancora negli occhi e nelle orecchie Jake ed Elwood Blues, alias John Belushi e Dan Aykroyd, che in divisa da carcerati cantavano *Jailhouse Rock* (solo per Giacomo era la prima visione dei *Blues Brothers*, nelle sale a Londra già da mesi, ma Stuart era un fanatico e non aveva voluto sentire ragioni), i sei si fermarono in uno dei tanti ristoranti cinesi del quartiere.

Il locale era un'esplosione di rosso: le lanterne di carta, i festoni per il capodanno, i sedili in finta pelle, tutto negli stessi toni. Ordinarono dal riso ai noodles, dal pollo alle mandorle all'anatra laccata, dagli involtini primavera ai gamberi fritti. Bagnarono il pasto con due bottiglie di birra a testa.

«Come stai?» sussurrò a un tratto Claire a Giacomo, che sentì la gamba di lei premere sulla sua.

«Bene. Benissimo, anzi.»

«Sei pronto?»

Glielo disse soffiandogli nell'orecchio e lui provò un brivido che lo scosse. Alzò gli occhi sugli altri commensali ed ebbe l'impressione che tutti abbassassero i loro contemporaneamente, sorridendo.

Poi Tony li guidò verso il Comedy Store e salutò il buttafuori con confidenza. Era un ex locale di striptease trasformato in un club con spettacoli di comici alla moda.

Li accompagnarono al tavolo prenotato.

«Il primo giro tocca a me. Sei pinte, per favore.»

La cameriera sorrise a Tony, si dileguò e ricomparve poco dopo con le birre. Giacomo le guardò un po' preoccupato.

«Io non so se...»

«Non vorrai mica rimanere sobrio l'ultimo dell'anno?»

Stuart gli rifilò una pacca sulla spalla, alzò la sua birra imitato da tutti gli altri, quindi tirò una lunga sorsata scolandosene quasi metà.

Dopo il secondo giro, offerto da Stuart, Giacomo andò in bagno. Mentre si reggeva con una mano al muro di fronte, pensava che se le cose fossero andate diversamente, con ogni probabilità in quel momento sarebbe stato a Campiglio in mezzo a gente noiosa che parlava di automobili e piluccava tartine. Invece era a Londra, con la ragazza che amava e in mezzo a nuovi amici stranieri. Provò un senso di euforia che gli diede una breve vertigine.

Tornò al tavolo, dove era comparso il terzo giro di pinte, pagato da Claire durante la sua latitanza. Gli allungò la sua, mentre gli dava un bacio.

I comici si alternavano al microfono, la gente rideva ma per lui cogliere le battute era quasi impossibile. Con l'ironia che Claire gli aveva preannunciato, un paio di volte Tony si era voltato verso di lui dicendogli: «Ridi, questa era buona».

Fu poco prima della mezzanotte che cominciò a rendersi conto che la testa gli girava parecchio, ma non abbastanza da impedirgli di pagare il quarto giro, quello che avrebbe scandito il conto alla rovescia. Allo scoccare della mezzanotte ci fu un gran vociare. Giacomo baciò a lungo Claire, forse troppo, ma poteva dare la colpa al tasso alcolico, e abbracciò gli altri.

«Che anno sarà, secondo te?» le chiese nel frastuono.

«Non ho capito, parla più forte.»

«Che anno sarà per noi?» urlò.

«Bello, credo. Ma dipende da noi.»

Stavano ancora sorseggiando la stessa pinta quando un ragazzo con i capelli neri pettinati all'indietro e due occhi azzurrissimi si avvicinò a Claire.

«Ciao, Claire.»

«Ciao, Ben, che ci fai qui?»

«Be', non è un'esclusiva dei tuoi amici questo posto. Ciao, Stuart, ciao, Tony, come va?»

«Se sei venuto qui a dire buon anno, fallo e poi vattene.»

«Perché sei così scontrosa, Claire? Avevamo detto senza rancore, no?»

«Sì, senza rancore. Adesso però ciao, Ben.»

«Quanta fretta. E lui chi è?»

Un po' per lo stato di ebbrezza, un po' per il rumore intorno, Giacomo non aveva colto il senso del discorso.

In compenso l'agitazione di Claire l'aveva percepita benissimo.

«Mi chiamo Giacomo, sono italiano.»

Porse una mano che non venne stretta.

«Ah, lui è l'italiano... me l'ha detto Martin. Avete già scopato?»

Il ceffone che Claire fece partire riportò Giacomo a un pomeriggio di qualche mese prima sul lungomare di Brighton.

Ben rimase a fissarla per qualche secondo, poi voltò le spalle e sparì in mezzo alla gente che festeggiava.

«Chi era, Claire?»

«Nessuno.»

«Come nessuno?»

«Nessuno di importante. Non più.»

Fu Dee a sciogliere la tensione.

«Tocca a me, adesso.»

Arrivò il quinto vassoio con sei birre. Nessuno aveva più voglia di parlare, nemmeno le battute dei comici facevano più ridere.

Del sesto giro a Giacomo rimasero ricordi confusi. Nei giorni successivi gli sarebbero tornati in mente flash improvvisi, come Debbie che quasi vomitava sulle scarpe di Tony, Stuart che diceva una cosa del tipo «meno male, altrimenti mio fratello mi avrebbe ucciso», un viaggio in taxi infinito e la risalita di una scalinata che gli parve interminabile, sorretto da qualcuno che doveva per forza essere Claire.

E poi, non sapeva quanto tempo fosse passato, percepì una luce accecante, una fitta feroce alle tempie e alla nuca, e la voce di lei che diceva in quel tono strozzato che si usa per parlare sottovoce ma al massimo volume possibile: «Alzati! Sbrigati! I miei sono tornati!».

30

Viola

Milano, notte del 25 dicembre 2010

Dormono. Io invece non riesco a chiudere occhio. Poco fa Credino ha urlato nel sonno "Prendilo! Prendilo!". Forse sognava qualche videogioco. Quando la mamma mi ha detto che non andrò in Inghilterra con Leslie mi è crollato il mondo addosso. Ne ero sicura, anche se poi mi ha abbracciato e mi ha promesso che parlerà con la madre di Leslie e si metterà d'accordo per un'altra volta. Ma quando scoprirà che lavoro fa, non mi lascerà mai.

Ho appena infilato la chiavetta che mi ha dato Fulvio nel mio computer nuovo, un portatile bellissimo che pesa meno di un pacchetto di biscotti. Papà aveva salvato molte foto mie, a tutte le età. Appena nata, nelle braccia della mamma. Il battesimo, con lui tutto elegante che mi stringeva e i nonni impettiti. Io con un cappottino arancione in un parco, io sull'altalena, io al mare, in mano il secchiello e in testa un cappellino con due occhi strabici sulla visiera, il primo giorno di scuola con uno zaino più grande di me, io e papà in montagna, l'ultima estate che abbiamo passato insieme.

Poi ho trovato tante cose di lavoro che non ho capito. Cartellette con scritto Banca, Ricevute, Bollette, Nuove, Vecchie, tutte infilate una dentro l'altra. Robe che sembravano codici da decifrare. Mi sono stufata subito e ho smesso di guardare. Forse queste escursioni informatiche appassionerebbero Credino.

Credino... Non posso pensare che ce l'avrò tra i piedi anche al collegio. Certo, in dormitori lontani e in classi diverse non ci incroceremo moltissimo, però lui sarà lì. Eccheppalle.

Sarà noioso anche il viaggio per tornare in Svizzera: la mamma e Gian non verranno, ci faranno accompagnare da un autista dell'avvocato.

Non riesco a dormire, non riesco a liberare la testa dai pensieri.

Prendo il libro dove ho infilato la lettera che mi ha dato Fulvio. Me la rigiro tra le mani e la rimetto via: non ho il coraggio di aprirla. Non ancora.

Apro l'agenda grigia e rileggo una di quelle che Claire ha scritto a papà, prima di "dormentarmi", come diceva lei. Una delle mie preferite.

Londra, domenica 13 gennaio 1981

Oggi mi sono svegliata presto. Non riuscivo più a dormentare, persino il cinguettio degli uccelli sugli alberi davanti alla mia finestra era insopportabile. Così mi sono alzata, mi sono vestita, ho bevuto un bicchiere di fresco succo d'arancia e sono uscita.

Ho passeggiato verso la fermata di Wanstead e un paio di volte mi sono girata perché mi sembrava di sentire la tua voce, nel silenzio della strada dove sono passati solo un autobus e una famiglia in bicicletta – padre, madre e due maschietti gemelli – che forse andava al parco. La domenica mattina questa è una città diversa, deserta. Ma oggi il cielo pulito e la luce davano a quei silenzi un senso di pace, non di solitudine.

Il vagone della metropolitana era vuoto. Soltanto quando ho cambiato per la Piccadilly ha cominciato a salire gente: una comitiva di americani faceva tantissimo rumore, si sono messi a cantare America America. *Uno di loro mi ha strizzato l'occhio: era un signore di settant'anni, forse più. Buffo.*

Sono scesa a Leicester Square e ho camminato su Charing Cross Road verso nord. Mi sono fermata a tutte le vetrine dei librai. In una c'era una stupenda edizione illustrata del Paradiso perduto *di Milton: era aperta su una pagina dove un angelo con la spada combatteva contro i diavoli. Mi sono chiesta se lo zio Alan ne avesse mai avuto una di così bella. Forse sì. Te la vorrei regalare, perché il paradiso perduto è un po' il nostro.*

Ti sei dormentato, ti rendi conto? La notte di capodanno ti sei dormentato perché hai bevuto troppo. Non ti sei ancora trasferito qui e già ti comporti come un vecchio inglese.

Ho rifatto la strada di quella notte. Ho camminato per Leicester Square e per Soho, sono passata davanti al ristorante cinese dove abbiamo mangiato e sono arrivata fino al Comedy Store. Ho aspettato di sentire la tua voce, i tuoi passi, le tue mani. Ho aspettato. Ho chiuso gli occhi. E a un certo punto ti ho sentito. Forte, dentro di me.

Eppure...

Eppure la verità è che io non so cosa ne sarà di noi. Quando a mezzanotte dell'ultimo dell'anno mi hai chiesto che anno sarà, io ti ho risposto che dipende da noi e ho letto la delusione nei tuoi occhi. Tu non vorresti sentir dire queste parole perché tra poche settimane sarai qui e avremo la possibilità di vivere il nostro amore (è troppo chiamarlo amore?). Ma è presto per dire se durerà, se lascerà un segno nelle nostre vite o se passerà via, come il vento che questa mattina puliva il cielo della mia città.

Scusa, tutta questa malinconia. Scusa, davvero. Forse è solo un po' di paura. Paura di dirti "ti amo", paura quando lo sento pronunciare a te con tanta sicurezza. Però vieni presto. Ti aspetto, Giacomo. Vieni e proviamo.

Magari, se non ti dormenti sempre è meglio.

C.

31

Giacomo

Londra, 28 febbraio 1981

Chiuse la guida di Londra che stava sfogliando e guardò fuori dal finestrino. La Manica si negava alla vista mentre volavano tra le nuvole. Tra poco avrebbero cominciato a scendere verso Heathrow, in una giornata che si preannunciava fredda e piovosa.

Davanti a lui sedeva un uomo in abito grigio che aveva abbassato il sedile e russava. In compenso Giacomo non aveva avuto il coraggio di abbassare il suo, preoccupato di infastidire una signora dall'aria arcigna che stava leggendo il "Financial Times" alle sue spalle.

Sbloccò la chiusura del tavolinetto, che calò con un rumore di plastica rotta a pochi centimetri dal suo petto. Prese la lettera della Ferrcoal e ce la appoggiò sopra, spianandola con il palmo della mano. Rilesse per la centesima volta i termini del contratto che lo legava fino alla fine del 1981 alla società. In un altro foglio c'erano i dettagli sull'appartamento che avrebbe diviso con un altro italiano assunto con gli stessi suoi compiti, tale Fulvio Natali. Infine rilesse le tre opzioni di volo per la sua partenza. Doveva presentarsi al lavoro, nella sede di Farringdon, alle 8.30 di lunedì 2 marzo e la casa sarebbe stata disponibile dal 26 febbraio. Gli era stata data la possibilità di viaggiare il 27, il 28 o il primo marzo. Giacomo aveva scelto la via di mezzo: nella sua testa, in quel modo non feriva né Claire né sua madre, in realtà aveva scontentato entrambe.

«Peccato, potevamo passare tutto il weekend assieme» era stato il commento della ragazza, mentre sua madre aveva detto che «era l'ultimo sabato sera, adesso chissà quando ti rivedremo, ma pazienza, fai come preferisci», con quella capacità delle mamme di farti sentire in colpa pronunciando mezze frasi. Soprattutto chi, come lui, viveva perennemente in una specie di limbo di tentennamenti e indecisioni.

La via di mezzo, l'incapacità di prendere una posizione precisa, faceva parte del suo carattere, rifletté. Era uno da acqua tiepida, mai troppo calda né troppo fredda, nemmeno quando doveva lavarsi i denti. La bistecca mai al sangue né ben cotta, sempre cottura media, e le patate mai fritte né lesse, ma al forno. Anche al liceo era riuscito a non schierarsi, in una classe spaccata in due tra chi andava in manifestazione alzando il pugno e chi invece si riuniva in oratorio per pregare e cantare. E se per qualche tempo la sua indecisione era stata motivo di attrazione per le due fazioni, che cercavano di convincerlo a sventolare una bandiera rossa oppure ad andare a messa la domenica, alla fine era diventato indifferente a tutti.

A ripensarci, la partenza per Londra era la prima scelta coraggiosa della sua vita, se si escludevano cose di poco conto come tuffarsi dalla piattaforma di cinque metri della piscina Cozzi (una volta sola e di piedi) e sedare una rissa tra due ragazzi al mare, rimediando un ceffone destinato ad altri.

Si disse anche che, se non fosse stato per l'uscita di Ferretti a Madonna di Campiglio, forse non avrebbe mai chiesto a suo padre di lasciarlo andare. E magari avrebbe perso Claire. Era un vigliacco? Forse... A differenza della sua ragazza, che la mattina del primo dell'anno aveva retto a testa alta lo sguardo di fuoco di suo padre.

I signori Mayes erano partiti dal Lake District all'alba: avevano aspettato la mezzanotte con gli amici, avevano brindato con uno spumante dolce e subito dopo, tra le espressioni allibite degli altri, si erano scusati ed erano andati a dormire. Claire e Giacomo se li erano visti piombare in casa poco dopo le dieci, quando entrambi ancora stavano dormendo. Non era stato facile spiegare a mamma e papà come mai Giacomo si trovasse in camera sua, ma il colorito grigio-verde e le occhiaie del ragazzo avevano contribuito a far accettare la situazione.

Lo spavento, comunque, aveva impedito che, nei tre giorni successivi, riprovassero a fare quello che entrambi avrebbero voluto. Non ne avevano nemmeno più parlato, rimandando implicitamente l'appuntamento a quando lui sarebbe tornato, questa volta per fermarsi.

Il comandante annunciò la discesa verso London Heathrow e mise in guardia i passeggeri: l'atterraggio sarebbe stato difficoltoso per via della pioggia violenta che stava colpendo la città. Le hostess passarono in rassegna la zona pelvica di uomini e donne per verificare che le cinture fossero allacciate e a lui venne da sorridere: uno sguardo che ovunque sarebbe stato considerato indecente, lì otteneva come risposta un'ostentata esibizione da parte di tutti. Gli venne in mente anche la scena dell'aeroplano di *Emanuelle*, visto a casa di un compagno di classe. Era stato il primo ad avere un videoregistratore e suo padre aveva in cassetta film che i suoi genitori non volevano nemmeno sentire nominare. Provò a immaginarsi Claire al posto di Sylvia Kristel, ma scacciò subito il pensiero: stavano atterrando.

A Heathrow recuperò le valigie: sua madre gliene aveva regalate due rigide, enormi, verdi («così le riconosci anche da lontano»). Poi si avviò verso la metropolitana. Si era portato quasi tutto il guardaroba, compreso un abito gessato che aveva messo una sola volta per una festa dopo la maturità. L'aveva organizzata un suo compagno di classe, di origini nobili, ed era stato allora che aveva scoperto cosa volesse dire "dress code".

Questa volta Claire non era venuta a prenderlo e lui sentiva una sensazione mista di dispiacere e di seccatura. Si era giustificata dicendo che doveva accompagnare i suoi da qualche parte, ma Giacomo non poteva fare a meno di pensare che fosse una piccola vendetta: lo puniva per non essere arrivato il giorno prima.

La lettera della Ferrcoal era accompagnata da un foglio di spiegazioni su come raggiungere l'appartamento che lui e quell'altro italiano avrebbero condiviso. La fermata a cui scendere era Earl's Court e da lì, in pochi minuti a piedi, si arrivava a Lexham Gardens, dove un certo Galal Lateef lo aspettava per consegnargli le chiavi. Una volta uscito, Londra lo stupì, regalandogli uno squarcio di cielo blu nel grigio cupo delle nuvole. Aveva smesso di piovere all'improvviso e Giacomo raggiunse Lexham Gardens pagando, come unico prezzo, una scarpa e una calza inzuppate per non aver visto una pozzanghera.

Suonò al campanello di una porta turchese, l'unica in una fila di case tutte bianche. L'ingresso con tre gradini era fiancheggiato da due grandi colonne; a sinistra c'era una vetrata tondeggiante, protetta da una tenda bianca.

Gli aprì un egiziano pelato con una pancia prominente. Gli porse una mano fredda e sudata.

«Ben arrivato, mi chiamo Galal.»

«Piacere, sono Giacomo.»

«Prego, da questa parte: il tuo compagno di stanza è arrivato ieri ma è andato a fare un po' di spesa.»

L'appartamento era un'unica grande stanza che dava sulla strada. C'era una cucina a vista, con piastre elettriche al posto dei fornelli a gas, un piccolo tavolo pieghevole con quattro sedie a loro volta pieghevoli, che bisognava addossare al muro se si volevano aprire i due divani letto da una piazza e mezzo. Il bagno aveva una vasca e un lavandino scrostati e i rubinetti dell'acqua calda e fredda erano separati.

«Qui ci sono i piatti, là gli asciugamani e le lenzuola. Ho già spiegato al tuo amico dove si trova la lavanderia più vicina e pure il supermercato.»

«Questo funziona?» Giacomo indicò un telefono a monete appeso al muro e l'egiziano annuì.

«Puoi anche farti chiamare, se vuoi, il numero è scritto qui: ma è come una cabina per strada, quindi fa un rumore strano quando squilla.»

«D'accordo.»

«Se ti serve altro, io abito qui sopra, al secondo piano, porta 4. Negli appartamenti 2 e 3 ci sono altri inquilini come te, mentre nel 5 ci sta mia zia, ma è inutile che suoni perché è sorda.» Scoppiò in una risata che gli diede un accesso di tosse catarrosa.

Giacomo lo seguì fino alla porta e lo salutò chiudendosela alle spalle. Ascoltò i passi che salivano la scala interna e poi si sedette su uno dei divani e passò in rassegna con lo sguardo quello che lo circondava. Cominciò ad aprire tutti gli sportelli, partendo dalla cucina, e poi sbirciò nei due armadi vicino al bagno. Uno era già pieno di vestiti, l'altro era per lui.

C'era anche un mobile con quattro cassetti, due dei quali già colmi di camicie e golf: il suo coinquilino era un tipo metodico e sicuramente equo. Cominciò a estrarre calze, mutande, magliette, pullover dalle valigie. Appese l'unico abito elegante nell'armadio e sistemò sulle grucce quattro paia di pantaloni oltre a un cardigan blu e a una giacca scozzese. Gliel'aveva regalata sua madre due anni prima e non l'aveva quasi mai indossata: l'aveva infilata in valigia solo per far piacere a lei e pensò che stava iniziando una nuova vita con tutti i difetti della precedente. Ma in fondo, adesso, di quei difetti aveva quasi nostalgia.

Sentì qualcuno armeggiare con la chiave nella serratura: osservò un piede piuttosto lungo introdursi nell'apertura per evitare che la porta si richiudesse e subito comparve un ragazzo alto, leggermente curvo per il peso delle quattro borse di plastica stracolme. Fece un sobbalzo per la sorpresa e Giacomo gli andò incontro.

«Ciao, mi chiamo Giacomo: ti posso aiutare?»

«Sì, grazie. Puoi appoggiarle lì sul tavolo. Ah, io sono Fulvio. A quanto pare dovremo passare un po' di tempo insieme.»

«Già... Sbaglio o ci siamo già visti?»

«Dici?»

«Adesso che ci penso, mi sa che ci siamo incrociati sul portone della Ferroil, il giorno del colloquio con Ferretti.»

«Be', complimenti per la memoria. Io non me lo ricordavo.»

«Alto come sei, è difficile non notarti...»

«Senti, io ho iniziato a mettere un po' a posto le cose, i vestiti e il cibo, ma secondo un mio ordine. Quindi, se preferisci possiamo...»

«Ma no, figurati. Va benissimo.»

«Ok. Come vedi il frigorifero è piccolissimo, quindi non potremo riempirlo troppo. Io ho fatto una prima spesa, se sei d'accordo possiamo andarci una volta per uno, oppure mettiamo i soldi in una cassa comune, come vuoi, insomma.»

«Va bene, va bene. Abbiamo tempo per decidere. Se hai bisogno ti aiuto con queste cose, così poi finisco di sistemare i vestiti in modo che...»

Un trillo fortissimo li interruppe. Si guardarono negli occhi. Fulvio fu il primo a parlare.

«Ho paura che siano i miei, ieri sera li ho chiamati e hanno voluto il numero di telefono.»

Scavalcò le due borse ancora appoggiate per terra e sollevò il ricevitore.

«Pronto?»

Fulvio fissò Giacomo e poi disse: «Certo. Un momento. È per te».

Sua madre era incredibile, pensò: doveva essere riuscita a trovare qualcuno alla Ferroil e aveva già ottenuto quel numero. I genitori di Fulvio erano dei dilettanti in confronto a lei.

«Pronto?»

«Ciao, avrei una radio da consegnare da quelle parti. E poi volevo chiederti se hai programmi per questa sera.»

«Claire...»

32

Viola

Verso la Svizzera, 8 gennaio 2011

«Mi gira la testa, mi viene da vomitare.»

Per forza: sei stato un'ora con gli occhi incollati al tuo DS e sono iniziati i tornanti.

«Ci possiamo fermare un momento?»

Mauro, l'autista di fiducia di Gian, accosta, esce e viene ad aprire la portiera a Credino. Lo vedo passeggiare avanti e indietro, fare lunghi respiri: il suo fiato sembra il fumo di una sigaretta nell'aria ghiacciata di queste montagne. Manca poco all'Écureuil jaune. Adesso Credino sta annuendo mentre Mauro, con una mano sulla sua fronte, gli chiede se se la sente di risalire in macchina. Lo vedo scuotere la testa: avrà promesso di non giocare più. Risalgono.

«Ragazzi, cercate di resistere. Mancano venti minuti, non di più.»

Quando arriviamo, l'autista ferma il fuoristrada davanti all'ingresso del collegio e scarica le nostre valigie. Ad attenderci, dietro il portone, la Bergson.

«Buongiorno, Viola, bentornata. E tu devi essere Tancredi. Come va la schiena?»

«La schiena? Bene, perché?»
«Braccia e gambe?»
«Bene, grazie... Ma perché me lo chiede?»
«Be', vedo che c'è una persona che porta i tuoi bagagli mentre tu porti soltanto quel videogioco che, tra l'altro, mi consegni subito: come sai agli allievi non è concesso avere in camera apparecchi elettronici.»
«Sì, però lei può tenere il computer...»
«Viola lo userà per cercare di risolvere il suo disagio con la parola. Ho già discusso con tuo padre e tua madre e...»
«Non è mia madre.»
«D'accordo, con tuo padre e la signora Arianna, ci siamo intesi sul fatto che il portatile verrà controllato e qualsiasi gioco o sito internet verrà bloccato.»
«Sì, però, io...»
«Sei arrivato da un minuto, non hai ancora tolto la giacca e già protesti? Viola, accompagna tuo fratello – posso chiamarlo così? – verso il mio ufficio, mentre io mi faccio consegnare dal signore che vi ha accompagnato le carte che l'avvocato Medusian doveva firmare. Ah, Tancredi: non dimenticare le tue valigie.»
L'ufficio della Bergson ha un'enorme finestra che si affaccia sul parco, ricoperto dalla neve. Credino ha gli occhi lucidi. Dov'è finita la sua spavalderia? Mi guarda, mentre gli sfioro una guancia con il dorso della mano in un tentativo di carezza, noi che non ce ne siamo mai dati una.
«Sì, però, che stronza quella lì...»
Non è così male come sembra. Ma avrai tempo per rendertene conto da solo. Adesso è quasi meglio che tu la tema un po'.
La porta si apre e la Bergson si siede dietro la scrivania. Siamo in piedi davanti a lei.

«Allora Viola, come sono andate le vacanze?
Prendo il mio blocco: *Bene.*
«Mi fa piacere. E sulla parola ci sono miglioramenti?»
No.
«Ma noi abbiamo grande fiducia, vero? Dalla prossima settimana, come previsto, avrai una logopedista, ti farà fare degli esercizi specifici per provare a tirare fuori quella voce che da qualche parte deve pur essere.»
Scrivo: *Grazie.*
«Invece tu, Tancredi, conosci le regole del collegio? Tuo padre ha studiato qui, qualcosa deve averti spiegato.»
«Qualcosa, sì.»
«In questo libretto trovi tutto. Leggilo bene, soprattutto la parte che riguarda gli orari di lezione, di studio, di gioco e l'altra che stabilisce che cosa è concesso portare in stanza e che cosa no.»
«Ok.»
«Meglio se rispondi "sì, professoressa" o "sì, signora Bergson".»
«Sì, prof.»
«Professoressa.»
«Professoressa.»
«Bene. Qualcosa l'abbiamo già chiarito pochi minuti fa, mi pare. Il resto sono sicura che lo imparerai in fretta perché sei un ragazzo intelligente. Ora ti accompagno in camera: il tuo compagno di stanza si chiama Ibrahim.»
«No! Un arabo!»
«Prima di tutto cambia tono. In secondo luogo, Ibrahim è uno degli studenti di maggior successo della scuola. È indiano, suo padre è uno dei più importanti uomini d'affari del suo Paese, si occupa di tecnologia per i computer.»

«Computer?»

«Ho la tua attenzione? Mi fa piacere. Tuo padre ci ha detto che sei un appassionato di informatica – anche se mi sembra non sempre in àmbiti brillanti – e credo che avrai molti argomenti di conversazione con Ibrahim.»

«Forse. In che lingua?»

«Oh, sono certa che non avrai difficoltà. Parla inglese, francese, italiano, spagnolo, hindi e arabo. E suo padre ci ha detto che l'anno prossimo vuole che impari il cinese.»

«Peccato che non sappia il cinese, avremmo potuto esercitarci un po'.»

«Mi sembra di capire che insieme ci divertiremo... vero, Tancredi? Andiamo, ti mostro la camera. Tu invece conosci la strada, Viola.»

Davanti alla scala ci dividiamo, Credino e la Bergson si dirigono verso l'ala dei maschi. Lei gli prende una valigia per permettergli di salutarmi. Lui mi abbraccia goffamente e poi si incammina. Io continuo a fissarlo e, come se sentisse il mio sguardo, lui si volta, mi sorride e mi saluta con la mano. Poi si dà due colpetti sulla natica. Penso sia un gestaccio, ma poi mi accorgo del rigonfiamento sulla tasca dei suoi pantaloni: si sta portando in camera il modello di DS più piccolo.

33

Giacomo

Londra, mattina del 2 marzo 1981

«Certo che è un bel tipo.»
«Chi?»
«La tua ragazza.»
Giacomo e Fulvio stavano aspettando il treno della District Line verso Notting Hill Gate, dove avrebbero cambiato e preso la Central in direzione est: destinazione Chancery Lane.
La sede della Ferrcoal era in Turnmill Street, una minuscola parallela di Farringdon Road, alle spalle della stazione. Il giorno prima Claire aveva mostrato ai due la strada per raggiungere il loro posto di lavoro.
«Simpatici anche gli altri.»
«Chi?»
«Oh, ma sei presente? Gli amici della tua ragazza, no...?»
Sabato, dopo averlo chiamato, Claire si era presentata in Lexham Gardens con Stuart e Debbie. Aveva spiegato a Giacomo che non era stato complicato ottenere dall'egiziano il loro numero di telefono. E poi, dopo

avergli consegnato la radio gigante che custodiva dall'ultimo dell'anno, aveva trascinato fuori entrambi.

«Andiamo, dobbiamo festeggiare» gli aveva detto. «Dobbiamo ringraziare in qualche modo il piatto tipico di questa nazione, quello che ci ha fatto incontrare. E il tuo amico viene con noi.»

Dopo un viaggio sulla Northern Line erano arrivati da Toff's, uno dei più famosi ristoranti di fish and chips della città.

Avevano riso – finalmente si poteva – ricordando la sera di qualche mese prima sul lungomare di Brighton e il naso di Giacomo deformato dalla testata. Alla descrizione del cugino Martin, Fulvio aveva citato alcuni passaggi essenziali di *Quadrophenia* e poi aveva tenuto banco per un po', dimostrando di essere una specie di enciclopedia vivente del pop e del rock, fino a quando si era fatto sfuggire un commento non tanto edificante sull'Elvis Presley sfatto e strafatto dell'ultimo periodo.

Non poteva sapere che stava toccando un tasto delicato: se ne era reso conto soltanto quando Stuart era balzato in piedi e gli aveva detto qualcosa di incomprensibile, ma con un tono così alto da fare ammutolire tutto il ristorante.

Per fortuna Fulvio aveva subito citato a memoria biografia, discografia e persino filmografia di Elvis e Stuart aveva capito di non avere di fronte un detrattore del suo idolo, bensì un cultore dei suoi anni di gioventù, semplicemente più critico nei confronti dell'epoca del declino. La discussione si era conclusa con un nuovo giro di birra e un'esibizione improvvisata di Stuart che, intonando *Love Me Tender*, aveva strappato l'applauso all'intera sala.

A fine serata, si erano salutati con una grande allegria

in corpo e Giacomo aveva dato un bacio fugace sulle labbra di Claire, che lo aveva bloccato. «Pensi di cavartela così?» gli aveva detto prendendogli il viso tra le mani e baciandolo a lungo, incurante del mormorio finto scandalizzato degli amici, che in realtà sorridevano.

La mattina di domenica, Claire si era presentata a casa di Giacomo e Fulvio da sola, con l'obiettivo di far conoscere la zona di Earl's Court. Si erano comprati dei sandwich che avevano mangiato su una panchina di Holland Park.

Poi Claire li aveva guidati fino a Farringdon Road e rientrando, la sera, aveva mostrato loro un piccolo supermercato sull'angolo tra Earl's Court Road e Pembroke Mews. Era gestito da pakistani, rimaneva aperto fino a tardi sette giorni su sette e aveva i prezzi più bassi della zona.

«Certo, la pasta che abbiamo comprato ieri dai pakistani non è un granché» disse Fulvio, mentre si preparavano per scendere a Chancery Lane.

«Già... Che marca era?»

«*Labbellapasta*, una roba del genere.»

«Be', che cosa potevamo pretendere?»

«Non c'era alternativa, purtroppo.»

«No. Però il pane in cassetta è buono. E anche il formaggio non era male.»

«Ma non potremo andare avanti solo a pane e formaggio...»

Le porte del vagone si aprirono sbuffando. Giacomo e Fulvio seguirono la gente incolonnata che risaliva verso la superficie. Passarono di fronte a un rivenditore di sigarette, cioccolatini e chewing-gum incastrato vicino ai tornelli e, una volta fuori, si incamminarono verso Farringdon Road. La Ferrcoal occupava due piani di un palazzo in vetro e cemento in cui avevano sede uffici di varie compagnie, da agenzie finanziarie a studi di avvocati.

Appena superato il portone di ingresso, c'era una scrivania dietro la quale sedeva un uomo di colore con una giacca blu scuro. Chiese ai due ragazzi i documenti e una firma sul registro delle presenze, poi diede loro un tesserino provvisorio, da usare finché l'azienda non avrebbe recapitato quello definitivo.

Salirono con un ascensore fino al terzo piano, dove vennero accolti da una ragazza di nome Lily, che li fece sedere in un salottino insieme ad altri sei giovani: due tedeschi, due francesi e due spagnoli.

«Come nelle barzellette» commentò Fulvio, soffocando una mezza risata più che altro di tensione.

La stessa segretaria che li aveva radunati lì dentro venne a recuperarli e li condusse in una grande stanza in cui quattro persone erano già al lavoro, tre spulciavano dei dattiloscritti, un altro parlava al telefono: teneva il ricevitore appiccicato all'orecchio con la spalla e si appuntava qualcosa con una matita su un blocco mormorando «*Yeah... I see... Yeah... I see...*».

C'erano otto scrivanie libere, disposte a due a due: oltre a condividere con Fulvio la casa ogni notte, pensò Giacomo, lo avrebbe guardato in faccia anche durante il giorno. Su ogni tavolo c'era un telefono, un portapenne con biro e matite, un blocco, una macchina per scrivere e un pacco di cartellette ancora chiuse dal cellophane.

Una volta che ognuno si fu sistemato, Lily diede ai nuovi arrivati le informazioni di servizio e sembrò abbastanza fiera mentre faceva notare che era a disposizione una cucina con un frigorifero, i fornelli e uno scaldavivande.

«Il resto ve lo spiegherà tra poco Mister Collins» aggiunse poi, voltando loro le spalle per riprendere posizione nel minuscolo ufficio accanto alla porta d'entrata.

In quel momento entrò un uomo alto e magro, con un abito grigio e i capelli impomatati pettinati all'indietro.

«Sono David Campbell, il direttore finanziario. In altre parole, sono quello che paga le vostre abitazioni e che ogni quindici giorni vi darà lo stipendio. Sono previste anche delle gratifiche, in base ai contratti individuali e a quelli che riusciremo a stipulare complessivamente. In altre parole, più riusciamo a far guadagnare la Ferrcoal più diventiamo tutti ricchi. E sono anche la persona che può aiutarvi per qualsiasi esigenza di tipo bancario. In altre parole, se volete aprire un conto a Londra, chiedete pure. Il mio ufficio è al piano di sopra, fate riferimento a Lily se volete un appuntamento. In altre parole, penso che ci vedremo spesso nelle prossime settimane.»

David "in altre parole" Campbell era appena uscito quando la porta si aprì di nuovo. Entrò un signore basso e tarchiato. Mister Collins era l'uomo più importante della Ferrcoal, uno dei più grandi esperti nel settore del carbone. Giacomo ricordò il discorso di Ferretti su di lui il giorno del colloquio.

Indossava una camicia a maniche corte a righe verticali bianche e azzurre, almeno di una taglia troppo piccola a giudicare dagli otto che disegnavano i bottoni, e portava una cravatta verde smeraldo, con una macchia di unto sulla punta. Teneva un plico di fogli sotto il braccio sinistro e nella mano destra stringeva un bicchiere dal quale spuntava l'etichetta di una bustina di tè. Nel taschino della camicia aveva un pacchetto di sigarette e tre penne di colori diversi.

«Mi chiamo Philip Collins. So già quello che vi passa nella testa, lo capisco dai risolini ebeti che vedo affiorare sulle vostre facce: ma se qualcuno di voi pensa di chiamarmi Phil, come quel cantante, se ne pentirà.»

Poi appoggiò i fogli e il tè su una scrivania e si scrutò intorno con aria indagatoria, mentre con il pollice della mano destra si sfregava con forza il dorso della sinistra, attraversato da una cicatrice che arrivava fino al polso.

34

Viola

Svizzera, 9 gennaio 2011

«Ma come non ti lascia venire?»

Leslie è arrivata da poco. Ieri sera ho faticato ad addormentarmi: era la prima volta che passavo la notte in camera da sola qui in collegio. Ho letto di nuovo le lettere e le agende e il pensiero di papà mi ha tormentato a lungo prima di riuscire a prendere sonno. Ora mi tormenta lei con queste continue domande su quello che già sa.

«Allora?»

Aspetta che te lo scrivo così la finiamo: *Non mi ha dato il permesso. Fine.*

«Non aspettavo altro che rivederti e progettare il nostro viaggio in Inghilterra. E tu torni con un "no"?»

Mi spiace. Non sai quanto.

«Poi questa storia di tuo fratello in collegio con te. Perché non te l'hanno detto prima?»

E dài: *Non lo sapevo e basta.*

«Non c'è modo di far cambiare idea ai tuoi? Non possono portare a sciare soltanto Tancredi? Credimi, un'occasione così non ricapiterà.»

Anche tu devi capire.

«E questa lettera di tuo padre? Perché non l'hai ancora letta?»

Non me la sento.

Leslie sta per chiedermi altro ma si interrompe: hanno bussato alla porta. Va lei ad aprire.

«Buonasera, professoressa Bergson.»

«Buonasera, Leslie, buonasera, Viola. Mi sembrava giusto concedervi po' di tempo insieme, visto che da domani comincerà la scuola e avrete molte meno occasioni di vedervi in tranquillità. È un'eccezione.»

La Bergson è entrata, seguita da Credino e da un ragazzo magro, alto una spanna più di lui. Ha la pelle scura, gli occhi profondi, nerissimi. I capelli sembrano un casco appoggiato sulla testa, tanto sono folti e gonfi. Ha una leggera peluria sul labbro superiore, che lo fa sembrare più grande della sua età.

«Tancredi, Ibrahim, passo a prendervi tra mezz'ora.»

«Va bene, grazie, professoressa.»

La voce di Ibrahim è acuta come quella di un bambino, crea un contrasto con il fisico cresciuto troppo in fretta. Appena sente il *clic* della serratura si illumina in un sorriso candido e dà una gomitata d'intesa a Credino.

«Dài, presentami.»

«Viola, lui è Ibra.»

«E io sono Leslie.»

«Piacere, Leslie, io sono Tancredi, il "quasi fratello" di Viola. Puoi chiamarmi Tan se vuoi.»

«Non Credino?»

Lui mi guarda malissimo. Ma poi fa una smorfia che assomiglia a un ghigno.

«No, Tan. Lascia perdere qualsiasi cosa ti abbia detto – o più probabilmente scritto – la muta.»

Il suo amico sorride, lo fissa e poi dice: «Non è così male Credino, sai?».

«Ibra, non pensarci nemmeno. Lo so che ti devo un favore, ma non esagerare... Sapete, ragazze? Ibra mi ha già fatto avere una nota d'encomio dalla preside. Mi ha suggerito di consegnare spontaneamente il mio DS alla Bergson.»

«E che è successo?» domanda stupita Leslie.

«Ha funzionato! La Bergson si è tutta ringalluzzita e ha fatto un sacco di complimenti a Ibra per avermi aiutato a capire le regole: se sapesse che lui ne ha due nel doppio fondo della valigia! E non solo! Ha persino una PSP. Capito? Un tesoro nascosto...»

«A quel punto sono intervenuto io e le ho detto che Tan avrebbe salutato volentieri sua sorella. Non aspettavo altro.»

«Sì, perché appena ho detto a Ibra che tu avevi un computer – e per di più "legale" – lui ha voluto incontrarti. Ti deve chiedere una cosa.»

«Sì, ecco: mi presteresti il tuo computer? Magari non subito, tra qualche giorno diciamo...»

Prendo il blocco: *Perché?*

«Mi potrebbe servire per scaricare dei video.»

Tutti sanno che collegarsi non solo è vietato ma anche impossibile, visto che la password del wifi la conoscono solo i professori: *Lo sai che non si può.*

«In che senso? Se è per la Bergson, staremo attenti a non farci beccare: in questo io sono un esperto. Se invece ti riferisci al codice segreto per collegarsi alla rete, ci sto lavorando.»

Vedremo.

Lui mi fissa, con gli occhi che sorridono.

«Ok, pensaci.»

Poi si volta e si mette a parlare in inglese con Leslie. Credino invece sta guardando le lettere di papà, sparpagliate sul comodino e sul letto: avrei dovuto rimetterle via.

«Ti manca molto?»

Faccio finta di non capire: *Chi?*

«Come chi? Tuo papà.»

Non mi pare sia necessario scrivere: la risposta è scontata. Lui si mette a sfogliare le agende e sto per fermarlo quando si gira verso di me e mi rivolge una frase che non gli ho mai sentito dire.

«Anche a me manca. La mia mamma, intendo.»

Lo fisso.

«Papà mi ha spiegato che per la separazione le ha concesso un sacco di soldi ma è stato inflessibile: ho il divieto di andare da lei in America, perché potrebbe decidere di non farmi ripartire. Così la vedo solo d'estate in Italia, per qualche settimana.»

Mi dispiace.

«Se ne è andata quando avevo tre anni e siamo due estranei ormai. Eppure mi manca.»

Però tu ce l'hai, invece io non ce l'ho più. Scrivo: *Non è la stessa cosa.*

«Sì, lo so. Però sono triste.»

Si sta rigirando tra le mani il libro antico: la sua espressione è mogia, non l'avevo mai visto così. Poi rimette a posto il volume, con una delicatezza che non sembra sua. Ma con una scrollata di spalle torna il Tancredi di sempre. Si avvicina a Ibra e gli molla una pacca sulla schiena.

«Andiamo?»

35

Giacomo

Londra, sera del 2 marzo 1981

«Manca molto?»

«Ormai ci siamo.»

Per festeggiare il loro primo giorno di lavoro, Vaughn, l'impiegato che era al telefono quando avevano fatto il loro ingresso in ufficio, aveva invitato tutti i nuovi arrivati al pub. Tedeschi e francesi avevano rifiutato cortesemente la proposta, mentre Fulvio e Giacomo avevano accettato insieme ai due spagnoli, Pablo e Raul. La meta era l'Eagle, un locale storico di Londra in Shepherdess Walk: «È vicinissimo» ci aveva tenuto a dire Vaughn, «una passeggiata che ci farà venire un po' più di sete, ammesso che ce ne sia bisogno».

Camminando, il collega aveva raccontato qualcosa sul loro capo, Philip "mai dire Phil" Collins. «Vive per il carbone. Ha girato il mondo per ottenere al momento giusto un prezzo migliore o per siglare un contratto importante. Conosce i direttori di ogni porto sui tre oceani e non c'è tecnico di controllo che lo possa fregare. Dicono che abbia persino trattato con i tagliatori di teste del Borneo perché gli permettessero un passaggio più veloce in mezzo alla foresta e pare abbia rischiato di finire accoltellato da un fanatico dell'apartheid quando ha raddoppiato la paga a dei manovali neri in Sudafrica per convincerli a caricare più in fretta la nave. Avete visto la cicatrice sulla mano, no? Ma l'altro ne è uscito molto peggio di lui.»

«Un duro, insomma» ha commentato Giacomo.

«Già, il suo unico punto debole è la figlia. L'ha cresciuta quasi da solo. La moglie l'ha mollato parecchi anni fa... Forse gli avrà chiesto se preferiva passare una serata con lei o con una carriola di *coking coal* e lui avrà avuto quell'attimo di esitazione fatale.»

«Abita con lui?» ha chiesto Fulvio.

«No, la piccola ha studiato nelle scuole migliori e oggi vive in America, a Houston. Ogni volta che Phil riceve una telefonata da lei si chiude nell'ufficio. Ne esce quasi sempre con gli occhi lucidi, ordinando poi a Lily di preparargli un modulo per un bonifico alla figlia. Ah, ecco, siamo arrivati.»

L'edificio era all'angolo della strada: la parte superiore della facciata era in mattoni rossi, mentre in basso la costruzione era stata dipinta di azzurro chiaro. Dalla porta chiusa usciva un vociare incessante, con esplosioni improvvise di risate.

La lista delle birre dell'Eagle era famosa in tutta la città. Ne avevano moltissime, anche se i clienti del locale, tra i quali molti poliziotti che avevano appena finito il turno nella caserma lì vicino, preferivano la classica *pint of bitter*, un bicchierone di liquido rossastro e amaro a temperatura ambiente, che è da sempre la bibita più amata dalla popolazione d'Inghilterra.

Vaughn fece strada e i quattro lo seguirono fino al bancone di legno scuro. A tinte scure, porpora e nero, era anche la tappezzeria tutto intorno. Ordinò cinque pinte e fissò Giacomo con malcelato disgusto mentre alzava la mano chiedendo: «Per me mezza, grazie».

Trovarono posto in un tavolino nell'angolo più distante dal bancone, sotto una lavagna dove era stato scritto l'elenco dei piatti del giorno, tra i quali erano consigliate le ali di pollo fritte con salsa al *blue cheese*.

Gli spagnoli finirono presto la loro birra e se ne andarono prima che Vaughn proponesse il secondo giro, che toccò invece agli italiani.

«Chi è Maggie?» chiese poi Fulvio a Vaughn.

«Scusa?»

«Chi è questa tizia? Ho sentito due gruppetti separati parlare di lei qui dentro. È una celebrità del locale?»

L'uomo scoppiò a ridere: «Ah, ho capito... Maggie è la signora Margaret Thatcher, il nostro primo ministro. Un bel tipino, ancora più dura di Collins».

«Capisco. Del resto le donne inglesi sono speciali. Lo sa bene il nostro amico Giacomo...»

«Sarebbe a dire?»

«Dài, Giacomo, raccontaglielo...»

«Cosa? Lascia perdere, non è così interessante.»

Giacomo si strinse nelle spalle e lanciò un'occhiata minacciosa a Fulvio, mentre Vaughn si sporgeva in avanti con l'aria di chi vuole raccogliere una confidenza.

«Ma come? Sei appena arrivato e già ti sei preso una delle nostre donne? *Quanto vuoi tu per tua donna?*»

Lo urlò imitando l'accento di John Belushi nei *Blues Brothers*. Giacomo riuscì a cogliere la battuta e sorrise. Si chiese che cosa avrebbe risposto per togliersi dall'imbarazzo e allo stesso tempo non sembrare maleducato quando, a salvarlo, giunse una poderosa manata sulla schiena di Vaughn, che rischiò di strozzarsi con la birra.

«Vaughn! Vecchio gallese pazzo! Quanto tempo!»

«Des, bastardo di un *woolyback*! Come stai?»

Passarono cinque minuti buoni in cui Vaughn spiegò che Des era un suo ex collega, cresciuto nella periferia di Liverpool. In quella regione il termine *woolyback* era una specie di insulto scherzoso per chi caricava le balle di lana (*wool*) portandole sulla schiena (*back*). Grandi abbracci, risate e poi la richiesta di unirsi al gruppo vicino al bancone. Fulvio fu rapido.

«Se non ti dispiace, noi dovremmo tornare a casa. Sai com'è, siamo qui da poco e abbiamo ancora parecchie cose da sistemare.»

«Va bene, va bene. Del resto siete tipi da mezza pinta, che cosa ci si può aspettare da voi?»

Si sganasciò in una risata, poi, salutandoli, si accostò con aria minacciosa a Giacomo: «E comunque, ragazzo, c'è un solo modo per conquistare una donna inglese. Cucinale qualcosa di italiano: noi uomini inglesi al massimo sappiamo tostare il pane la mattina... E offrile vino, non birra come facciamo noi... Vedrai. E se vuoi seguire il mio consiglio, di fronte al nostro ufficio c'è un negozio che vende specialità italiane: ti puoi rifornire lì».

Vaughn gli strizzò l'occhio mentre uscivano. Ci volle un attimo per abituare gli occhi al buio della strada. Quando furono finalmente seduti su un treno della District Line, fu Giacomo a rompere il silenzio.

«Secondo te è una cazzata?»

«Che cosa?»

«Tutto. Stare qui, il lavoro, Claire...»

«Non ti conosco abbastanza per rispondere, ma mi spieghi perché ti fai venire questi dubbi?»

«Non lo so...»

«Sei in una città dove quasi tutti i ragazzi della nostra età sognano di abitare. Hai un lavoro, che magari non sarà il lavoro della tua vita, ma è già qualcosa. E poi c'è Claire. Da quel poco che ho visto mi sembra una ragazza speciale...»

«Sì, lo so, ma...»

«Se io fossi in te, cercherei di vivere. Vivere e basta: questa esperienza, questa città, la storia con Claire. Poi si vedrà come andrà a finire.»

«Sì, forse hai ragione. La prossima è la nostra.»

Si fermarono a comprare qualche scatoletta dal pakistano e, lungo il tragitto, nessuno dei due aprì bocca. Mentre Giacomo stava infilando le chiavi nella serratura, sentirono il telefono squillare. Fulvio ebbe l'impressione che Giacomo ci mettesse un po' troppo, che rallentasse di proposito i suoi gesti e così fu lui a precipitarsi all'interno.

«Pronto... Ciao, Claire, come stai? Guarda, stiamo rientrando proprio adesso dal lavoro... No, niente di particolare, ma te lo passo, così te lo racconta lui, ok? A presto.»

Giacomo appoggiò i sacchetti sul ripiano accanto al lavandino e si avvicinò al telefono senza togliersi il giaccone. Prese il ricevitore e rimase qualche secondo senza parlare, ascoltando il respiro di Claire, inframmezzato dai *bip* della chiamata in entrata. Lei stava canticchiando una canzone sottovoce, era molto dolce. Lui si accorse che stava sorridendo.

«Che cosa stai cantando?»

«Ciao, amore mio! Come è andata?»

«Bene. Ma che cosa stavi cantando?»

«John Martyn: lo conosci?»

«No.»

«Dovresti chiedere a Fulvio, lui sa tutto di musica.»

«Ok, chiederò a Fulvio, che sa tutto di tutto.»

Sentendosi tirato in ballo, Fulvio guardò con aria interrogativa Giacomo, che gli fece un gesto con la mano libera come a dire "lascia perdere" e poi si voltò verso la parete. Suo malgrado si sentiva nervoso, scostante.

«Che cos'hai Giacomo? Sei strano...»

«Ma no, non ho niente. Devo solo ambientarmi un po'.»

«Ok, questo lo capisco, ma dov'è finito l'entusiasmo delle lettere? Tutta l'eccitazione dell'ultimo dell'anno?»

«Be', in quell'occasione non mi sono proprio distinto in quanto a "eccitazione", come dici tu...»

«Oddio, ma ci pensi ancora? Ti comunico che adesso vivi qui, che abbiamo un sacco di tempo da passare insieme e che le occasioni non ci mancheranno.»

«E che cosa mi dici di quel Ben?»

«Di nuovo? È un'ossessione la tua!»

«Vi vedete ancora?»

«Non posso fare a meno di vederlo. Studia nella mia stessa università. Ma lo incontro e basta.»

«E lui si accontenta degli "incontri", come li definisci tu?»

«Forse vorrebbe qualcosa di più, è vero, ma...»

«Ecco, appunto.»

«Ecco appunto che cosa?»

«E tu, Claire, cosa vuoi?»

«Sei uno stronzo se dici così» disse lei passando di colpo all'italiano.

«Claire?»

«...»

«Claire, dài.»

«...»

«Eddài, ti chiedo scusa.»
«Piantala, Giacomo.»
«Un po' mi devi capire: come faccio a stare tranquillo se so che tutti i giorni sei con lui?»
«Semplice: stai tranquillo perché ti fidi di me, ti fidi della persona che ti ha scelto, che ti ha raccolto sanguinante e con i pantaloni bagnati sul lungomare di Brighton, che ti ama e ti desidera.»
«Come fai?»
«A fare che cosa?»
«A trovare le parole?»
«Me lo chiedo anch'io come riesco a trovarle per te...»
Risero e Giacomo sentì un nodo che gli si scioglieva nello stomaco.
Quindi le raccontò di "Phil" Collins, di "in altre parole" Campbell, degli altri stranieri e di Vaughn.
«Be', non male come prima giornata, no?»
«Sì, direi che è stata interessante. Ma ci sono cose più interessanti che mi piacerebbe fare con te.»
«Lo so, ma riesci a resistere senza vedermi fino a sabato?»
«Non possiamo prima?»
«Ho un esame venerdì e sono indietro con lo studio.»
«Vabbè, basta che non studi con quello là...»
«Giacomo...»
«Sì, lo so, scherzavo. E quindi sabato?»
«E domenica se non hai altri impegni.»
«Certo che no.»
«Be', allora ciao, ci sentiamo domani.»
«Ciao, Claire.»
«Ciao.»
«Ah, Claire, scusa, aspetta un attimo.»
«Cosa?»

«Ti amo.»

«E ti amo anch'io.»

«Più di Ben?»

«Adesso non puoi pretendere anche questo...»

Giacomo si rese conto mettendo giù di essere madido di sudore e si tolse il giaccone che gli era rimasto addosso, allacciato fino al collo. Si voltò e vide Fulvio con un grembiule e, sul tavolo davanti a lui, tre lattine.

«Abbiamo un'ampia scelta: carne in scatola, tonno in scatola oppure zuppa di fagioli, curiosamente in scatola anch'essa.»

36

Viola

Svizzera, 11 gennaio 2011

«Vedi questi coriandoli sul palmo della mia mano? Devi pronunciare una pi con tutto il fiato che hai, a costo di fare una pernacchia, e tentare di spostarli. Prova a dire una parola come "porta" o "palla". Dài, coraggio!»

Ci provo, ma la mia pi sembra il suono che fa il tappo di uno spumante sgasato e quei pezzetti di carta non si spostano di un millimetro.

«Guarda, così: PÀ-lla. PÒ-rta.»

I coriandoli disegnano un ricciolo nell'aria e atterrano sul pavimento, davanti ai miei piedi. Lei li raccoglie e li rimette a posto.

«Non importa, Viola. Cambiamo lettera. La effe. Soffia via questa carta, sforzati di dire "ferro", "fuoco", meglio ancora "farfalla". E prolunga quella effe.»

Dalla mia bocca esce un soffio che fa volare via i quadratini ma è silenzioso, "mmmuto", come direbbe Credino.

«Non ti abbattere. Vedrai che andrà meglio la prossima volta. Adesso cominciamo gli esercizi di mobilità.

Destra-sinistra, sopra-sotto, destra-sinistra, sopra-sotto, forza, brava, così.»

Sposto la lingua a toccare i due angoli della bocca e poi in sequenza verso il naso e verso il mento. Viviana, la logopedista, è molto paziente. È svizzera italiana e parla con un accento che mi fa ridere. Avrà poco più di vent'anni, è paffuta, con lunghi riccioli nerissimi, lucidi. Sorride sempre, anche se dalla mia gola non esce mezzo suono. Questo è il mio nuovo supplizio quotidiano, deciso dalla Bergson con mia madre. La cosa in sé non è faticosa, per certi versi è persino divertente. Solo che mi pare che i risultati siano deludenti, anche se Viviana dopo ogni lezione mi incoraggia molto, dicendomi che è andata meglio del giorno prima.

«Adesso proviamo con la musica, ok?»

Mi infila in testa un paio cuffie gigantesche e mi spara in sequenza le canzoni più famose di Beyoncé o di Ginger Lola. Le ho scritto io quelle che mi piacciono di più e lei le ha caricate su un piccolo iPod verde che porta con sé. Ci sono due cartelle di musica. La mia si chiama "Viola", l'altra si chiama "Mia". L'esercizio consiste nell'ascoltare il brano e cercare di seguirlo con la voce. Mi ha spiegato che con la musica ad alto volume nelle orecchie io potrei cantare involontariamente e se succedesse sarebbe un trionfo. Lei tiene un registratore davanti a me, con la speranza di cogliere un suono. Per adesso, senza risultati.

«Cominciamo con *Single Ladies*, ti va?»

Beyoncé comincia a cantare, con l'*oh-oh-oh*, che nella mia testa seguo a squarciagola ma che non esce da lì. Vedo Viviana muovere le spalle avanti e indietro, a ritmo. Immagino che la canzone si senta benissimo anche fuori dalle mie cuffie. Mi guarda negli occhi, anch'io la fisso. Sorride, eppure mi sembra triste.

«Cambiamo? Vuoi *Umbrella* di Rihanna?»

Scuoto la testa e prendo l'iPod: invece della playlist "Viola", quella che lei ha creato con le mie indicazioni, apro la sua.

«Vuoi che scelga una canzone io? Potrebbe essere un'idea, in effetti, anche se è tutta roba vecchia, ti avverto. Vediamo un po'... ecco, ascolta.»

Chiudo gli occhi, un leggero fruscio, poi una chitarra e quella voce: "*May you never lay your head down without a hand to hold...*". Salto in piedi, facendo cadere la sedia, mi strappo le cuffie e le lancio via.

«Viola... Che cosa succede? Buona, buona, non è successo niente...»

Viviana mi abbraccia. Mi stringe forte, sento il profumo del suo shampoo. Poi la allontano da me delicatamente, facendo cenno con la testa che va tutto bene, che è passato.

«Non capisco, quella vecchia canzone di John Martyn ha qualche significato per te?»

Come faccio a spiegarti? Scrivo su un foglio davanti a me la parola *papà*. Lei annuisce, stringe gli occhi in una fessura e piega la bocca in giù.

«Mi spiace, non potevo sapere. Per oggi finiamo qui, ok? Comunque è andata bene, sai? Molto bene, molto meglio. Vedrai che ce la facciamo, Viola. Lo so, me lo sento.»

Mi abbraccia ancora una volta. Prima che io esca dalla stanza la saluto con la mano e chiudo la porta dando le spalle al corridoio.

«Ma guarda chi c'è? La nostra vecchia amica. Come vanno le cose, Viola?»

Non vedevo Sabine e Petra da sola dal giorno dell'avventura sugli sci.

«Tutto bene? Fai progressi con la tua logopedista? Si dice che sia una ragazza simpatica, anche se pare che abbia una propensione un po' troppo spiccata per le ragazzine. Almeno questo è quello che dice qualche malalingua. Noi però non diamo peso ai pettegolezzi, vero Petra?»

«Vero.»

Si guardano e ridono sottovoce: sembrano due topi.

«Vabbè, ma l'importante è che le lezioni ti aiutino. Perché ti fanno bene, no? Sì? No? Viola, sei tra noi? Ho capito che non parli, ma un cenno di vita?»

Troia. Ti odio, ti odio, ti odio.

«Dài, non serve a niente quella faccia scura: vedrai che ce la fai, prima o poi. Certo non è una buona cosa dividere la stanza con quella là, ma ormai hai scelto da che parte stare. Te la canti e te la suoni da sola, con rispetto parlando. A proposito di cantare e suonare, hai saputo del concerto? No? Be', vai a vedere in bacheca.»

37

Giacomo

Londra, 7 marzo 1981

L'appuntamento era per le dieci a Notting Hill Gate. L'esame di Claire era andato bene, gli aveva raccontato al telefono. Era una materia complicata legata all'archiviazione dei manoscritti antichi. Poi si era messa a parlare di un possibile dottorato di ricerca in America, di come sarebbe stato bello insegnare letteratura inglese. E alla fine si era spinta oltre, chiedendogli se la Ferrcoal aveva una sede negli Stati Uniti e se lui, nel caso, l'avrebbe seguita. Giacomo aveva risposto a monosillabi, gli parevano congetture troppo lontane: ma quei pensieri gli avevano fatto piacere.

Si sarebbero potuti vedere anche la sera prima, se Mr Mayes non avesse chiesto alla figlia di restare a casa visto che avevano ospiti. Giacomo aveva interpretato il gesto come un atto di ostilità nei suoi confronti e la ragazza aveva messo ogni energia nel tentativo di convincerlo che non era così. Quindi lo aveva salutato promettendogli che il giorno dopo lo avrebbe accompagnato in un giro per la "Londra dei turisti".

«Prima o poi ti tocca» gli aveva detto, «quindi tanto vale farlo subito, no?»

Giacomo risalì la scala che dalla metropolitana portava all'aperto. Assieme a lui, centinaia di persone di ogni nazionalità erano dirette verso la stessa meta: Portobello Road. Claire lo stava aspettando già e quando lo vide gli corse incontro gettandogli le braccia al collo. Passò qualche istante prima che lui le posasse le mani sui fianchi, per poi chiuderle dietro la sua schiena e stringerla, prima piano e poi sempre più forte, affondando il viso nel collo di lei.

«Sei in ritardo. Andiamo, ci sono un sacco di cose da vedere. Hai fatto colazione?»

«No, sono uscito che Fulvio dormiva ancora.»

«Allora vieni.»

Lo prese per mano e lo guidò davanti a una vetrina dove erano esposti muffin, plumcake e paste farcite in ogni modo. C'erano pure dolci dai colori improbabili, che sembravano usciti da un catalogo di automobili.

«Che cosa ti piace? Oggi ti è concesso esagerare.»

Giacomo scelse un sobrio muffin ai mirtilli, mentre Claire optò per un croissant. Ordinarono due bicchieri di tè da asporto e si incamminarono, seguendo il flusso.

Argenteria e vecchie insegne di pub in legno. Piatti e armature medievali più o meno autentiche. Specchi enormi e minuscole scatole in avorio. Bambole e orologi. Gioielli spacciati per antichi e ferri arrugginiti. Passarono in rassegna le bancarelle di giovani venditori svogliati, di vecchie signore con i mezzi guanti, di uomini panciuti con il naso arrossato dal freddo o forse dall'alcol di troppe sere al pub.

Poi Claire lo trascinò dentro una delle Arcade, gli interni dove convivono fianco a fianco negozi di tutti i tipi. Imboccarono una scala che conduceva sotto terra.

«Dove andiamo?»

Lei non rispose e Giacomo rimase a bocca aperta quando si accorse che laggiù, in uno spazio che pareva senza fine, erano ammassate decine di bancarelle.

Claire si avvicinò a una signora con i capelli grigi che stava leggendo un quotidiano. Indossava un abito blu a fiori gialli, simile al tessuto di una tenda, e portava un paio di occhiali sottili.

Giacomo fu sorpreso accorgendosi che il giornale era una copia del "Times" del 1966. In prima pagina c'era la vittoria dell'Inghilterra ai Mondiali di calcio. I due ragazzi rimasero per un po' fermi a fissarla, ma lei, pur avendoli notati, era troppo immersa in quell'articolo e non alzò nemmeno lo sguardo, fino a quando Claire decise di interromperla.

«Buongiorno, signora Whitaker.»

«Buongiorno, Claire, da quanto tempo non ti vedo. Scusa se ti ho fatto aspettare, ma stavo leggendo. Certo che quella squadra era formidabile, non pensi?»

«Immagino di sì, però sono troppo piccola per ricordarmelo.»

«Io invece ero già grandicella e avevo un fidanzato che mi parlava solo di calcio e dei due Bobby, Charlton e Moore. Si chiamava Bobby anche lui: chissà che fine ha fatto... Vabbè, lasciamo perdere. Piuttosto, dimmi, chi è questo bel giovane?»

«Lui è Giacomo. Un mio... amico italiano.»

«Amico?»

Claire arrossì e la donna sorrise.

«Scusami, sono stata impertinente. Non volevo. E lo zio, come sta?»

«Bene, credo. In realtà non lo sento da qualche settimana, lo devo chiamare.»

«Salutamelo, ti prego, quando puoi. C'è qualcosa qui che può essere di tuo interesse?»

«Do un'occhiata.»

Claire passò in rassegna gli scaffali, facendo scorrere l'indice sui dorsi dei libri, allineati per formato. Scelse un'edizione di fine Ottocento del *Circolo Pickwick* di Dickens: era rilegata in tela blu e conteneva delle illustrazioni.

«Sì, è una buona edizione... Non preziosa ma sicuramente interessante. E le immagini sono molto belle. Costa 9 sterline, ma per te sono 5.»

«Va bene, lo prendo. Grazie, signora Whitaker.»

«Grazie a te, spero di rivederti presto. Ricordati di salutarmi Alan. E buona fortuna pure a te, giovane amico italiano di questa graziosa fanciulla.»

Uscirono di nuovo all'aperto e Giacomo guardò Claire con aria interrogativa.

«È una vecchia amica dello zio. Ogni tanto le compro un libro, mi fa piacere perché i suoi affari non vanno benissimo. Lo spazio in Portobello Road, per lei, è diventato più che altro un modo di passare il tempo. Ha dei figli grandi, che sono sposati e vivono all'estero. Il marito è morto e la sua bancarella è l'unico punto di contatto con il mondo. Io adoro ascoltarla, usa espressioni insolite. Ti ha chiamato "bel giovane". E dice cose fuori dal tempo come "impertinente" o "graziosa fanciulla".»

«Infatti non ho capito la metà di quello che ha raccontato.»

«Ma smettila. E poi è utile per migliorare il tuo inglese.»

«Sarà...»

Claire sorrise. Gli cinse il fianco con il braccio, gli infilò la mano nella tasca posteriore dei jeans e lo condusse nella seconda parte del mercato, tra banchi di frutta e di spezie. Lo costrinse a dividere con lei una patata bollita, ricoperta da una colata di formaggio, burro e una salsa dagli ingredienti indefinibili, ma di sicuro con tanto aglio e cipolla. Ne avrebbe sentito il sapore in bocca fino a sera.

Poi lasciarono la bolgia di Portobello e si avviarono verso Hyde Park.

«Insomma, mi vuoi spiegare in che cosa consiste il tuo lavoro?»

«Posso dirtelo quando l'ho capito anch'io?»

«Dài, parla.»

«D'accordo, ci provo. La Ferrcoal è una società di trading che commercia in carbone. Ti ho già accennato al racconto di Ferretti durante il colloquio? Ancora oggi il carbone viene utilizzato ovunque, dalle centrali elettriche ai cementifici fino alle aziende siderurgiche. La Ferrcoal acquista la materia prima da un grande produttore, per esempio in Sudafrica, in Indonesia, oppure in Australia, Russia, India – ce ne sono molti – e lo rivende a prezzo più alto a chi lo chiede. Fin qui è chiaro?»

«Mi pare di sì.»

«Per farlo deve procurarsi delle navi stipulando contratti con armatori. Parliamo di imbarcazioni enormi, le più piccole portano ventimila tonnellate di carbone, ma alcune arrivano fino a centocinquantamila.»

«Barchette, insomma...»

«Esatto, barchette... Ma non mi interrompa signorina, la prego.»

«Mi scusi...»

«Se mi bacia la scuso.»

«Ecco.»

«Molto bene, posso proseguire. La compagnia, quindi, guadagna così. Però l'aspetto più complicato e allo stesso tempo più importante, quello in cui Collins è un gigante, è un altro.»

«Sarebbe?»

«Ci sono un sacco di tipi di carbone. C'è la lignite, il bituminoso, il *coking coal*. E ognuno di questi ha caratteristiche diverse in base alla pezzatura, cioè la dimensione dei blocchi, all'età, alla capacità di calore che riesce a sviluppare. E mentre il produttore avrà tutto l'interesse a farti intendere che ti sta dando il carbone migliore del mondo, per spuntare un prezzo alto, il trader deve disporre di un tecnico abile a valutare le sue reali caratteristiche per non lasciarsi ingannare. Al porto di destinazione, in compenso, succede l'opposto: l'acquirente valuterà le caratteristiche sul contratto e, se non le riterrà all'altezza, chiederà di pagare meno. Ecco perché uno come Collins, che conosce tutti ovunque, è fondamentale: per non farsi fregare mai.»

«Ho capito. E in tutto questo, tu, che cosa c'entri?»

«Per adesso più o meno lavoro come dattilografo. Io e Fulvio siamo impegnati su un possibile carico che dall'Australia deve andare in Italia, ma niente è ancora sicuro. E a dire il vero lui è più coinvolto di me nel progetto. Tanto che domani gli toccherà lavorare, anche se è domenica. Per una questione di fusi orari, Collins vuole che lunedì mattina a Sydney trovino i suoi telex. E io ne approfitto per invitarti a pranzo da me. Cucino io...»

«Cucini tu? E che cosa?»

«È una sorpresa.»

«D'accordo. Povero Fulvio, mi spiace per lui.»

«Al liceo, quando qualcuno veniva interrogato, dicevamo *mors tua, vita mea*. E poi, dài, esce con noi stasera. Ma se preferisci vado io al posto suo domani...»

«Perché no... Vieni, attraversiamo.»

Erano arrivati a uno degli ingressi di Hyde Park. Passeggiarono lungo il Serpentine, dove qualche giapponese temerario stava remando sulle piccole imbarcazioni a noleggio, fino a un punto quasi deserto, sotto una grande quercia, dove c'erano due panchine una di fronte all'altra.

Furono incuriositi dalle scritte incise nel legno: qualche tifoso dell'Arsenal aveva lasciato il motto *C'mon Gunners* e c'era anche l'immancabile cuore con le iniziali, *F.M.* I due ragazzi cominciarono a fare congetture sui possibili nomi della coppia: due spagnoli, Federico e Maria? Sui nomi tedeschi si incagliarono perché, mentre ne trovarono molti maschili, Franz, Fritz, Ferdinand, non riuscirono a pensarne uno plausibile per la ragazza. E se le iniziali le avesse incise in una notte di follia Freddy Mercury che, come tutti sapevano, abitava non troppo distante da lì?

Sulle liste dello schienale, partendo dall'alto, lessero un *John from Utah was here 7.7.79. Fabio Metallico della Versilia anche 11.5.1980. Paolo G. pure 13.7.80.* E sulla quarta e ultima stecca, la più bassa: *Leòn y nunca mas 6.3.81*. Era stato scritto il giorno prima. Chissà chi erano quei quattro, legati dal caso su quella panchina – almeno fino a quando una nuova mano di vernice non avesse cancellato il loro ricordo in punta di temperino.

«È strano come queste panchine siano piene di scritte e però non capiti mai di vedere qualcuno mentre le sta facendo» disse lei.

«Accidenti, che affermazione profonda.»

«Spiritoso. E tu, non hai un ricordo legato a un parco della tua città?»

«Milano non è famosa per il verde.»

«Non ci credo che tu non ne abbia nemmeno uno.»

«In effetti, sì, uno c'è.»

«Spara.»

«Il mio primo bacio l'ho dato in un posto che un po' assomiglia a questo. Be', insomma, fatte le debite proporzioni... Si chiama Parco Lambro e lei era Alessandra. È durata una settimana: ero troppo imbranato.»

«Adesso, invece...»

«Ok, colpito. Ora tocca a te.»

«Per me è indimenticabile l'ultima domenica passata con la mia amica Giorgia.»

«Qui?»

«No, un altro parco, a nord della città. Era estate, ci siamo state tutta la giornata. Lei sarebbe partita da Londra il giorno dopo. Anche noi abbiamo inciso le nostre iniziali su una panchina. Per molto tempo ho continuato ad andarci, quando avevo nostalgia di lei. Poi un bel giorno non c'è più stata.»

«La scritta?»

«No, la panchina. Sono arrivata là e non c'era, l'avevano spostata chissà dove.»

Si sedettero. Claire frugò nella borsa e tirò fuori una macchina fotografica.

«Facciamoci una foto.»

«Bisogna aspettare che passi qualcuno... ma a quanto pare ci siamo fermati nel posto meno frequentato di tutto il parco.»

«Usiamo l'autoscatto. Stai qui.»

Claire piazzò la macchina sulla panchina di fronte, si

contorse per controllare l'inquadratura. Poi armeggiò con i comandi.

«Non capisco.»

La prese in mano, la controllò, la sistemò di nuovo e schiacciò alcuni tasti. Rimase ferma per qualche secondo per poi girarsi di colpo e correre verso di lui.

«Cavoli! Sta per scattare!»

Giacomo scoppiò in una risata che diventò irrefrenabile quando si accorse che la foto era stata fatta mentre Claire era ancora a metà strada.

«Uffa. Ma adesso ho capito come funziona, vedrai che non sbaglio più.»

Si immortalarono in diverse pose e smisero quando Claire, dopo una serie di corse avanti e indietro, cominciò ad avere il fiatone.

«Però non sei un granché come cavaliere: fai fare tutto a me...»

«Se vuoi che negli scatti usciamo decapitati o sfocati ci penso io: con le foto sono una frana.»

«Ok, ti perdono. Come ti senti?» gli domandò, stringendosi a lui e appoggiandosi al suo petto.

«Nella graduatoria dei momenti più belli della mia vita, questo è di sicuro tra i primi cinque.»

«Come, non al primo direttamente?»

«No, quello deve ancora arrivare, ma secondo me non manca molto» le rispose passandole le dita tra i capelli.

Il giro turistico prevedeva ancora, in un ordine da definire, i grandi magazzini di Harrod's, Buckingham Palace, Fortnum & Mason per un tè e Covent Garden.

L'appuntamento con Fulvio era alle 19 al King's Head, un pub non lontano da casa. Quando ci arrivarono, con un ritardo di oltre mezz'ora, lo videro alla porta del locale agitare una mano per attirare la loro attenzione. Giacomo sentiva piedi, polpacci e schiena indolenziti dalle quasi nove ore di cammino e, appena entrato nel pub, si lasciò cadere con sollievo su una panca.

Si guardò intorno: c'erano bandiere di ogni nazione appese ai muri e al soffitto. La testa di un alce lo fissava con aria dolente dalla parete. Si rivolse con un sospiro a Claire, che gli accarezzò la guancia.

«Che cosa c'è, amore mio?»

«Mi fanno male le gambe.»

«E che sarà mai una passeggiata?»

«La chiami passeggiata? Le truppe romane che sono arrivate fin quassù hanno camminato di meno.»

«Ma smettila: Fulvio, digli qualcosa tu.»

L'amico stava appoggiando sul tavolo tre pinte di birra. Ormai si stava specializzando nel trasporto di bicchieri in locali affollati. Quindi si sedette accanto a Claire e di fronte a Giacomo, che occupava più spazio per tenere distese le gambe.

«Che cosa dicevi, Claire?»

«Che il tuo amico non può lamentarsi solo perché oggi l'ho fatto camminare un po'.»

«Un po'? Fulvio, dalle dieci di questa mattina fino ad ora. Bellissimo, per carità: ma non si potevano dilazionare le visite?»

«Eddài Giacomo: domani ti potrai riposare! Pensa invece a me che sarò in ufficio.»

«Sì, hai ragione, ma che cosa devi fare di preciso?»

«Collins mi ha parlato di un suo contatto australiano che va istruito perché ci aiuti a chiudere il contratto. La commessa è molto grossa e lui ci tiene, anche perché l'acquirente è italiano e Ferretti vuole assolutamente mostrare che sta progettando sul serio il colpaccio "in casa". Ci sono altri trader molto agguerriti che vogliono questo affare e Collins tenterà qualunque mossa per batterli. Mi ha persino promesso che se ce la facciamo ci sarà anche una bella sorpresa per me.»

«Ah sì? E di che si tratta?»

«Non ne ho idea... Ma non parliamo di lavoro. Mangiamo piuttosto?»

Fulvio ordinò uova strapazzate e pancetta, anche se Claire lo criticò: era un piatto da colazione. Giacomo passò in rassegna i piatti stampati su un foglietto verde e poi chiese: «Che roba è il *gammon*?».

«È un taglio di maiale, una specie di grossa fetta di prosciutto. Provalo.»

«Con l'ananas?»

«Fidati.»

Ordinarono. Appena assaggiato il *gammon*, Giacomo fu costretto ad ammettere che la carne si sposava addirittura bene con l'ananas. Claire, che aveva ordinato il salmone scozzese, spiegò ai suoi commensali la differenza tra quello, l'irlandese e gli scandinavi. E andarono avanti a discutere per tutta la sera: Claire sorrideva guardando quei due, che si conoscevano da pochi giorni eppure sembravano amici da una vita.

Quando fu il momento di alzarsi, Giacomo avvertì le gambe, rimaste ferme troppo a lungo, reggerlo a fatica. Claire se ne accorse, fermò un taxi e accompagnò Giacomo e Fulvio fino all'appartamento di Lexham Gardens. Una volta lì davanti, scese per salutarli, abbracciò Fulvio e baciò sulle labbra Giacomo.

«Allora ci vediamo domani. A che ora arrivo?»

«Quando vuoi, io ti aspetto.»

Risalì in macchina e le venne da ridere mentre osservava Giacomo salire con difficoltà i pochi gradini che portavano all'ingresso.

38

Viola

Svizzera, 11 gennaio 2011

«Viola! Sei impazzita?»

Sono entrata in stanza con una tale irruenza che Leslie per poco non è caduta dal letto.

«Che cosa è successo?»

Le sbatto davanti agli occhi un volantino. Un po' troppo vicino, in effetti: lei me lo strappa dalle mani, lo allontana e si mette a leggere ad alta voce. «Grande evento all'Écureuil jaune. Venerdì 18 febbraio festeggeremo la fine del quadrimestre e l'inizio delle vacanze di metà anno con un concerto in esclusiva della popstar Ginger Lola. L'esibizione si terrà nel teatro del collegio alle 14. L'ingresso è riservato agli studenti e agli insegnanti.»

Leslie si infila due dita in gola e finge di vomitare. «Dio mio, Viola. Ancora ti piace quella roba? Sei sempre in tempo per passare a qualcosa di più serio.»

Agita davanti al mio naso il suo iPod e si mette seduta sopra le coperte, con le gambe incrociate. Le calze da ginnastica sono annerite sulla pianta del piede e le disegnano i contorni delle dita e del tallone.

«E comunque io non ci sarò.»

La spingo, fino a farla ricadere sulla schiena, e aggrotto le sopracciglia.

«Quel giorno viene a prendermi mia madre. Si è messa d'accordo con la Bergson per portarmi via un giorno prima rispetto alle altre: mentre voi sarete al concerto, io farò i bagagli. Saresti dovuta partire anche tu, invece hai preferito stare con mammina, l'avvocato e Credinetti. Ma vuoi mettere il fascino della costa inglese a febbraio? Il clima umido che ti entra nelle ossa e il mare così invitante per le foche e per i pinguini?»

Detta così non mi pare di perdere granché.

«In ogni caso, anche se avessi potuto, non sarei venuta al concerto, sappilo: quella è roba da Petra e Sabine.»

Dov'è il mio blocco? Ah, eccolo: *Le odio!*

«Le hai incontrate? Viola, possibile che tu subisca ancora quelle due? Da quando le conosci hai imbrattato con il tuo pranzo la biblioteca, ti sei beccata un richiamo dalla Bergson, hai rischiato di fare la fine di un surgelato in un bosco delle Alpi Svizzere. Senza contare quello che ti hanno detto sul mio conto, mettendoti contro di me. Non ti viene mai voglia di fargliela pagare?»

Tutti i giorni.

«Che cosa aspetti?»

Ma come faccio?

«Bisogna colpire Sabine, Petra è solo la sua ombra, non c'è nemmeno gusto. Pensiamoci!»

Poi mi indica la scritta in fondo al volantino e, dopo essersi schiarita la voce, declama con enfasi: «"Ginger Lola sceglierà una studentessa per esibirsi con lei nel suo famoso brano *Diving*: incrociate le dita!" Roba forte, Viola. Dobbiamo inventarci qualcosa».

39

Giacomo

Londra, 8 marzo 1981

Si svegliò di soprassalto con l'impressione che una cascata di rottami fosse stata scaricata nella stanza.

«Cazzo, Fulvio, che cosa è successo?»

«Scusami, davvero. Non ho acceso la luce per non svegliarti e ho fatto cadere la tazza del caffè nel lavandino. Mi dispiace.»

«Amen. Tanto dovevo alzarmi anch'io. Che ore sono?»

«Quasi le otto. Collins mi aspetta verso le nove, nove e mezza. Ha detto che non ci vorrà molto, crede di lasciarmi andare per il primo pomeriggio. A questo punto, visto che sei sveglio, vuoi il caffè anche tu?»

Giacomo fece per spostare le gambe oltre il bordo del letto e, in tutta risposta, i suoi polpacci gli spedirono una stilettata dritta al cervello. Ruotò su se stesso, mettendosi a pancia di sotto, strisciò lentamente fuori dalle lenzuola. Fulvio osservò con la coda dell'occhio, divertito ma perplesso, la serie di operazioni che servivano all'amico per tirarsi in piedi.

«Mi fa male tutto. Se poi penso che adesso devo

anche sistemare un po' questo posto prima che arrivi Claire...»

«Dài, beviamo il caffè. Io ho ancora un po' di tempo prima di uscire: ti do una mano.»

Dopo la colazione, si divisero i compiti: tutto quello che stava sotto il metro di altezza e prevedeva quindi un piegamento, come rifare i letti e aprire e pulire le finestrelle della vetrata, durissime perché molto sporche, toccava a Fulvio. Giacomo invece, in piedi, pulì il lavandino e sistemò stoviglie e scatolame sugli scaffali.

«Adesso vado. A che ora arriva lei?»

«Verso le undici, credo.»

«Hai ancora un paio d'ore, se fossi in te mi farei un bagno caldo, che ti aiuta a sciogliere i muscoli. Basta che non ti ammazzi uscendo dalla vasca: nel caso, puoi sempre strisciare fino alla porta dell'egiziano...»

«Vattene, Fulvio! E non tornare troppo presto, mi raccomando.»

«Sì, sì, non ti affaticare, non venire fino alla porta. Chiudo io da fuori.»

Giacomo andò in bagno e cominciò a far scendere l'acqua calda nella vasca. Preparò i vestiti che avrebbe indossato – jeans, camicia bianca e un golf blu con il collo a V. Poi allineò sul tavolo gli ingredienti che gli servivano per cucinare quello che aveva in mente: un antipasto di prugne avvolte in fette sottili di pancetta affumicata, il risotto alle mele, quindi la burrata con contorno di pomodorini.

Aveva seguito il consiglio di Vaughn e venerdì, prima di tornare a casa, era entrato da Ot's, il negozio di specialità italiane di fronte all'ufficio. I proprietari erano una coppia romagnola dai nomi stravaganti, Otello e Ottilia. Si erano trasferiti a Londra negli anni Cinquanta e avevano figli ormai cresciuti, che l'italiano non lo parlavano quasi e di certo non erano intenzionati a continuare l'attività. Dopo una lunga chiacchierata, aveva chiesto un suggerimento a Otello per il pranzo con Claire. Avevano convenuto sul fatto che era meglio cucinare una sola portata, e non di carne. «Gli inglesi sono capaci di fare bene solo una cosa: il roast-beef» gli aveva sussurrato strizzando l'occhio Ottilia, «lascia perdere. E nemmeno pesce, perché fa troppa puzza se la tua ospite è una ragazza.» Meglio un primo e ancora meglio un risotto, magari una ricetta insolita. Con le mele sarebbe stato perfetto.

Gli avevano scritto come si preparava. Poi gli avevano proposto un antipasto semplice e una burrata freschissima, appena arrivata, che avrebbe resistito benissimo fino a domenica. Una bottiglia di prosecco per l'aperitivo e un Pinot Grigio del Collio per il resto. Alla fine gli avevano fatto anche uno sconto ma Giacomo, sentendo la cifra, aveva avuto lo stesso un piccolo mancamento mascherato dietro un educato «grazie infinite».

Ripassò mentalmente i passaggi della ricetta mentre entrava nella vasca di acqua bollente.

Uscì quando cominciò a sentire freddo, si vestì e guardò l'ora: Claire sarebbe arrivata da un momento all'altro. Le gambe andavano meglio, anche se di certo l'agilità era un'altra cosa. Poi aprì l'armadio, infilò la mano in fondo all'ultimo cassetto dove, nascosta sotto magliette, calze e mutande, aveva messo la scatola dei preservativi. Era ancora la stessa che aveva comprato con Spartaco, solo che dei dieci iniziali ne erano rimasti otto. Due erano stati usati per "le prove di resistenza". Gli venne da ridere ripensando a quelle scene, poi la sua eterna ansia ebbe ancora una volta il sopravvento.

Pensò che Claire, vedendo la scatola, si sarebbe chiesta come mai mancavano due profilattici e magari sarebbe stata inutilmente gelosa. Così mise due bustine in tasca e nascose di nuovo il resto nel cassetto. Il suo programma era quello di cucinare, stupire e stordire un poco Claire con il cibo, il vino e qualche battuta brillante e poi, finalmente, fare l'amore con lei.

In quel momento suonarono: scostò le tende e la vide. Bussò sui vetri della finestra e lei si voltò verso di lui e gli sorrise. Giacomo si stupì dello scatto con cui, incurante del dolore, si mosse prima verso il citofono e poi verso la porta di casa, che però non poté aprire perché chiusa dall'esterno da Fulvio quando se n'era andato.

«Un attimo, Claire. Devo cercare le chiavi!»

Frugò nelle tasche dei pantaloni che aveva la sera prima, poi nella giacca e infine ricordò che le aveva appoggiate sulla mensola vicino al telefono.

«Eccomi, arrivo! Scusa, non le trovavo.»

«Pensavo non volessi farmi entrare.»

«Ma no, è che ha chiuso Fulvio uscendo...»

«Ah, il povero Fulvio che è andato a lavorare...»

«Eh sì, il povero Fulvio...»

«Già.»

«Già.»

«Bene...»

«Bene...»

Ci sono momenti in cui uno pagherebbe qualsiasi cifra per trovare qualcosa da dire. Non necessariamente di intelligente. Ci pensò Claire a toglierlo dall'imbarazzo.

«Come vanno le gambe?»

«Le gambe?»

«Ieri non riuscivi neppure a muoverti.»

«Ah, a dire il vero anche questa mattina avevo un male bestiale. Poi mi sono fatto un bagno caldo e mi sembra di stare meglio.»

«Vuoi che ti faccia un massaggio?»

«Scusa?»

«Ho detto: vuoi un massaggio? Per scioglierti un po'. E non solo alle gambe: sembri così teso.»

«No, cioè, sì... Voglio dire: no, non sono teso e sì, mi piacerebbe un massaggio.»

«Allora sdraiati a pancia in giù. Ma dove ti metti?»

«Aspetta, tiro fuori il letto.»

Giacomo aprì il divano e ci si coricò, con la faccia sprofondata nel cuscino. Claire, seduta sul bordo del letto, con le dita gli faceva pressione sui polpacci. Poi lui sentì che si spostava e per un attimo restava in piedi alle sue spalle. Udì un fruscio e qualcosa che cadeva per terra.

Si accorse che si stava allontanando di qualche passo ma lui non si mosse dalla sua posizione.

«Ti va un po' di musica?» gli chiese Claire, che, senza aspettare la risposta, si era avvicinata alla enorme radio che aveva custodito per mesi – e che adesso occupava quasi da sola una mensola vicino al televisore – e aveva inserito una cassetta. Il ragazzo la riconobbe subito: era quella che aveva inciso per lei e che le aveva regalato per Natale.

Claire si accovacciò tra le gambe di Giacomo leggermente divaricate e riprese a massaggiargliele. Poi le mani di lei si infilarono sotto la camicia, sulla schiena nuda, e la bocca si avvicinò al suo orecchio.

Giacomo portò un braccio all'indietro, toccò il fianco di lei, che si era sfilata la gonna. Allora la tirò e Claire scivolò accanto a lui.

Indossava il reggiseno e un paio di slip grigi. Cominciò a sbottonargli la camicia mentre lui si slacciava la cintura dei pantaloni. Le loro bocche respiravano una nell'altra e a Giacomo tornò in mente la sera di Brighton, la sua goffa conclusione. Si chiese se questa volta ce l'avrebbe fatta e come sarebbe stato, ma fu solo un secondo.

Tutto successe come le cose succedono, senza bisogno di parole. Claire notò una bustina cadere dalla tasca dei jeans di lui e gliela porse. Poi Giacomo la accarezzò, fino a quando la sentì gemere sottovoce. A quel punto si infilò il preservativo, svolgendolo con cura, terrorizzato all'idea di romperlo, e Claire lo guidò dentro di lei.

Si mosse delicatamente, il fatto che anche per lei fosse la prima volta lo rassicurava e allo stesso tempo lo intimoriva. All'improvviso gli tornarono alla mente i racconti di alcuni suoi compagni di classe, che avevano scoperto il sesso molto prima di lui e che amavano vantarsi delle loro prestazioni: genitori assenti per interi fine settimana, notti insonni a scoprire nuovi piaceri e posizioni, immancabili sigarette accese dopo il rapporto.

Ricordò come aveva ascoltato quelle cronache e quanto aveva invidiato quei ragazzi. Ora non più. Ora sapeva che era stato giusto aspettare, che la vita l'aveva condotto lì, in quel momento, in un buco di appartamento in una città straniera, con la ragazza che sentiva di amare come mai nessuna prima.

Poi sentì le unghie di Claire sulla pelle e la vide inarcare la schiena, strizzare gli occhi in una breve smorfia. Per un istante si sentì in colpa, per averla guardata e per aver osservato una goccia scenderle sulla tempia. Giacomo venne quasi subito e si sentì sollevato perché il preservativo era intatto.

Si sdraiò vicino a lei, una mano abbandonata sulla sua pancia, l'altra infilata sotto il cuscino. Restarono in silenzio a lungo, gli occhi fissi sul soffitto. Giacomo si stupì quando si rese conto che stava contando gli insetti morti che si vedevano in controluce nella plafoniera di vetro opaco: quanti erano? Sette? Otto? Di più?

«A che cosa pensi?» gli disse all'improvviso Claire.

«A niente.»

«È impossibile: dài, a che cosa pensi?»

«A niente... Lo sai a che cosa penso...»

«Io ho visto che fissavi la lampada e penso che stavi contando le mosche cadaveri.»

«Ma smettila!»

Giacomo si sentì sollevato quando Claire scoppiò in una delle sue risate.

«È stato come te l'aspettavi, Giacomo?»

«Io non so come me l'aspettavo.»

«Neppure io. Promettimi una cosa.»

«Cosa?»

«Che non ci chiederemo mai se ci è piaciuto.»

«Vuol dire che non ti è piaciuto?»

«Cretino! No, perché è una domanda che implica un giudizio, una valutazione, come un esame a scuola. Invece non deve essere così. E poi è una domanda scontata che porta a una risposta scontata. E in una storia d'amore le cose scontate sono avvilenti.»

«D'accordo.»

«Perfetto.»

«Adesso posso chiederti una cosa?»

«Sì.»

«Ti è piaciuto?»

Claire si chinò sulla sua bocca e lo baciò. Poi si sollevò, appoggiandosi su un gomito.

«Ho fame.»

«Come hai fame?»

«Tu no?»

«In effetti anch'io.»

Mangiarono la burrata con la pancetta, bevendo il Pinot Grigio. Per il risotto ci sarebbero state altre occasioni. Alla fine aprirono il prosecco per accompagnare la cheesecake che aveva portato Claire. Fu in quel momento che lei, solo con la camicia addosso, si alzò e andò verso la sua borsetta.

«Pensavi che me ne fossi dimenticata?»

Prese una candelina, la infilò in mezzo alla torta e la accese con un fiammifero. E Giacomo avvertì una fitta di felicità trapassargli lo stomaco: non c'era niente che avrebbe potuto rendere quelle ore più perfette.

«Buon compleanno!»

40
Viola

Svizzera, 19 gennaio 2011

Finirà tutto questo? Parlerò ancora? O la mia voce resterà per sempre chiusa qui, nella mia testa? Ci penso ogni sera, quando mi sdraio sul letto mi dico che sarebbe bello domani, svegliandomi, ascoltare almeno il suono di un mio sbadiglio.

Sento il respiro di Leslie. Conosco a memoria le sue abitudini, potrei scommettere sulla sequenza dei suoi movimenti. Prima ascolta un po' di musica, immobile, le braccia fuori dalle coperte stese lungo il corpo. I primi tempi, ogni volta credevo che dormisse già. Invece all'improvviso si toglie le cuffie, avvolge il filo attorno all'iPod e lo infila nel cassetto del comodino. Gira il cuscino due o tre volte, si rannicchia su un fianco e immancabilmente mi dice «*Night night, sleep tight*». Mi ha spiegato che era l'augurio di sua nonna quando la metteva a letto da bambina.

Si addormenta subito: il respiro diventa a mano a mano più pesante, poi inizia a emettere un leggero rantolo, come se russasse un poco, e non si sveglia più. Parla nel sonno. Dice lunghe frasi in inglese che quasi mai riesco a decifrare, anche perché comincia ad alta voce e finisce biascicando. Un paio di volte ho colto il mio nome, più di frequente la sento dire «*mummy*». Chissà che cosa sogna.

Anche adesso ha appena avuto uno scambio di opinioni piuttosto acceso con sua madre, ma non ho capito una parola.

Io non sono stanca. E credo sia arrivato il momento.

Prendo la lettera che mi ha dato Fulvio prima di Natale. Sfioro con le dita il nome di Claire e cerco di immaginare papà mentre lo scrive. La busta è sigillata appena, sulla punta. Faccio scorrere l'indice dentro la fessura e si apre subito, senza quasi rovinarsi. Dentro c'è un foglio piegato in quattro.

Milano, 30 gennaio 2010

Cara Claire,

una volta ci siamo detti «niente cose scontate» e invece io comincio con una banalità, dicendoti che scriverti queste righe per me è tanto difficile: spero mi perdonerai, almeno per questo.

Lo so, ci vuole del coraggio a rispuntare nella tua vita trent'anni dopo. Forse, più che coraggio, ci vuole faccia tosta dopo ciò che ho fatto.

Ma la verità è che non è passato giorno senza che io abbia pensato a una fredda mattina di ottobre a Londra, alla mia fuga, a quello che non sono riuscito a fare, cioè a strapparti dalla soglia di un ospedale e a vivere il futuro che ci aspettava. Non è passato giorno senza che abbia pensato che ci saremmo riusciti, sarebbe stato difficile, certo, ma dovevamo provare.

Invece...

Invece sono scappato. E con il trascorrere delle settimane mi sembrava sempre più inconcepibile l'idea di chiamarti, ti chiederti scusa.

Mi chiedo che ne è stato di te, della tua, di vita. Non è stato difficile trovarti: sei dove mi aspettavo che fossi. Eppure, prima d'ora, non ho mai avuto il coraggio di riavvicinarmi a te. In questi anni mi è capitato di venire a Londra: ogni volta avevo paura di rivedere i luoghi che sono stati nostri, ero terrorizzato all'idea di incontrarti, come se fosse facile in una città così grande.

Ti dico di me, ammesso che la cosa ti interessi. Io mi sono sposato e mi sono separato. Ho una figlia, Viola, di quasi quattordici anni, che è la mia disperazione e la mia ragione di vita.

Vorrei che non facesse i miei errori, vorrei parlarle di te, di noi, di come si può vivere una passione profonda e buttarla via. Ma la verità è che i figli non sono mai come vorremmo che fossero: cerchiamo di forgiarli a nostra immagine, quando sarebbe meglio lasciarli vivere. Li riempiamo di cose, di oggetti, per colmare i vuoti dello spirito e della passione. E – parlo per me, certo – raramente offriamo loro la parte più vera e onesta di noi stessi.

Abbiamo paura. Ho paura. Ho paura che se Viola vedesse il mio lato meno pulito – ciò che ho fatto a te, per esempio – non mi amerebbe più. Mi piace l'idea di essere il suo eroe, come mi sarebbe piaciuto essere quello che tu desideravi, senza capire che dalle persone che amiamo e che ci amano non si può volere nient'altro che la verità.

Oggi lo so: ti ho dato così poco di me. È questo il mio rimpianto.

Cerco di immaginare, come facevo tanto tempo fa, la tua faccia mentre leggi queste righe. E chissà se sgrani gli occhi davanti alla mia richiesta: vorrei rivederti.

Ecco quello che ti volevo dire.

Ho bisogno di guardarti, di capire, di trovare pace dopo tutti questi anni. Egoista come quel giorno, lo so. Ma se vorrai, qui sotto trovi i miei contatti.

Ti abbraccio forte,

Giacomo

41

Giacomo

Londra, 17 e 18 aprile 1981

Collins li aveva convocati due giorni prima. Tutto il personale era stato radunato nella grande sala riunioni al quarto piano, quello delle alte sfere. C'era lo staff inglese al completo, una ventina di persone, e c'erano sette degli otto ragazzi stranieri arrivati un mese prima: un francese se n'era andato dopo due settimane, all'ennesima urlata di Collins, che l'aveva beccato mentre parlava di lui chiamandolo Phil.

Mentre aspettavano che arrivasse il capo, Giacomo aveva spiato i volti attorno a lui: due ragazze parlottavano e ogni tanto scoppiavano in risolini nervosi, alcuni si fissavano le scarpe o guardavano il soffitto. Uno degli impiegati anziani si soffiava sulle mani sudate.

Collins era entrato, indossando una delle sue immancabili camicie a maniche corte, seguito da Campbell. Aveva aspettato che anche l'ultimo mormorio si fosse spento prima di cominciare: «Faccio questo lavoro da quando avevo quindici anni, a diciannove ho chiuso il primo contratto da solo e a ventidue ero già il trader più bravo d'Inghilterra. Vi sembrerà immodesto ma è così. Un po' ne ho viste nella mia vita. Ma mai, ripeto mai, ho lavorato in un gruppo così valido. In poche settimane siamo già al livello di altre compagnie che hanno decine d'anni di esperienza alle spalle. Quindi venerdì, alle 17, festeggeremo qui, in questa sala. Ci sarà anche il dottor Ferretti. Grazie a tutti».

E così, venerdì, pochi minuti prima delle 17, Lily era passata a chiamarli e li aveva invitati a salire. Il tavolo in mezzo alla sala era coperto da vassoi di tramezzini, pizze, torte. E una quantità enorme di lattine e bottiglie di birra.

Entrò Ferretti seguito da Collins e fu il grande capo a prendere la parola per primo. Parlava un inglese perfetto, anche se non si sforzava di nascondere il suo accento italiano.

«Mister Collins mi ha detto che state facendo un ottimo lavoro e mi sembrava giusto festeggiare assieme a voi e ringraziarvi per l'impegno. Philip, vuoi aggiungere qualcosa?»

«Grazie, dottor Ferretti, non molto in realtà. Mi piacerebbe che questo fosse il primo di tanti festeggiamenti. E allora, alla salute di tutti noi e della Ferrcoal!»

Dopo il brindisi, Giacomo e Fulvio si accostarono timidamente a Ferretti e gli strinsero la mano, ringraziandolo ancora per l'opportunità. Lui fu cordiale, ma ben presto tornò a discutere con Collins e Campbell.

Vaughn si avvicinò ai due italiani: si era versato una lattina di Guinness in un bicchiere e sul labbro superiore aveva un baffo bianco di schiuma.

«Allora, hai poi cucinato per la tua ragazza?»

«Sì... be', insomma, diciamo che ci ho provato.»

«E come è andata?»

«Bene, non mi posso lamentare.»

«Non mi interessa sapere di te: dimmi se *lei* si è lamentata...»

«No, credo fosse contenta.»

«Bene, molto bene. Bravo, italiano.»

«Grazie, Vaughn.»

«E a te, Fulvio, come va?»

Fulvio si voltò verso il gallese, distogliendo lo sguardo dal buffet, dove le pizze stavano rapidamente diminuendo.

«Tutto a posto.»

«Ho visto che Collins ha un debole per te.»

«Cosa intendi?»

«Niente di più di quello che ho detto: vedo che lavorate molto insieme.»

«Mi ha chiesto di seguire un contratto con un compratore italiano. È un carico enorme dall'Australia e non vuole perderlo. Gli serve qualcuno che conosca bene la lingua dell'acquirente.»

«Certo, certo... ma devi stare attento. Hai visto come ha fatto col francese? Da un momento all'altro può diventare tremendo. Con lui meglio non esporsi troppo, restare sottocoperta.»

«Be', io non ho troppe alternative: se vuole che lo aiuti non posso tirarmi indietro.»

«Sì, lo so, ma mi sembrava comunque giusto dirtelo.... eccolo che arriva.»

Giacomo e Fulvio seguirono lo sguardo di Vaughn e videro Collins che si stava avvicinando con una nuova bottiglia di birra in mano.

«Ehi, ragazzi, propongo un brindisi! A noi.»

«A noi» risposero i tre in coro.

«Un uomo di valore Ferretti, vero? Qui faremo grandi cose. E se chiudiamo quel contratto che tu sai, Fulvio, avremo già raggiunto le previsioni di vendita di tutto l'anno.»

«Vedrà che ci riusciremo» rispose il ragazzo, guardando di sottecchi Vaughn, che in tutta risposta gli indirizzò un sorriso sornione.

Poi Collins si rivolse a Giacomo: «Posso chiederti un favore?».

«Certamente.»

«Dovresti scendere al piano di sotto: nel frigorifero ci sono due magnum di champagne per il dottor Ferretti. Le avevo fatte preparare da Lily ma è meglio se le porti su tu, perché lei mi sembra già in condizioni precarie.»

Alzò il mento in direzione della segretaria che rideva sguaiatamente assieme ad altri colleghi.

«Vado subito.»

Scese le scale, entrò nell'ufficio deserto: dal piano di sopra arrivava attutito il rumore della festa. Prese dal frigorifero le due bottiglie e poi, all'improvviso, sentì dei passi rapidi alle sue spalle, due mani che gli chiudevano gli occhi e una voce femminile che gli sussurrava «*guess*», indovina.

Sentì il seno che premeva sulla sua schiena e stava per dire «Claire», ma si fermò.

«Non saprei.»

Si voltò e la vide. Indossava una camicia nera, sbottonata sulla scollatura, che lasciava intravedere un reggiseno di pizzo, anch'esso nero, come i pantaloni e le scarpe, con un tacco a spillo altissimo.

«Ciao, Giacomo, come stai?»

«Ciao, Elena... bene, e tu? Che sorpresa.»

«Non potevo mancare, papà ci teneva.»

Erano passati più di quattro mesi dalla giornata a Madonna di Campiglio. Rispetto ad allora aveva i capelli più corti e gli sembrò dimagrita.

«E ti fermi molto a Londra?»

«In effetti un po'. Mi sono iscritta a un corso alla London School of Economics. Avremo altre occasioni per vederci.»

«Sì, certo, mi farebbe piacere. Scusa, adesso devo salire. Mi aspettano.»

«Non ti preoccupare, ho detto io a papà di trovare un modo per mandarti qui giù. Volevo farti una sorpresa.»

«Be'... sei gentile.»

«Ma che cos'hai? Diventi rosso?»

«Ma no... sarà la birra che ho bevuto prima.»

«Sì, sì... E come sta la tua fidanzata inglese?»

«Bene, grazie. E Erik?»

«Bene... credo. Diciamo che non è un gran momento tra noi.»

«Mi spiace. Saliamo adesso?»

«Ho capito, hai fretta. Volevo dirti un'ultima cosa: l'ho letto.»

«Che cosa?»

«Il libro.»

Giacomo dovette fare uno sforzo di memoria e poi si ricordò. *Bar Sport*, il suo regalo di compleanno.

«E ti è piaciuto?»

«No.»

Ventiquattr'ore dopo, Giacomo e Fulvio erano di nuovo di fronte a una birra.

«Tra un po', se andiamo avanti così, ci danno la cittadinanza onoraria.»

Dopo un mese, Giacomo e Fulvio erano ormai frequentatori assidui dei pub di Earl's Court. Si erano fermati al Duke of Norfolk per una pinta, prima di raggiungere Claire e il resto dei suoi amici a Covent Garden. Giacomo indicò con il mento una testa di cervo appesa alla parete.

«Anche a lui hanno dato la cittadinanza, da un pezzo. Certo che qui ci sono teste appese in ogni pub. Questo però mi sembra più fiero rispetto all'alce del King's Head.»

«Senti, scusa se torno sull'argomento, ma non riesco a smettere di pensarci: non ti preoccupa la figlia di Ferretti?»

«Non so che farci. È una ragazza strana. Ti avevo raccontato di Madonna di Campiglio, e anche ieri mi ha lasciato una sensazione sgradevole.»

«Fossi in te starei attento: ricordati che è la figlia del grande capo.»

«Credi che non lo sappia? Ma di sicuro non posso dirle: "Non voglio avere niente a che fare con te".»

«Magari ricordale che sei fidanzato.»

«Ma lo sa benissimo!»

«Stai in guardia...»

«Facile parlare... Io non so come venirne fuori. L'ho incontrata una volta sola mesi fa e adesso me la ritrovo qui. Senti, ti va se ci avviamo? Ho bisogno di un po' d'aria fresca.»

L'appuntamento con il resto della compagnia era da Joe Allen, a Covent Garden, un ristorante molto frequentato, noto per le cene pre e post teatro. Loro, questa volta, sarebbero andati allo spettacolo con lo stomaco pieno.

Quando entrarono nel locale, videro subito Claire, già seduta al tavolo con Stuart e Debbie. Subito dopo comparvero anche Tony e Dee. Tutti mangiarono leggero, tranne Stuart che pretese uno dei piatti forti: i medaglioni di manzo fritti accompagnati da una purea di patate all'aglio e peperoni verdi. Dalle occhiate di disgusto degli altri lo difese Claire: «Non giudicatelo male, ognuno mangia quello che vuole... e chiaramente se ne assume i rischi».

Quali fossero i rischi a cui si riferiva, si cominciò a capire appena usciti dal ristorante. Tony, grazie alle sue conoscenze tra i produttori di spettacoli, era riuscito a procurarsi i biglietti per uno dei musical che da qualche anno era in scena al Royal Drury Lane: *A Chorus Line*. Dovevano sbrigarsi, però, perché se fossero arrivati in ritardo i loro posti sarebbero stati venduti, così si avviarono di passo svelto verso il teatro, che non era troppo distante. Tony e Dee guidavano il gruppo, marciando spediti attraverso le vie affollate del West End: giovani e anziani, londinesi e turisti sciamavano verso i cinema, i pub o i teatri, che soprattutto durante il weekend erano presi d'assalto. Giacomo era attratto dalle luci e dagli scoppi di risa che esplodevano fuori dai bar, dove sostavano gruppi di ragazzi con le loro pinte di birra in mano, e camminava tenendo le dita intrecciate a quelle di Claire. Durante il tragitto lei gli raccontò che il Drury Lane era il più antico teatro di Londra ed era famoso anche perché, secondo la leggenda, infestato dai fantasmi.

E fu proprio davanti alla biglietteria che si accorsero che Stuart e Debbie non c'erano più.

Li videro arrivare trafelati dopo qualche minuto e lui prese a lamentarsi di quella corsa a stomaco pieno. Ma non era finita. Verso la metà del primo atto gli effetti della cena furono ancora più evidenti: *A Chorus Line* era la storia di un coreografo di Broadway che deve scegliere otto ballerini tra i diciassette arrivati alla selezione finale e Stuart aveva cominciato a russare che il primo non era ancora stato scartato.

Debbie in compenso pianse per l'intera durata del secondo tempo, chissà se per la commozione o per il dispiacere, visto che Stuart non si era svegliato neppure nell'intervallo e una coppia di giapponesi lo aveva persino fotografato. Anche Claire aveva gli occhi lucidi e quando Paul, uno dei ballerini candidati, cadde dovendo così dire addio al suo sogno, strinse la mano di Giacomo tanto da fargli male.

Quando uscirono, Tony domandò a Stuart se era d'accordo sulla scelta della mora per la gara di topless e l'amico strabuzzò gli occhi.

«Ma quando? Si vede che mi ero assopito un istante, perché non mi avete svegliato?»

Ridendo ancora per lo scherzo, salirono su un vagone semivuoto della metropolitana. Giacomo e Claire si misero in un angolo, vicini a una coppia di ragazzi di colore. Lei aprì la borsetta e tirò fuori una busta con il marchio Kodak. Ne estrasse un pacchetto di fotografie.

«Ecco.»

«Che cosa sono?»

«Le foto che abbiamo fatto quel sabato, te le ricordi? Quando ti ho costretto a camminare e me l'hai rinfacciato tutta la sera. Però poi, la domenica, non ti sei lamentato troppo...»

«In effetti, preferisco ricordare la domenica...»

Gli uscì una risatina strozzata e lei lo guardò perplessa.

«Che cos'hai, Giacomo?»

«Niente.»

«Sei strano, è da ieri sera che mi sembri così. È successo qualcosa al lavoro?»

«No, niente.»
«Sicuro?»
«Sicurissimo. Dài, fammi vedere le foto.»
Claire gliele passò e Giacomo le scorse una a una. Ce n'erano alcune in cui lui era davanti a Buckingham Palace, altre di loro due, scattate dal cameriere di Fortnum & Mason, in cui Claire era seminascosta dall'indice del fotografo, e poi c'erano quelle fatte sulla panchina di Hyde Park. Una era troppo scura, le loro facce si distinguevano appena. Nella seconda Giacomo aveva gli occhi chiusi e nella successiva Claire si produceva in una smorfia che la rendeva quasi irriconoscibile.
E poi c'era la prima che avevano scattato, quando lei ancora non aveva chiaro il meccanismo. Giacomo rideva e aveva un'aria felice, Claire era di spalle, con la treccia in movimento e una posa sinuosa, che la rendeva bellissima.
«È la mia preferita, anche se non mi si vede il viso: che cosa ne pensi?»
«Sì... be'... non vorrei sembrarti maleducato, ma lo penso pure io.»
«Sembra la scena di un film. Poi è il ricordo di un momento speciale. E c'è un altro significato.»
«Quale?»
«Ci eravamo ingegnati per far funzionare quella macchina fotografica, e anche per far funzionare una storia d'amore bisogna impegnarsi un po', credo.»
«...»
«La prossima è Earl's Court, noi proseguiamo. La foto è tua.»
«E tu tieni questo.»
Il pacchetto gli era rimasto in tasca tutta la sera. Aveva aspettato il momento giusto per darglielo, ma non

era arrivato e adesso non poteva più attendere. In fondo era già passata la mezzanotte.

Per raggiungere l'ufficio, scendendo a Chancery Lane, Giacomo percorreva Holborn e poi passava per Hatton Garden e Grenville Street, piccole vie disseminate di gioiellerie per lo più gestite da negozianti ebrei. In una vetrina, uno dei suoi primi giorni a Londra, aveva notato un ciondolo d'oro a forma di libro. Quando Campbell gli aveva consegnato lo stipendio di marzo, l'aveva comprato per Claire.

«Tu non te ne sei dimenticata, ma neppure io. Buon compleanno, amore.»

42

Viola

Svizzera, 21 gennaio 2011

«*Mademoiselles, s'il vous plaît!*»

L'ultima ora dell'ultimo pomeriggio della settimana è sempre così. Il brusio si alza. E visto che c'è matematica, è ancora peggio. La signorina Ferrer è di una noia mortale e tutti pensano già ai due giorni liberi che li aspettano, durante i quali è prevista un'uscita in paese con gli insegnanti.

Ora la Ferrer si è voltata di nuovo verso la lavagna e compila l'elenco di compiti per lunedì. Espressioni, potenze, prodotti notevoli: una sfilza di numeri, x e y, parentesi ed esponenti. Sabine è seduta nella fila di banchi alla mia sinistra, poco più avanti. Si gira, mi guarda.

«Viola, per favore, smettila di chiacchierare.»

Glielo leggo chiaramente sulle labbra e con la coda dell'occhio mi accorgo che Petra, seduta appena dietro di me, ridacchia. Due deficienti.

Leslie invece è chinata sul suo quaderno e scrive, concentrata.

Suona la campanella, i libri si chiudono sbattendo,

sembra una sparatoria. La Ferrer si raccomanda di terminare tutti gli esercizi e di ripassare bene perché la prossima settimana ci sarà una verifica.

Io sono sempre l'ultima a lasciare la classe, c'è Leslie che mi aspetta.

«Non fare caso a quella cretina di Sabine. E fidati: vedrai che troviamo il modo di vendicarci. Ci occorre soltanto un po' di fortuna.»

Scrivo sul blocco: *L'hai vista*? Lei sorride, come per dirmi "ci penso io". Ma non mi rivela niente di più.

«Abbiamo ancora un po' di tempo, ma vorrei tenerti fuori dal mio piano. Evitiamo di metterti nei pasticci. Perché la Bergson...»

«La Bergson che cosa, Leslie?»

Si è materializzata alle nostre spalle. La direttrice compare sempre dal nulla, all'improvviso.

«Oh, niente, professoressa. Stavo dicendo a Viola che sarà lei ad accompagnarci in paese domani. O sbaglio?»

«Sbagli. Ci sarà un altro insegnante. E comunque non credere che io sia cretina... Non importa. Sono venuta a cercare te: devi venire nel mio ufficio, c'è una telefonata.»

«Certo, arrivo subito. Viola, a tra poco.»

In camera, mi chiudo la porta alle spalle, mi tolgo le scarpe senza slacciarle – cosa che faceva sempre arrabbiare papà – e mi butto sul letto vestita.

Prendo il libro antico che Fulvio mi ha dato al funerale. Rileggo, per la centesima volta, il biglietto che invita a non fermarsi alla prima pagina. Annuso la carta del volume e poi inizio a sfogliarlo.

C'è dentro anche una nota di papà, che spiega come buona parte di quel libro sia stato scritto sotto mentite spoglie da Ugo Foscolo, che in quegli anni viveva in Inghilterra. È un saggio sulla letteratura italiana di allora e papà, nel suo appunto, dice che i giudizi feroci sui colleghi gli avevano causato qualche problema in patria.

E poi arrivo al punto, al mistero nascosto nel cuore del libro. Verso la metà c'è una pagina bianca, che è stata riempita da una grafia minuta. Sono righe dedicate proprio al Foscolo, si parla con rispetto del suo genio ma anche con pietà del fatto che vivesse oltre le sue possibilità e che fosse morto di stenti a Londra. Sono firmate JCH, John Cam Hobhouse, l'autore dell'opera.

Si apre la porta.

«Scusami, Viola, era una telefonata di mia madre. Sai che la Bergson è l'unica ad avere contatti con lei. Credo sia un modo per proteggermi, anche se a volte questa situazione mi pesa molto. Che cosa stai facendo?»

Le mostro il libro.

«Certo, io non ne capisco niente. Però è bellissimo.»

Lo sfoglia, e anche se si muove con delicatezza ho paura che lo rovini. Si accorge che sono tesa.

«Stai tranquilla, non te lo sciupo. Questa pagina scritta a mano è splendida. Dovevano essere molto amici quei due.»

Le scrivo: *Come noi?*

Lei mi abbraccia, poi si infila le cuffie e si mette a studiare.

Io allora accendo il computer e provo ad ascoltare qualcuno degli esercizi che mi ha consigliato la logopedista. Ci sono anche dei video che mostrano alcuni movimenti da fare con la lingua e le labbra: mi sento un po' scema mentre li eseguo.

Mi stufo presto e allora riapro la cartella con i documenti di papà che mi ha passato Fulvio. Riguardo le foto di noi due insieme: mi manca.

«Che cosa fai?»

La voce di Leslie mi spaventa e quasi salto sulla sedia. Mi volto verso di lei e la mia espressione un po' colpevole significa "lo sai già".

Poi di nuovo mi giro verso lo schermo. Per sbaglio, quando lei mi ha chiamato, ho cliccato sulla cartella "Banca", che non avevo mai aperto prima. Dentro ce ne sono altre due: "ITA" e "GB". Nella prima ci sono i rapporti del conto corrente di papà, nella seconda, però, non vedo dati bancari ma solo un'altra cartella. È colorata di rosso. Come nome solo una lettera: C.

Doppio *clic*.

43

Giacomo

Londra, 12 maggio 1981

Una cosa l'avevano imparata: se Collins piombava al piano di sotto all'improvviso, era successo qualcosa di grave o di importante. E quel giorno era arrivato in ufficio senza preavviso, per di più verso le quattro del pomeriggio, un orario insolito.

Era bastato che entrasse nella stanza perché si facesse silenzio. In particolare a Giacomo era preso un colpo, perché in quel momento stava sfogliando le foto ricordo di Brighton – in un paio era assieme all'indimenticabile Spartaco – e di Londra: oltre agli scatti con Claire e con Fulvio c'erano quelli con il padrone di casa egiziano, con Debbie, Stuart, Dee e Tony, e appunto con Collins. Appena lo vide entrare, buttò in fretta e furia nel cassetto il piccolo album e finse di mettersi a scrivere.

«Non è passato troppo tempo da quando abbiamo festeggiato insieme i successi ottenuti. Ma la verità è che ci conveniva aspettare...»

Ci fu un mormorio e gli impiegati della Ferrcoal si guardarono con aria interrogativa.

«Avremmo dovuto attendere, perché il risultato migliore è appena stato raggiunto. Un carico di venti navi da cinquantamila tonnellate in arrivo da Newcastle, in Australia, a Taranto, in Italia: ne ho avuto ora la conferma. Dopo aver avvisato il dottor Ferretti sono venuto subito da voi. Un milione di tonnellate di *coking coal* per l'industria siderurgica significa qualcosa come una trentina di milioni di dollari e soprattutto vuol dire che nello stipendio di tutti noi, il prossimo mese, ci sarà una gratifica. È importante sapere a chi va il merito dell'affare. Un po', e lo dico con dispiacere, lo dobbiamo al nostro governo, che a quanto pare vuole spingerci a cercare fuori dal Paese il carbone.»

Ci fu un mugugno generale: le intenzioni della signora Thatcher, che qualche anno più tardi sarebbe stata protagonista di un duro braccio di ferro con i minatori britannici, culminato in uno sciopero passato alla storia, si stavano mano a mano svelando.

«Ma se guardiamo molto più vicino a noi, intendo dire a chi adesso è qui, in questa stanza, buona parte del merito è di Fulvio.»

L'applauso fu spontaneo, in molti gli si avvicinarono e si congratularono, con grandi strette di mano e pacche sulle spalle.

«Non ho finito. Fulvio ha lavorato duramente per questa operazione e merita un premio: sarà lui a volare in Australia, tra un paio di mesi, per sbrigare le ultime formalità.»

Giacomo abbracciò l'amico, anticipando Collins, che desiderava complimentarsi ancora e rassicurarlo sulla sua futura trasferta.

«Stai tranquillo, il viaggio è davvero un premio. Quelle di Newcastle sono piccole cose, niente di complicato, ti spiegherò tutto prima di partire. Per il resto ti potrai godere Sydney, che è una città bellissima.»

«Grazie, Mr Collins. Non so come ringraziarla, anche per quello che ha detto. Io e lei sappiamo benissimo che il mio contributo non è stato grande.»

«Smettila: non ti sei mai risparmiato e io so riconoscere una persona seria sul lavoro. Fossi in te, questa sera, festeggerei, meglio se con un buon amico.»

E prima di voltarsi e tornare nel suo ufficio al piano di sopra, Collins lanciò uno sguardo d'intesa a Giacomo, che colse al volo la proposta.

«Mr Collins, vuol dire che possiamo uscire a festeggiare già adesso?»

Non si girò neppure, il gesto della mano con cui li salutava era eloquente.

«Muoviamoci, Fulvio. Scegli tu dove, perché ovviamente ti tocca offrire.»

Il ragazzo decise per l'Eagle, il pub dove erano andati al termine della prima giornata di lavoro.

«Un brindisi, Giacomo.»

«Certo, un po' ti invidio: l'Australia...»

«Quanto durerà il volo?»

«Non ne ho idea: venti ore? Di più?»

«Chissà. So solo che là sono avanti di dieci ore o giù di lì. Non sarà facile riprendersi dal jet lag.»

«Ma che ti frega? E quando mai ti ricapita di andare a Sydney? E a quanto pare, tutti noi dobbiamo ringraziarti.»

«Veramente sono io che devo dire grazie al vecchio Collins.»

«Ha un debole per te, ammettilo.»

«Sì, è vero. Non so perché, ma con me è sempre molto gentile. E pensa che sua figlia... No, niente.»

«Che cosa?»
«No, niente, non posso.»
«Fidati, cosa ci può essere di così terribile?»
«Ve bene, ma stai zitto, mi raccomando. Il fatto è che la figlia di Collins non sta in America ma a Cardiff. E non fa né la scienziata, né l'impiegata, né la parrucchiera: è in una comunità di recupero di drogati. Quando la moglie l'ha mollato, lui si è buttato ancora di più nel lavoro e la ragazza è stata praticamente cresciuta dalla mamma di Collins, che non si è accorta della strada che stava prendendo.»
«Cazzo...»
«Aveva sedici o diciassette anni e, una sera, è sparita. Lui era fuori città e quando è tornato il giorno dopo la ragazza non era ancora rientrata. Così ha cominciato a cercarla come un pazzo, come se Londra fosse un paesino e trovare una ragazza scomparsa fosse facile... Ha chiamato la polizia e pure un investigatore privato. È stato lui a scovarla.»
«Dove?»
«Dalle parti di Camden Town, assieme ai ceffi con cui era andata via. Era strafatta. E non è tutto.»
«C'è dell'altro ancora?»
«L'avevano violentata. Lui li ha massacrati. Uno dei due aveva un coltello e la cicatrice che Collins ha sulla mano viene da lì, altro che Sudafrica. E la vuoi sapere un'altra cosa?»
«Vai.»
«Sai da dove viene la sua ossessione per Phil Collins?»
«No, come potrei?»
«La notte che è andato a cercare la figlia e ha picchiato quei due, i tizi stavano in una stanza squallida ma con alcuni oggetti di valore. Era il bottino di qualche

piccolo furto: rubavano per comprarsi la droga. C'era un registratore. Era acceso anche mentre si picchiavano a sangue.»

«Che musica era?»

«I Genesis.»

«E allora?»

«Tocca spiegarti tutto... Chi è il batterista e cantante dei Genesis, dopo l'uscita di Peter Gabriel?»

«Cazzo: Phil Collins.»

44

Viola

Svizzera, 21 gennaio 2011

All'inizio mi è sembrato di non riuscire più a respirare.

L'ho capito subito: quella C poteva avere un solo significato. E quando la cartella si è aperta, sono comparse un sacco di foto di mio padre da giovane. Ho battuto le mani per attirare l'attenzione di Leslie, e le ho fatto segno di venire subito: lei si è tolta le cuffie, è saltata in piedi e si è messa di fianco a me.

«Che cosa hai trovato?»

Eccolo, papà. Ci sono le scansioni delle lettere che ormai so a memoria. C'è la foto che già conosco bene, quella di loro due sulla panchina e anche quella che mi ha mostrato Fulvio. Poi ce n'è un'altra dove lui e Claire sono davanti a un cancello con un soldato in divisa: sono un po' lontani e lei non si vede bene in viso. Lancio un'occhiata interrogativa alla mia amica.

«Buckingham Palace.»

Vado avanti. Ci sono papà e Fulvio sui gradini di una casa assieme a un tizio arabo e poi seduti a una scrivania con un altro signore in cravatta e maniche corte. Ha le braccia conserte e l'aria un po' truce, ma a vederlo così non sembra cattivo.

Leslie li indica.

«Chissà chi sono questi tizi? Questa, dove sta con l'arabo, è una tipica casa di Londra. Qui invece potrebbe essere al lavoro e l'uomo in camicia magari era il suo capo.»

Sì, probabile.

Poi mi trovo davanti a una foto di gruppo.

«Questa è di sicuro scattata nel West End» interviene Leslie, «la zona dei teatri.»

Ci sono papà, Claire e altri quattro, due ragazzi e due ragazze. Non è complicato dire chi sta con chi: una coppia è molto elegante, nell'altra il maschio ha un ciuffo enorme, sembra un tipo buffo.

E poi vedo altre immagini: c'è il mare e non può essere Londra. Ancora una volta è Leslie a venirmi in soccorso.

«Lo conosco questo posto! È Brighton, ci sono andata un sacco di volte con i nonni quando ero piccola.»

Brighton. Nelle sue lettere Claire ne parlava sempre. È dove si sono conosciuti, ma lei qui non c'è mai. Ce n'è una dove mio padre sta vicino a un ragazzo con una camicia sgargiante, a fiori. E poi sempre loro due, seduti a un tavolino all'aperto con dei cartocci di cibo in mano.

Leslie punta il dito su un particolare.

«Questo sullo sfondo è il vecchio Pier: guarda com'era bello! Adesso è rimasto solo lo scheletro, perché un incendio l'ha distrutto qualche anno fa.»

Continuo a spostare, chiudere e riaprire le immagini sullo schermo. Poi mi accorgo che nella cartella c'è un documento di testo.

Si chiama "ABB". Mi fermo lì con il cursore.

«Che cosa aspetti? Aprilo.»

Mi immagino di vedere centinaia di parole. Invece c'è soltanto un indirizzo internet.

«È un sito. Che cosa sarà?»

Non c'è modo di scoprirlo adesso, il computer non si può collegare alla rete. E non potrò provare ad aprirlo nemmeno nell'aula multimediale: ci è concesso navigare soltanto sui siti previsti dalle lezioni. Dovrò aspettare di essere a casa per farlo.

A meno che...

Per una volta evito il blocco degli appunti e scrivo direttamente sul computer, tutto in maiuscolo: *COME SI FA?*

«Una soluzione forse ci sarebbe. Rischiosa, però si può provare.»

QUALE?

«Chiediamo aiuto a Tancredi e Ibra.»

45

Giacomo

Londra, 16 maggio 1981

Questa volta, a differenza della festa di Madonna di Campiglio, Giacomo non aveva ricevuto un invito stampato, ma un biglietto scritto a mano. Era stata Lily, tre giorni prima, a consegnargli la piccola busta, con il resto della corrispondenza dell'ufficio.

Caro Giacomo,
mi farebbe piacere che tu venissi a una cena informale a casa mia sabato prossimo. Se ti va, estendi pure l'invito alla tua fidanzata e all'altro ragazzo italiano, Fulvio.
Puoi dare la conferma a Lily, che ti fornirà le indicazioni per arrivare.
A sabato,
Elena

La grafia era rotonda, infantile. Riguardando quel biglietto, Giacomo aveva però notato che le emme e le enne erano appuntite, diverse dal resto delle lettere, come se fossero state tracciate da una mano differente. Aveva "esteso l'invito" a Fulvio, che aveva accettato con un po' di riluttanza: «Se fosse per come me l'hai descritta, non verrei. Ma è la figlia del capo, meglio non fare lo schizzinoso».

In compenso, però, aveva cercato di dissuadere Claire: «Secondo me sarà una serata noiosa, ti conviene risparmiartela».

«E perché?» aveva risposto lei, che invece era sembrata incuriosita dalla possibilità di incontrare Elena: «Voglio proprio vederla. Me ne avevi parlato in una lettera, ricordi? Non sapevo che fosse qui a Londra».

Giacomo aveva farfugliato che se l'era ritrovata davanti qualche settimana prima in ufficio e che si era dimenticato di dirglielo. La tensione era subito salita.

«Dimenticato?»

«Sì, dimenticato. Che cosa c'è di strano?»

«È curioso, non credi? È la figlia del tuo capo, è italiana, l'avevi già incontrata. Mi racconti anche delle biro che consumi in ufficio e non mi dici niente di lei?»

«Vabbè, non farne un caso.»

«Non ne faccio un caso.»

«Se ci tieni tanto, la conosci la sera della cena, no?»

«Sì, certo. Sono proprio curiosa di incontrarla.»

Lily aveva dato a Giacomo l'indirizzo e una piantina per raggiungere la casa di Ferretti, che era in una via di Kensington, vicino alla zona di Belgravia. Arrivati davanti alla villa, suonarono al campanello in ottone accanto all'inferriata di ferro battuto, mentre osservavano una targa con incise le iniziali AF.

«Magari è d'oro» disse Fulvio, piuttosto nervoso.

Videro la tenda del piano inferiore scostarsi e udirono lo scatto della serratura. Entrarono e, appena il cancello si fu richiuso alle loro spalle, il portone poco più avanti si aprì. Una giovane donna di colore in divisa nera e con un grembiule bianco li fece accomodare.

Furono guidati in un salottino sul retro della casa, che si affacciava su un giardino inimmaginabile dall'esterno. Elena andò loro incontro: indossava un abitino aderente nero troppo corto, che si sistemò lungo i fianchi alzandosi dalla poltrona.

«Eccovi, finalmente! Che bello rivederti, Giacomo. E tu devi essere Claire: mi ha parlato tantissimo di te, sai? È proprio innamorato questo ragazzo.»

Chiosò la battuta con una strizzata d'occhio e Claire, porgendole la mano, si sforzò di sorridere.

«E tu sei Fulvio, immagino. Piacere. Accidenti quanto sei alto...»

«Mi spiace» rispose goffamente Fulvio, che era arrossito e che non aveva potuto porgerle la mano perché le aveva entrambe occupate dalle bottiglie di spumante che avevano comprato. Elena lo tolse dall'impaccio passandole alla cameriera, che le fece sparire.

«Non dovevate disturbarvi... Posso presentarvi i miei amici?»

Solo in quel momento i tre si resero conto che sulle poltrone del salotto erano sedute altre persone, che si alzarono.

Prima due uomini sulla trentina: uno era magro e con i capelli rasati a zero, portava un abito grigio e una camicia bianca, chiusa fino all'ultimo bottone. L'altro aveva invece un dolcevita grigio scuro, e un ciuffo di capelli biondi gli cadeva sugli occhi.

«Vi presento Gary e Peter. Gary è un medico. Peter invece è un musicista: lavora per la pubblicità e a volte per delle produzioni televisive. Ma secondo me prima o poi arriverà al cinema e vincerà l'Oscar, vero, Peter?»

Il biondo sorrise mentre il pelato rimase serissimo e tornò a sedersi, continuando a sorseggiare un succo di frutta.

«Loro invece sono Nicole e Graham. Sono sposati da poco. Diciamo che questa serata è un po' in loro onore, visto che al matrimonio non ero potuta andare.»

Nicole vestiva un abito larghissimo con una fantasia sulle tinte marroni, probabilmente per mascherare i fianchi troppo grossi. Graham invece non faceva niente per nascondersi: aveva la fronte sudata, le gote arrossate sotto degli occhialini da miope, una pancetta prominente e quello che stringeva saldamente non era di sicuro il primo bicchiere di champagne della serata.

«Si sono conosciuti alla London School of Economics. Nicole ci è rimasta, è l'assistente di un professore di diritto. Graham invece lavora per una banca privata.»

Poi si avvicinarono due giovani dall'aspetto eccentrico: capelli lunghi per lui e testa rasata per lei.

«Brian e Rachel sono giornalisti. Prima lavoravano a "Time Out", il settimanale dove si trovano tutte le cose da fare a Londra, ristoranti, concerti, spettacoli. Anche quelli un po' spinti...»

Di nuovo strizzò l'occhio.

«Solo che adesso se ne sono andati e ci stavano giusto raccontando perché.»

Brian spiegò che a "Time Out" c'era stato un lungo sciopero per ottenere retribuzioni adeguate per tutti e, dopo un braccio di ferro tra la proprietà e i dipendenti, una parte di loro si era licenziata per dare vita a un nuovo giornale, "City Limits". Poi parlarono del governo, degli altri scioperi nell'aria, delle novità politiche, fino a quando una seconda cameriera, grassoccia e con i capelli rossi, venne ad annunciare che la cena era servita.

Si spostarono nella sala da pranzo, attorno a un grande tavolo ovale. Fulvio finì accanto a Peter e soltanto al momento del dolce – dopo una serie di gaffe che, ripassandole mentalmente, non considerò poi così gravi – capì che il musicista e il medico erano una coppia. Claire parlò a lungo con Brian: per tutta la sera lo interrogò sui suoi studi. Giacomo, che era schiacciato tra la padrona di casa e Nicole, sentì spesso esplodere la sua risata da lontano e questo lo innervosì.

«E dove abiti a Londra?» gli chiese Elena.

«A Earl's Court»

«E lei?» domandò alzando il mento in direzione di Claire.

Giacomo smise di masticare e ingoiò il boccone che aveva in bocca: «A Wanstead» rispose.

«E dov'è?»

«Nell'East End.»

«Non credo di esserci mai stata. È un quartiere popolare?»

Lo disse sporgendosi verso di lui e appoggiando una mano su quella di Giacomo, che pensò di ritrarla subito ma in realtà temporeggiò per un istante di troppo.

La risposta giunse dall'altro capo del tavolo: «Sì, è un quartiere popolare ma non è male. Ci si vive bene, anche se naturalmente è lontano anni luce da una zona come questa».

Da quanto tempo Claire stava ascoltando la loro conversazione? Giacomo si domandò se era stato abbastanza rapido a sfilare la mano.

Elena chiese scusa, sottolineò che non era sua intenzione essere offensiva, era pura curiosità. E mentre la ascoltava, Giacomo provò un moto di fastidio, di cui non riuscì a vergognarsi: perché Claire si era permessa di mettere in imbarazzo Elena, che era la figlia del capo e in più li aveva accolti a casa sua? Si riempì il bicchiere dello chardonnay australiano che era stato servito durante il pasto e ne bevve un lungo sorso.

Verso la fine della cena, si accorse che la testa gli girava. Aveva esagerato con il vino e chiuse gli occhi un attimo per riprendere il controllo. Elena stava raccontando del padre, che al momento si trovava negli Stati Uniti, e lui intervenne nella conversazione.

«Qui c'è qualcun altro che sta per volare lontano.»

Elena annuì distratta, con un sorriso annoiato. Ma Giacomo non si arrese, malgrado si fosse accorto che la sua voce era troppo acuta e impastata.

«Fulvio si farà un viaggetto in Australia.»

«Però» disse lei, più che altro per cortesia e con la speranza, neanche troppo celata, che Giacomo lasciasse cadere il discorso.

«Grazie a lui è stato chiuso un contratto importante, un sacco di navi piene di carbone partiranno dall'Australia e scaricheranno in Italia. Un colpaccio, ha detto Collins. Vero, Fulvio?»

L'amico si scusò con Peter e si girò verso Giacomo.

«Che cosa? Perdonami, non ho sentito.»

«Ho detto che Collins per merito tuo ha fatto un grande colpo.»

«Be', ho solo eseguito quello che mi suggeriva lui...»

«Non credergli, Elena, fa il modesto. Invece è una persona eccezionale. Persino un duro come Collins ha un debole per lui. Anzi, ti dirò di più. Fulvio è diventato il confidente di Collins. Il vecchio Philip gli rivela cose che non dice a nessun altro.»

In quel momento, anche Claire si fece attenta. Era l'unica, oltre ai due amici, a sapere della figlia del capo.

Giacomo gliel'aveva raccontato, dopo aver chiesto il permesso a Fulvio, che non aveva avuto tentennamenti: di lei ci si poteva fidare.

La tensione era evidente ed Elena la colse.

Fissò Giacomo negli occhi: «Tipo?».

«No, niente, scusami.»

«Eddài, è qualcosa che riguarda Collins, no? Quindi riguarda anche mio padre e di conseguenza me.»

«Non riguarda il lavoro, è una cosa personale. Non posso davvero raccontartelo, mi dispiace.»

«A maggior ragione, allora: non ti fidi di me? Non avrai mica paura che lo dica a mio padre?»

Nel porre la domanda Elena sporse in fuori le labbra, assumendo l'espressione di chi si sente offeso, ma Giacomo notò un che di autoritario nella voce.

Si sarebbe domandato a lungo perché aveva parlato. Chi voleva punire? Fulvio? Claire? Se stesso?

Si avvicinò a Elena e le sussurrò all'orecchio tutta la storia. E mentre con l'indice le tracciava sul dorso della mano una cicatrice alzò lo sguardo e si accorse che Claire e Fulvio lo stavano fissando con gli occhi sgranati.

46

Viola

Svizzera, 22 gennaio 2011

«Siamo fortunati, Viola. Ci accompagna la Ferrer.»

«Ragazzi, dovete aspettare nell'atrio dieci minuti: ha nevicato tutta la notte e gli autisti stanno finendo di montare le catene. Poi i maschi saliranno sul primo pulmino con il professor Blanc, le femmine sul due con me.»

«Guarda, ecco tuo fratello e Ibra.»

Ibra saluta agitando la mano, Credino si limita a fare un cenno con il mento, a dire il vero in direzione di Leslie. Butta male.

«Dobbiamo avvicinarli appena scesi dal pullman, in paese. Non avremo tanto tempo per stare da soli. Oppure chiediamo alla prof di poter parlare con loro.»

Scrivo: *Non saprei...*

«D'accordo, ci penso io... Ecco la Ferrer che torna.»

«Allora, ragazzi: oggi dovremo rientrare prima perché nel pomeriggio è prevista altra neve. Avremo il tempo di una passeggiata e di una pizza tutti insieme. Poi si torna. Per le 14 dobbiamo essere sul pullman. Chiaro? Andiamo.»

«Scusi, professoressa?»
«Dimmi, Leslie.»
«Viola vorrebbe stare un po' con suo fratello: pensa che sia possibile?»
«Non ora nei pullman, conoscete le regole. In paese però non vedo nessun problema. Ti manca tuo fratello, eh, Viola?»
Mentre annuisco mi pare di avere scritto "bugiarda" in fronte. Per fortuna mi aiuta Leslie.
«In effetti sono molto legati... Grazie, professoressa, è davvero gentile.»
«Figurati, avverto il professor Blanc e in pizzeria vi mettete vicine a Tancredi, d'accordo?»
Io e Leslie siamo le ultime. I primi posti sono già tutti occupati, ci avviamo verso il fondo. Ci accasciamo sui sedili, lontane dalle altre, e Leslie ricomincia.
«Mi raccomando, tu lascia parlare me.»
Ma va'?, scrivo.
«Scusa... Dobbiamo solo stare attente a non far capire perché teniamo tanto a quella password. Adesso lasciami concentrare un momento, scusa.»
Si infila le cuffie, la musica che esce è tutta batteria e chitarra. Mi sembra quasi che vada a ritmo con il motore del pullman e con il rumore di polistirolo schiacciato che producono le gomme passando sulla neve che ancora imbianca il sentiero fino al cancello.
Il viaggio dura due canzoni di Leslie ed ecco, ci fermiamo.
«Dài, scendiamo, così possiamo accennare qualcosa a quei due prima di sederci a tavola... Ehilà, Tan, Ibra, come va?»
«Ciao, Leslie. Ciao, Muta. State bene?»
«Sì, abbastanza. E voi?»

«Non male.»
«Abbiamo chiesto alla Ferrer di metterci vicino a voi in pizzeria.»
«Nooo! Che palle. E perché?»
«Vorremmo parlarvi.»
«Anche Viola? Questa sì che sarebbe una sorpresa.»
«Piantala di fare lo scemo.»
«E di che cosa dovremmo parlare?»
«Di quella cosa...»
«Non capisco...»
«Dài che ci arrivi: hai presente lo scambio di cui abbiamo parlato?»
Tancredi e Ibra si lanciano uno sguardo di intesa e sorridono.
«Come mai all'improvviso vi interessa? Aspetta, stanno arrivando i prof. Ne discutiamo dopo.»
La Ferrer si avvicina gesticolando: «Ragazzi, non state qui fuori dal pullman. Andiamo verso il centro del paese, sbrigatevi».
Così Credino e Ibra si allontanano, con il resto dei maschi. Le loro tappe sono il negozio di articoli sportivi e l'altro di videogiochi, dove non possono comprare niente ma si scateneranno con le prove gratuite. Noi invece passiamo dalla pasticceria, dove la Ferrer insiste per farci bere una cioccolata calda, e poi dalla tabaccheria che vende souvenir. Quando manca poco all'ora di pranzo, il cielo non ha più spiragli di azzurro: è coperto dalle nuvole gonfie di neve, come previsto. La prof aumenta il passo.
«Muoviamoci, ragazze, la pizzeria è qui dietro.»
«Professoressa, mi scusi?»
«Dimmi, Leslie.»
«Volevo solo dirle che allora io e Viola ci vorremmo sedere accanto a suo fratello.»

«Ah, certo. Hai fatto bene a ricordarmelo.»

Il locale, un vecchio ristorante con legno ovunque, è un'altra tappa obbligata delle nostre uscite, e il menu è immutabile: margherita e bibita a scelta.

La Ferrer, Blanc e i due autisti dei minibus siedono insieme in un angolo lontano della sala e hanno il privilegio di ordinare piatti diversi. Noi ragazzi siamo divisi in tavolini da quattro, apparecchiati con tovagliette di carta.

Il nostro è l'unico gruppo misto di maschi e femmine. Cominciamo a parlare, ma per troppo tempo giriamo intorno all'argomento. Chiacchieriamo degli insegnanti, dei compagni, della Bergson. Io ogni tanto scrivo qualcosa per fingermi interessata e sono particolarmente gentile con Credino. Lui sembra sospettoso. Infatti interrompe la manfrina.

«Sentite, smettiamola. Voi volete una cosa da noi. E non è detto che quello che avete da offrirci in cambio, e cioè un "giro" sul computer di Viola, ci interessi ancora. Quindi cerchiamo di essere onesti. Cioè, *voi* dovete essere oneste.»

«Sarebbe a dire?» risponde Leslie.

«A noi la password del wifi e il portatile servono per scaricare dei video. Ma voi che ve ne fate?»

Leslie mi guarda. Io prendo il blocco e lo metto davanti al naso di Tancredi: *Serve a me.*

«Benissimo. E si può sapere perché?»

La conversazione viene interrotta dalla Ferrer: «È ora di tornare ragazzi, sbrigatevi, tutti a bordo».

Credino si alza, si infila il giaccone che aveva appeso sulla spalliera della sedia e mi fissa: «Ne riparliamo».

47

Giacomo

Londra, 21 maggio 1981

«Che cosa ti è venuto in mente? Mi spieghi perché hai raccontato a *quella* della figlia di Collins?» gli aveva detto Fulvio a brutto muso, appena usciti da casa di Elena.

Giacomo però gli aveva risposto ostentando una sicurezza che non aveva: «Hai ragione, scusami, avevo bevuto troppo. Ma in ogni caso, che cosa vuoi che succeda? A chi lo può raccontare? A suo padre? Forse. E se anche fosse? Ferretti è un uomo d'affari e Collins gli è troppo utile».

Ma Fulvio non gliel'aveva perdonata e i giorni successivi erano stati carichi di tensione. Alla fine, però, visto che Collins non sembrava sospettare niente, tra i due era tornata la tranquillità.

Lo stesso non si poteva dire per Giacomo e Claire, che avevano litigato diverse volte. Lei non aveva dimenticato il comportamento a casa di Elena e lui aveva reagito diventando scostante. Era tipico di lui: quando si sentiva in colpa faceva la vittima o addirittura rispondeva in malo modo.

Giacomo in realtà era il primo a essere turbato per quello che aveva fatto.

Che cosa aveva Elena di speciale per metterlo così in ansia? Non era bella, di sicuro non come Claire, e di certo non sembrava una ragazza di specchiata virtù, anzi. Certo, era ricca: ma lui non aveva sempre sostenuto che i soldi non sono tutto al punto da scegliere, a differenza di molti suoi amici, una facoltà che non prometteva certo grandi guadagni? Anche se al momento, in effetti, la laurea era congelata: impossibile dire se avrebbe continuato o meno, perché ora si trovava in mezzo al guado.

E poi perché aveva provato quel senso di fastidio ad avere con sé Claire mentre si trovava con Elena? Amava davvero la sua ragazza? Si rispose da solo che sì, la amava. E allora che cos'era quello che provava? Paura o qualcos'altro?

Quante domande. Doveva per forza parlare con Claire e chiarirsi. Si erano accordati per vedersi il giorno successivo: lei l'avrebbe aspettato fuori dall'ufficio e sarebbero usciti a cena loro due soli. Ma Giacomo aveva deciso di farle una sorpresa. Sarebbe andato lui davanti all'università a sua insaputa.

Quella mattina aveva lavorato in uno stato di eccitazione, guardando in continuazione l'orologio. Si era preso due ore di permesso per arrivare in tempo all'Istituto di Archeologia dello University College London, dove Claire seguiva un corso tutti i giovedì.

Alle 15.30 in punto aveva salutato Fulvio ed era sceso in strada con la frenesia che si prova solo quando si ha fretta di vedere una persona, con il passo che viene contenuto a stento in una camminata veloce ma che vorrebbe scatenarsi nella corsa. Mentre si dirigeva verso la metropolitana si era accorto che stava parlando da solo, ripassando ad alta voce quello che avrebbe detto a Claire. Le avrebbe detto che era sicuro del suo amore per lei ma che quello che era successo da Elena lo aveva turbato. Non voleva deluderla e aveva il terrore di perderla. Le avrebbe chiesto di prendere la sua mano e di non lasciarla più.

Fuori dalla stazione di Farringdon si era avvicinato a una vecchietta che vendeva mazzetti di fiori avvolti in fogli di giornale e ne aveva comprato uno. Poi, anche se il vagone della Circle Line era quasi vuoto, Giacomo non si era seduto, era rimasto appeso a uno dei pomelli neri che pendevano dal soffitto.

Era riemerso su Euston Road. I marciapiedi davanti al College erano ancora deserti ma, secondo i suoi calcoli, a breve sarebbero stati invasi dagli studenti. Aveva deciso di nascondersi nel giardino di Gordon Square, dove ogni tanto, quando lui aveva raggiunto Claire per pranzo, si erano fermati a mangiare un panino e a chiacchierare.

L'avrebbe osservata uscire, avrebbe atteso che si avviasse verso la metropolitana, l'avrebbe seguita per un tratto per poi farle la sorpresa.

E lei era uscita.

Adesso era in mezzo ad altre studentesse. Giacomo l'aveva vista ed era indietreggiato un po' per restare invisibile ancora un istante. Gli era venuto da ridere pensando alla faccia che avrebbe fatto lei, ma quel sorriso era durato pochissimo.

Un braccio si era posato sulle spalle di Claire. Lei si era voltata stupita, quasi spaventata, mentre un ragazzo le baciava la guancia: Ben.

Giacomo era arretrato ancora di più, con una mano scostava le frasche per vedere meglio.

L'aveva osservata prendere sottobraccio Ben: lo fissava dal basso in alto e lo ascoltava. Giacomo era rimasto immobile, come se fosse impossibile evitare di guardare quei due che si allontanavano.

Si era accorto di avere ancora in mano il mazzo di fiori soltanto alla stazione di Earl's Court, dopo quasi mezz'ora di viaggio e un cambio di linea.

Li aveva buttati in un cestino.

Quasi nello stesso momento, Claire si era presentata all'appuntamento sotto l'ufficio e aveva aspettato che Giacomo uscisse. Quando aveva visto spuntare Fulvio, Claire gli era andata incontro e lo aveva abbracciato, mentre con lo sguardo cercava Giacomo, che immaginava fosse subito dietro. Per questo la domanda di Fulvio la sorprese.

«Ciao, Claire. Come mai sei qui? Giacomo dov'è?»

«Come, non era in ufficio? Avevamo un appuntamento qui.»

«Veramente è uscito prima apposta per venire a prenderti al College. Voleva farti una sorpresa. Non vi siete incontrati?»

«No. Non gli sarà successo qualcosa?»

«Ma no, perché mai? Magari vi siete mancati e lui adesso sta tornando.»

«Mi pare strano: il college è a due fermate di metropolitana e io sono fuori da più di un'ora, quasi due: se fosse come dici tu sarebbe già ritornato qui, non credi? Prima sono stata con degli amici a prendere un tè, per far passare il tempo. Comunque, aspetto un po' e vediamo.»

Fulvio era rimasto con lei, ma mezz'ora dopo era chiaro a entrambi che Giacomo non sarebbe arrivato.

«Provo a chiamarlo a casa, che dici?»

«Non credo che possa esserci, ma certo, tenta.»

Claire era entrata in una cabina e aveva inserito cinquanta pence: il telefono aveva squillato a lungo prima che qualcuno rispondesse al capo opposto del filo.

«Pronto?»

«Giacomo?»

«Sì?»

«Giacomo, sono Claire.»

«Sì, lo so.»

«Stai bene?»

«Sì, grazie. E tu? Tu stai bene, Claire?»

«Ti è successo qualcosa? Che cosa ci fai a casa?»

«Al momento stavo guardando la televisione.»

«Ma come? Avevamo appuntamento qui, fuori dal tuo ufficio: te ne sei dimenticato?»

«No, lo so benissimo.»

«E allora perché sei lì? Scusa te lo richiedo: ti senti bene?»

«Te l'ho già detto: sto bene.»

«Giacomo, a che gioco stai giocando?»

«E tu, Claire? Tu a che gioco stai giocando?»

«Senti, smettila di rispondere alle mie domande con altre domande. Sono qui con Fulvio, mi ha spiegato che sei uscito prima per venire a prendermi al college, ma io non ti ho visto.»

«Tu no, ma io sì.»

«Se questo è il problema, mi spiace che ci siamo mancati, ma francamente non mi pare un buon motivo per andarsene.»

«No, certo. Io me ne sono andato perché ho visto che avevi di meglio da fare.»

«Senti, piantala con queste mezze frasi, se hai qualcosa da dire, dillo e basta.»

«Come sta Ben?»

«Che cosa vuoi dire?»

«Oh, credo che tu lo sappia benissimo. Ti ho visto.»

«E che cosa hai visto, esattamente?»

«Eri assieme a lui.»

«Se è per questo, io e Ben ci incontriamo tutti i giorni. Frequentiamo lo stesso college.»

«E oltre a frequentare lo stesso college, che cosa fate?»

«Un sacco di cose: mangiamo insieme, scherziamo, parliamo.»

«Solo quello?»

«Vuoi sapere se andiamo a letto?»

«Dimmelo tu.»

«Sei un cretino, Giacomo.»

«Vi ho visti, Claire. Vi ho visti benissimo. Siete passati a due centimetri da me e neppure ve ne siete accorti tanto eravate persi l'uno nell'altra.»

«Che cosa cazzo stai dicendo?»

«Eravate abbracciati e poi vi baciavate.»

«Il massimo che puoi aver visto è un bacio sulla guancia. E sai che cosa mi dispiace?»

«Non vedo l'ora di saperlo.»

«Che tu non ci abbia seguiti. Perché avresti visto molto, molto di più.»

Claire aveva sbattuto il ricevitore con tale violenza che per un attimo aveva creduto di averlo rotto. Dall'altra parte, Giacomo si era inginocchiato e si era stretto le braccia sullo stomaco, percorso da una fitta. Mezz'ora dopo era ancora accasciato sotto il telefono che penzolava lungo il muro. Sentì suonare alla porta. Pensò che Fulvio aveva le chiavi: non aveva intenzione di andare ad aprirgli. Ma il campanello trillò di nuovo, lui dovette alzarsi a fatica e fece scattare la serratura.

Se la trovò davanti.

«Claire...»

«Se dobbiamo dirci qualcosa, meglio guardarci in faccia.»

«Io non ho niente da aggiungere.»

Le voltò le spalle, ma lei lo prese per un braccio.

«Eh no, troppo comodo così. Non è finita qui.»

«Be', sei stata tu a riattaccare. E riattaccare è un eufemismo.»

«Vero. Ma mi hai fatto andare in bestia. Tu sei convinto di aver visto qualcosa che non è successo.»

«Vi baciavate e poi stavate abbracciati.»

«No, te lo ripeto: tu hai visto Ben che mi dava un bacio sulla guancia e mi teneva sottobraccio. Quante volte sono stata affettuosa con Fulvio?»

«Che cosa c'entra?»

«C'entra, perché è normale tra amici. Dopo quella piazzata l'ultimo dell'anno, io e Ben ci siamo parlati e ci siamo chiariti. Ci conosciamo da una vita e non aveva senso serbare rancore per la fine di una storia che comunque non avrebbe avuto futuro. E se tu ci avessi seguiti ne avresti avuto la conferma.»

«E come?»

«Dopo le lezioni abbiamo incontrato la fidanzata di Ben, una ragazza che studia al King's College.»

«Ma...»

«Sei un cretino. E c'è poco altro da aggiungere.»

«Però, se tu fossi stata al mio posto...»

«E piantala, Giacomo, per piacere!»

«No, mia cara. Quello che dici tu è sempre sacrosanto mentre io sparo solo cazzate. Voglio proprio saperlo: se mi avessi visto tu in una situazione del genere?»

«Be', ammesso che avessi avuto il tuo stesso dubbio, ti avrei fatto delle domande guardandoti negli occhi.»

«Eccola... lei, la donna senza difetti.»

«Neanche per sogno, io di difetti ne ho un sacco ma a differenza tua so di averli. Sei tu quello che ha solo certezze. Spesso sbagliate. Come in questo caso. Secondo te, sarei qui adesso se non fosse così?»

«Non so più niente a questo punto.»

«Giacomo: vuoi ammettere di aver preso una cantonata o no?»

«Forse, anche se...»

«Ma, però, anche se: sei il campione delle mezze frasi... C'è solo una cosa intelligente che puoi dire in questo momento. Secondo me ci puoi arrivare.»

«...»

«...»

«Scusa.»

«Vedi che ci arrivi, se ti impegni?»

«D'accordo, però...»

«No, non ricominciare, per l'amor del cielo. Vieni qui...»

Giacomo si chinò su di lei e le appoggiò la guancia sulla spalla. Sentì le dita di Claire accarezzargli la nuca e passargli tra i capelli.

«Giacomo, se ho qualcosa da dirti te lo dico, sempre. E lo stesso dovresti imparare a fare tu.»

«Hai ragione.»

«Va bene, adesso andiamo. Ho prenotato qui vicino.»

«Come *ho prenotato*?»

«Sì, in un ristorante greco.»

«E come facevi a sapere che ci sarei venuto?»

«Diciamo che ne ero quasi certa.»

«Sono così prevedibile?»

«Un po'.»

48

Viola

Svizzera, 23 gennaio 2011

Sono dieci minuti che me ne sto sdraiata a fissare il soffitto e annusarmi le dita. Fuori continua a nevicare e abbiamo deciso di restarcene qui in camera a studiare. Ma io non ci riesco. Non riesco a smettere di pensare.

Devo fidarmi di Tancredi? Gli dico la verità? E poi, qual è questa verità? Che voglio la password del wifi per scoprire qualcosa di più su una vecchia fiamma di mio padre e non so nemmeno bene io il perché?

Mi alzo e mi siedo sul letto di Leslie, che sta leggendo. Ho il mio inseparabile blocchetto pronto all'uso: *Che cosa faccio?*

«In che senso?»

Che cosa dico a Tan?

«Io gli direi la verità.»

Facile per te.

«Pensaci bene, Viola. Che cos'hai da perdere? Devi solo raccontargli, o se vuoi lo posso fare io per te, che tuo papà prima di morire aveva lasciato una lettera per una donna che aveva amato tanti anni prima in un altro

Paese. Che hai trovato nelle sue cose un sito internet che ti potrebbe far sapere qualcosa di più su di lei e che vuoi vederlo. Non c'è niente di strano in tutto questo. Era tuo padre, hai sofferto e ne stai pagando le conseguenze. Perché dovrebbe ostacolarti?»

Tu non lo conosci. Non sai che cosa mi ha fatto passare a casa. Vuoi che ti dica perché non mi fido? Ecco: *È uno stronzo.*

«Sarà. Però, se vuoi sentire la mia, a me lui non sembra così male. È dispettoso, certo. Un rompicoglioni all'ennesima potenza, questo sì. Ma cattivo no, non mi pare. Piuttosto, il vero problema mi sembra un altro.»

Sarebbe?

«A volte ho l'impressione che sia tu a non volere scoprire la verità.»

Ma piantala, Leslie! *Che cosa dici?*

«Sì, lo so. Non serve che tu faccia quell'espressione offesa. Mi rendo conto di tutto ciò che hai passato... però mi pare che una parte di te abbia paura di andare a fondo e di scoprire qualcosa di spiacevole sulla vita di tuo papà. E così trovi scuse. Mia madre non mi lascia, Tancredi si metterà di traverso... Invece credo che sia tu a non volere.»

Perché mi fa così male sentire queste parole? Leslie mi guarda, aspetta che io faccia qualcosa e invece resto qui, paralizzata.

«Se non sei d'accordo o hai qualcosa da aggiungere del tipo *sei brutta e cattiva*, non stare nemmeno a disturbarti. Se invece desideri farmi sapere qualcosa di intelligente o, per una volta, di vero, allora sono qui.»

E si rimette a leggere.

Io torno sul mio letto ed è come se nella mia testa ci fosse un rumore assordante. Tanto che non sento nemmeno che bussano alla porta. Leslie mi lancia un'occhiataccia mentre si alza per andare ad aprire. È Tancredi, accompagnato da una bidella che gli intima di non trattenersi più di mezz'ora.

Lui la ringrazia e appena la porta si chiude attacca.

«Allora, ci avete riflettuto?»

«Non chiederlo a me, parlane con tua sorella.»

«Non è mia sorella.»

«Oddio, ogni volta la stessa storia!»

«Viola, quindi?»

Io agisco d'impulso. Tiro fuori tutte le lettere di Claire a papà e metto in mano a Tancredi quella che lui ha scritto per lei.

Leslie mi guarda quasi sorpresa e io le scrivo solo due parole: *Per favore.*

Lei mi sorride, ho l'impressione che sia orgogliosa di me. E inizia a spiegare a Tancredi di mio padre e di Claire. Mi accorgo che misura le parole, con delicatezza, per non ferire i miei sentimenti: è un'amica.

Racconta quello che ho intuito dalle lettere, dalle agende e dai ricordi di Fulvio. Parla di Brighton, di Londra, della Ferrcoal. Dello zio Alan nella libreria di Arundel e di quel volume antico, che ormai rimane fisso sul mio comodino.

Tancredi, che è diventato improvvisamente silenzioso, lo afferra e lo sfoglia. Poi si sofferma sull'ultima pagina bianca e mi indica una scritta a matita nell'angolo in alto a sinistra: XCGNY. Ma come?, penso io: con tutte le cose belle che ci sono in quel libro, lui si ferma proprio lì?

«Che cosa vuol dire?» mi chiede.

È un codice, scrivo.

«Cioè? È il nonno del codice a barre?»

Come faccio a spiegarglielo? Cerco la lettera di Claire, che mi fa sempre ridere, infarcita di "egli" e di "esso". Gliela passo e gli indico il punto esatto dove leggere, quando lei racconta dello zio.

Mi ha svelato un segreto. Nell'ultima pagina di ogni libro scrive un codice misterioso fatto di lettere, a ognuna di quelle lettere corrisponde un numero da zero a nove e quei numeri vengono dati dalla parola Buckingham. Quindi B=0, U=1, C=2, K=3 *e così via fino a* M=9. *Ogni volta che egli compra un libro, scrive con questo codice quanto ha pagato esso: per esempio,* UMB *se gli è costato* 190 *sterline.*

Tancredi rimane lì impalato. Mi osserva con aria stranita: mi piacerebbe sapere che cosa gli passa per la testa.

Poi, di colpo, mi restituisce la lettera, il libro e agguanta carta e penna dalla scrivania.

«Scusate, devo andare.» Si chiude la porta alle spalle.

Io e Leslie rimaniamo a fissarci mentre sentiamo i suoi passi che si allontanano di corsa nel corridoio.

49

Giacomo

Londra, 17 giugno 1981

L'aveva chiamata appena ne era stato sicuro: «Non prendere impegni per il 17. Abbiamo i biglietti».

L'aveva sentita esultare.

E quel giorno era finalmente arrivato.

Mercoledì 17 giugno, alla Earl's Court Arena, era in programma il concerto finale della tournée di *The Wall*. I Pink Floyd avevano portato lo spettacolo in tutto il mondo per un anno e mezzo, partendo dagli Stati Uniti per poi suonare in Europa. Adesso quel tour trionfale, che aveva avuto tempi molto dilatati ma soltanto una trentina di date, si concludeva a due passi da casa di Giacomo. E lui ci avrebbe portato Claire.

Arrivarono un'ora prima dell'inizio e il piazzale brulicava di persone di ogni età, molti ragazzi ma anche qualche capello grigio.

«Quanto costa?» chiese Giacomo, prendendo dalla bancarella la T-shirt bianca con il disegno dei mattoni e la scritta THE WALL per mostrarla al venditore ambulante, che gli fece "dieci" con le dita. Tirò fuori dalla tasca una banconota da dieci e una da cinque e, nella bolgia, cercò di convincerlo ad accettare quindici sterline per due magliette, una per lui e una per Claire. Il tizio con i capelli lunghi e unti lo guardò con aria schifata, riafferrò una delle maglie e gli restituì la banconota da cinque. Alla fine, fu Giacomo a cedere.

Lei rise: «Vabbè, ci hai provato. Diciamo che come trader non mi sembri il massimo. Speriamo tu sia più bravo con il carbone». E lo baciò.

La Earl's Court Arena era uno dei templi del rock britannico: appena superato il maestoso ingresso sotto le alte colonne bianche della facciata, Giacomo si fermò a guardare i poster alle pareti, che ricordavano gli altri grandi passati di lì. Gli anni precedenti si erano esibiti Rolling Stones e Led Zeppelin, Queen e Genesis e molti di quei concerti erano stati epocali.

La folla era immensa, il rumore già assordante prima dell'inizio: per parlarsi dovevano urlarsi in faccia. Fino al boato che coprì tutto quando, dopo un flebile suono di organetto, la chitarra di Gilmour e il basso di Waters scandirono le note di *In the Flesh*.

Giacomo si trovò a gridare con migliaia di altri ragazzi le parole di *Another Brick in The Wall*. Si domandò se quella madre ossessiva, cantata in *Mother* da un Roger Waters esageratamente magro e con un paio di cuffie che lo facevano assomigliare a un grosso topo, non sembrasse un po' la sua. O forse era uguale alla maggior parte delle madri del mondo, che tengono schiacciati i figli sotto una campana che chiamano amore ma che spesso è fatta di gelosia e repressione.

Sentì un brivido percorrergli la schiena alle parole di *Hey You*, mentre Waters chiedeva se qualcuno, fuori nel freddo, poteva sentirlo. I suoi occhi si inumidirono quando il pianoforte di Wright suonò i primi accordi di *Nobody Home*. Poi Gilmour si esibì nello straordinario assolo di chitarra di *Comfortably Numb* e Giacomo si strinse a Claire, la baciò, sentendo in bocca il sapore salato delle lacrime.

Uscirono storditi, dalle emozioni e dalla musica. Si accorsero di parlare a voce troppo alta quando alcuni clienti del pub, dove si erano seduti per una birra, si voltarono verso di loro con un'espressione di rimprovero.

«È stato fantastico» disse lei.

«Se lo racconto ai miei compagni di liceo schiattano di invidia. I Pink Floyd, ti rendi conto?»

«Mi è piaciuto vederli con te. È un ricordo che nessuno potrà toglierci.»

Giacomo la guardò, sfiorò con la punta delle dita la sua guancia e poi la treccia dalla quale, nella confusione del concerto, erano sfuggite un paio di ciocche. Claire gli sembrò bellissima.

«Non voglio niente più di questo. Sono felice, Claire.»

«Anch'io, Giacomo.»

«Andiamo a casa?»

«Sì.»

Lasciarono il pub, attraversarono Cromwell Road e si diressero verso Lexham Gardens, mano nella mano, senza fretta. Arrivati dentro l'appartamento, Giacomo preparò il letto e Claire si tolse le scarpe. Si sdraiarono, sopra le lenzuola, ancora vestiti.

Giacomo la baciò a lungo, poi la fissò.

«Adesso lo so: sei la mia vita, quello che voglio adesso e per sempre.»

«Esagerato» rispose lei, ma lui si accorse che era arrossita e che gli occhi erano lucidi. Per una volta ebbe l'impressione che lei provasse un po' di timidezza e ne ebbe certezza quando lo tirò verso di sé, appoggiando le labbra sulle sue.

«Fai l'amore con me» le sussurrò e la risposta fu un abbraccio più stretto.

Poi, un pensiero mandò in frantumi la magia. Giacomo si ricordò che i preservativi erano finiti.

«Non possiamo.»

Lei smise di sbottonargli la camicia.

«Perché?»

«Non ho più preservativi.»

Claire sorrise e gli sfiorò le labbra con un dito.

«Non importa.»

«Come non importa?»

«Esci prima.»

«Non so se...»

Lei lo zittì baciandolo e finì di slacciargli la camicia. Lui si sganciò la cintura: gli tremavano le mani. Claire si sfilò i jeans. Erano sdraiati fianco a fianco, lui con la mano infilata nelle mutande di lei, che gli fece scorrere i boxer lungo i fianchi fino alle caviglie.

«Ti voglio sentire dentro di me» gli sussurrò e Giacomo si mise a cavalcioni sopra di lei e le tolse gli slip. Rimase per un istante a guardarla nuda.

Le baciò l'ombelico, e poi risalì, sfiorandole i seni. Sentì la sua lingua, le labbra, i denti, e percepì le sue ginocchia contro i fianchi: le gambe si erano schiuse.

In quel momento, Giacomo si disse che doveva stare attento. Lei emise un gemito e lui si mosse avanti e indietro, due, tre, quattro volte. Sapeva che sarebbe venuto presto ed era pronto a sgusciare fuori, quando sentì le unghie di Claire conficcarsi nella sua schiena e diede altri due colpi più forte, ai quali lei rispose con un sospiro quasi gutturale che lo eccitò moltissimo: per un istante la sua testa fu attraversata da un pensiero – «ancora uno» – che in qualche modo lo portò a spingere un'ultima volta prima di staccarsi da lei il più in fretta possibile.

Lei aveva gli occhi chiusi e la testa rivolta su un fianco mentre lui, ansimante, giaceva lì accanto. Con un dubbio nella testa: "E se non sono uscito in tempo?".

50

Viola

Svizzera, 26 gennaio 2011

Quei due ci stavano aspettando. L'ho capito dall'aria impaziente di Credino, la stessa che aveva quando voleva giocare alla Play e mamma glielo impediva. Io e Leslie ce la siamo presa comoda tornando dal refettorio, tanto la seduta di logopedia inizia tra un po', ed eccoli lì, davanti alle scale, passaggio obbligato di tutti.

Ibra si avvicina e si liscia il baffetto: credo sia un gesto studiato per nascondere la bocca mentre parla, visto quello che ci sta per dire.

«Ce l'abbiamo fatta.»

«A fare che?» risponde Leslie da perfetta finta tonta.

«Dài che hai capito: l'abbiamo trovata.»

«E funziona?»

Ibra si acciglia, fingendosi offeso, e continua Tancredi: «Secondo voi possiamo scherzare su una cosa così? Provata e garantita».

Poi stanno zitti, aspettano. Mi chiedo se vogliano qualcos'altro in cambio ed è come se lui mi leggesse nel pensiero.

«Prima o poi vi domanderemo di prestarci il computer, ma per ora vi chiediamo solo di non svelare la password. Anche perché, se ce l'abbiamo fatta, il merito è un po' anche tuo, Viola.»

Mio? Tancredi con un gesto della mano cede la parola a Ibra.

«Di due cose ero sicuro. Uno: era una password lunga e composta da numeri e lettere. Due: iniziava con 53, avevo visto il prof di informatica digitare i primi numeri. E qualcuno mi aveva spifferato che terminava con ME, però non era sicuro. Mi ero confrontato con Tancredi ma non riuscivamo a venirne a capo. Poi, l'altro giorno, lui è tornato in camera urlando. Prego, Tan, continua tu...»

«Ricordi, Viola, il tuo libro antico e il suo codice? Ogni lettera corrisponde a un numero... Mi si è accesa una lampadina: e se anche la password del wifi fosse stata costruita così, utilizzando l'ordine alfabetico? Pensaci: sapevamo che i primi due numeri erano 5 e 3, che se era corretta la mia ipotesi stavano per E e C. Il finale poteva essere NE, invece che ME.»

E allora?

Tancredi sorride con gli occhi e rivolge un cenno d'intesa al suo amico prima di continuare.

«Quando l'ho fatto vedere a Ibra, lui ha sghignazzato: la password poteva essere il nome del collegio, Écureuil jaune, in numeri la prima e in lettere la seconda parola!»

«Dopo qualche tentativo» continua l'altro, «... si è aperto. Ecco qui, Viola. Ma non mostrarla in giro.»

Tancredi mi passa un biglietto. Mi guardo in giro, per controllare che non ci sia nessuno. Lo apro e leggo: *5 3 21 18 5 21 9 12 jaune*.

Lui poi fa una cosa che non ha mai fatto: si avvicina e

mi dà un bacio sulla guancia. Dopo, come se si fosse pentito, si passa il dorso della mano sulle labbra, fingendo di pulirsele. Si volta e se ne va assieme a Ibra. Ma dopo due passi si gira di nuovo verso di me.

«Sai qual è la prima cosa che ho fatto quando mi sono collegato?»

Immagino abbia scaricato un gioco o una roba del genere. Scuoto la testa.

«Ho scritto alla mia mamma.»

51

Giacomo

Londra, 6 luglio 1981

«Collins ti vuole di sopra.»

Erano entrati in ufficio da due minuti e Lily, con un'espressione più seria del solito, era piombata davanti alla loro scrivania. Fulvio le aveva sorriso.

«Buongiorno, Lily. Certo, vado subito.»

Lei era rimasta seria e aveva guardato Giacomo.

«Anche tu: Collins ha chiesto di tutti e due. Io sono arrivata in ufficio alle otto e lui prima, forse già alle sei. Mi ha detto di avvisarlo al vostro arrivo e di farvi salire.»

Giacomo aveva preso blocco e penna e aveva guardato con aria interrogativa Fulvio.

«Che cosa vorrà?»

«Non lo so.»

«Ma secondo te?»

«Non ne ho la più pallida idea.»

«Tu sei l'unico di cui si fidi, magari riesci a intuirlo.»

«No, mi spiace. E comunque lo sapremo subito.»

Bussarono alla porta di Collins una prima volta, leggermente. Non ci fu risposta quindi lo fecero di nuovo, un po' più forte. Ebbero l'impressione di percepire un «avanti» e abbassarono la maniglia. L'uomo era sulla poltrona dietro la sua scrivania e stava scrivendo. Aveva detto «sedetevi» senza alzare lo sguardo. Giacomo aveva cominciato a tamburellare in maniera nervosa con la biro sul quaderno ma aveva smesso appena il capo, infastidito, aveva sollevato un sopracciglio.

Poi Collins aveva afferrato il telefono.

«Lily? Non mi passare nessuno fino a quando non ho finito. Ti avviso io.»

Aveva riappeso riprendendo a scrivere, mentre Giacomo e Fulvio se ne stavano immobili sulle due sedie di fronte a lui: la tensione era palpabile e i ragazzi si guardarono per un istante, come per capire l'uno dall'altro che cosa stava succedendo. Finché Collins aveva appoggiato la penna sul tavolo, chiuso la cartelletta, si era sfilato i mezzi occhiali da presbite e aveva fissato un punto indefinito tra loro due.

«Vi ho chiamati perché c'è un cambio di programma che vi riguarda.»

Loro aprirono all'unisono i rispettivi blocchi per gli appunti.

«Questa volta non c'è bisogno di scrivere: secondo me vi ricorderete tutto.»

In quel preciso istante squillò il telefono e Collins sollevò il ricevitore con rabbia.

«Avevo detto di non disturbarmi.»

«...»

«Ah, va bene: passamelo.»

«...»

«Pronto? Buongiorno, ingegnere... Sì, sono qui davanti a me.»

«...»

«No, non ancora... Non ce n'è bisogno, grazie, posso farlo da solo.»

«...»

«Sì, grazie, lo apprezzo molto. A presto, allora.»

Riappese e piantò gli occhi su Fulvio.

«Dicevo, c'è un cambio di programma. Riguarda il viaggio in Australia. Tu sei sollevato dall'incarico, al tuo posto ci andrà Giacomo.»

Fulvio spalancò la bocca.

«Ma... Perché?»

«Questo non ti deve importare. Ho deciso così e basta.»

«Non capisco, Philip... Mister Collins, ho fatto qualcosa di sbagliato?»

Lo guardò con un'espressione gelida.

«Sono io che non capisco, Fulvio. Ma ha poca importanza ormai. Passa tutte le coordinate necessarie a Giacomo, in modo che sappia orientarsi sul lavoro laggiù. Potete andare.»

«Ma...»

«Ho detto che potete andare.»

Aveva infilato di nuovo gli occhiali e si era rimesso a scrivere. I due ragazzi si alzarono e uscirono, senza dire una parola in più.

Giacomo si stupì della sensazione che provava. Avrebbe dovuto essere solo dispiaciuto per l'amico, in realtà dentro di sé percepiva anche una grande eccitazione all'idea di un viaggio a Sydney. Probabilmente fu per quel mezzo sorriso che gli si era formato sulle labbra che Fulvio, a metà della rampa di scale, si voltò verso di lui con aria rabbiosa.

«Sei contento?»

«Ma no, Fulvio, che cosa dici?»

«Non mi sembri disperato.»

«No... be'... ma dài, certo che mi dispiace per te.»

«Si vede proprio...»

Fulvio si voltò e fece per andarsene, ma Giacomo lo fermò mettendogli una mano sulla spalla.

«Smettila, Fulvio. E poi io che cosa ci posso fare?»

«A questo punto niente, ovvio. Ma non è detto che tu non abbia avuto qualche responsabilità *prima...*» gli rispose, continuando a dargli la schiena.

«Spiegati meglio.»

«Non lo so, Giacomo. Non lo so. Sta di fatto che Collins fino a oggi mi trattava, se non come un figlio, di certo come un giovane amico, una persona di cui fidarsi. E adesso, guarda un po'...»

«E allora?»

Fulvio rimase in silenzio per qualche secondo, poi si liberò dalla stretta di Giacomo e scese un paio di gradini prima di rispondere.

«E allora, vaffanculo.»

52

Viola

Svizzera, 26 gennaio 2011

Ho aspettato fino a tardi, Leslie si è addormentata e ho acceso prima la luce e poi il computer. Sono andata all'indirizzo che avevo trovato e ho capito subito di che cosa di trattava: era il sito della vecchia libreria inglese dello zio di Claire. Mi sono chiesta se papà lo guardasse spesso e che effetto gli facesse.

C'erano un sacco di libri. Moderni e antichi, alcuni sembrano vecchi di centinaia di anni. Sono stata lì a osservare le illustrazioni, i disegni, le stampe colorate. I più preziosi erano rilegati in pelle, come quello di papà che mi ha dato Fulvio. Ce n'erano certi che costavano un sacco di soldi, altri pochissimo. Ho continuato a far scorrere le foto, in cerca di ciò che mi interessava veramente. Poi ho aperto la pagina sulla storia della libreria.

E l'ho vista.

C'erano tre immagini. Una, in bianco e nero, ritraeva un omone dalla faccia simpatica davanti alla vetrina del negozio alla fine degli anni Sessanta. In un altro scatto lo stesso signore, invecchiato, era insieme a Claire.

Lei era come nelle foto che avevo già visto, con i capelli legati in una grossa treccia. Sorrideva, ma invece che fissare l'obiettivo guardava verso il basso e aveva le braccia tese davanti a sé, come se stesse per prendere qualcosa. Solo che l'immagine era tagliata e non c'era modo di capire che cosa stesse facendo. Anche l'omone era rivolto in quella direzione. La didascalia diceva: "Claire Mayes nel 1982 con Alan Kettle, fondatore di questa libreria".

E poi c'era l'ultima foto, del 2009. Claire aveva i capelli sempre legati allo stesso modo ed era insieme a tre giovani, due uomini e una donna. La didascalia diceva: "Oggi l'Alan's Books and Bindings continua a mantenere il suo cuore nello storico negozio ai piedi del castello, ma si è adeguata ai tempi e lavora via internet con collezionisti e biblioteche di tutto il mondo. Così, 'l'antica' Claire Mayes è affiancata dai collaboratori che vedete in questa foto: Alice, Peter e Jack. Sono loro che rispondono alle richieste via mail e che soddisferanno ogni vostra curiosità".

Claire.

Sono rimasta a fissarla per non so quanto tempo. Prima da giovane, con lo zio, poi com'è oggi. Chissà cosa ha pensato papà davanti a queste foto. E chissà che cosa gli piaceva tanto di lei. Certo che una che continua a tenere la stessa treccia per trent'anni dev'essere un bel tipo.

Quando Leslie si è svegliata ed è venuta al mio fianco non avevo più dubbi. Le ho indicato Claire e ho scritto su un foglio: *Andiamo?*

Lei mi ha fissato, come per capire se stavo facendo finalmente sul serio. E poi, incurante dell'ora e della stanchezza, mi ha esposto il suo piano.

«Ci sono due cose da fare. La prima è scrivere alla signora Mayes, ovvero a Claire.»
Siamo andate sul sito e lei ha cominciato a digitare.

Da: Leslie Preston
A: Alan's Books and Bindings
Oggetto: Proposta acquisto importante biblioteca

Gentili Signori,
il mio nome è Leslie Preston e ho appena ereditato dalla famiglia di mia madre – per ragioni di riservatezza non vi posso dire il nome, perché si tratta di una casata nobile che non ci tiene a far sapere la propria situazione economica – un'intera biblioteca con molti volumi antichi. Desideriamo venderli. Abbiamo raccolto informazioni e abbiamo avuto garanzie sulla vostra serietà, quindi vorremmo incontrarvi personalmente prima di stabilire una data per un'eventuale visita nella nostra proprietà nel Sussex.
Mia madre chiede se siete disponibili a vederci la sera di venerdì 18 febbraio prossimo, nella vostra libreria.
Una sola condizione, oltre a quella dell'assoluta riservatezza su questa trattativa: mia madre desidera parlare solo con Mrs Mayes, quindi è fondamentale per noi che lei sia presente il 18 febbraio. Vi ringraziamo e restiamo in attesa di un cenno di risposta.
Cordiali saluti,
Leslie Preston

«Ecco, il primo passo è fatto. Adesso il secondo. Tua madre deve lasciarti venire in Inghilterra con me.»

53

Giacomo

Londra, 28 luglio 1981

Era arrivato al giorno della partenza con un profondo senso di sollievo.

Ormai la convivenza con Fulvio era diventata impossibile: non si erano più parlati dopo l'incontro con Collins, se si esclude il passaggio delle consegne per la trasferta.

Andavano al lavoro separatamente, se uno cenava a casa l'altro faceva in modo di restare fuori ed evitavano persino di bere il caffè insieme la mattina. Essere costretti a dormire ogni notte nella stessa stanza era diventato un supplizio. Una sera erano rientrati entrambi per cena e Giacomo aveva provato ad attaccare discorso, ma in tutta risposta l'amico aveva preso la giacca ed era uscito.

Aveva persino pensato di presentarsi da Collins per pregarlo di ripensarci e di mandare in Australia Fulvio, ma poi non aveva trovato il coraggio – o la volontà – di farlo.

Né aveva vissuto con serenità gli ultimi giorni trascorsi con Claire. Sabato lei gli aveva chiesto di accompagnarla ad Arundel e lui aveva accettato: l'incontro con lo zio Alan era stato uno dei momenti dell'estate precedente che ricordava con maggior piacere, anche perché rappresentava l'inizio della sua storia con Claire.

Durante il viaggio avevano discusso ancora della trasferta in Australia e di quello che era successo con Fulvio. Giacomo cercava sostegno da Claire, che però aveva avuto un malessere costante per tutta la settimana e sembrava distratta, e lui sbottò.

«Si può sapere che cos'hai?»

«Niente, Giacomo: il fatto è che non parliamo d'altro e non vedo l'ora che questa storia di Sydney sia finita.»

«Sì, però Fulvio...»

«Fulvio adesso è arrabbiato. Ma gli passerà.»

Trascorsero qualche minuto in silenzio e poi lei riprese a parlare.

«Sono preoccupata.»

«Perché?»

«Per lo zio Alan.»

«E come mai?»

«Mi è sembrato strano al telefono.»

Arrivati ad Arundel, avevano lasciato l'auto nel parcheggio vicino al castello e si erano avviati a piedi verso la libreria. Una volta entrati non avevano visto nessuno. Avevano aspettato un istante e poi lo avevano chiamato ad alta voce: «Zio Alan?».

Il libraio era sbucato dalla stanza nel retrobottega, reggendo tra le mani un volume enorme.

«Ciao, ragazzi! Benvenuti! Che bello rivedervi... venite, voglio mostrarvi una cosa.»

Giacomo aveva avuto l'impressione che fosse più magro rispetto all'ultima volta, ma l'aria allegra era la stessa. Li aveva guidati nel suo rifugio segreto e appoggiato con delicatezza il librone su un tavolino.

«Guardate, questo è il mio ultimo acquisto: che cosa ve ne pare?»

I ragazzi lo avevano osservato: era un'opera in latino, la vita di un santo. La cosa più bella era senz'altro la legatura, in cuoio marrone, i piatti decorati con disegni in oro. E al centro, in un ottagono sormontato da una corona, c'era uno stemma in argento. Claire lo sfiorò con la mano.

«È bellissimo, zio. Ma non riesco ad andare oltre il giudizio estetico. Dovrei capire qualcosa di più?»

Lui aveva sorriso indicando quella che era a tutti gli effetti una placca in metallo.

«Che cosa vedi?»

«Uno scudo.»

«E in mezzo?»

«Un... un fascio? È un libro fascista?»

Alan aveva sorriso.

«Sì, è un fascio. E no, non è un libro fascista. La cosa divertente è che, quando l'ho acquistato a un'asta due settimane fa, un collega mi ha fatto proprio una domanda simile, solo un po' più arrogante: mi ha chiesto se il mio interesse per questo volume fosse dovuto alla mia fede politica. La cosa non mi ha preoccupato anche perché lui, uno degli antiquari più di moda del momento, in realtà è di un'ignoranza spaventosa. Insomma, lui mi prende in giro, dandomi del fascista. E siccome molti miei colleghi pensano che lui sia un genio seguono il suo esempio, così all'asta sono l'unico a battere questo libro e me lo aggiudico a pochissimo. All'uscita ho visto i loro sorrisi di compatimento, ma non ho voluto dare loro la lezione che meritavano: la riceveranno tra un po', quando questo libro finirà nella più importante collezione di legature d'Inghilterra e tutti sapranno quello che vale.»

Claire e Giacomo si erano guardati aspettando che proseguisse.

«Giacomo, tu sei italiano: sai chi era il cardinale Mazzarino?»

«Sì... oddio, più o meno. Ha qualcosa a che fare con la rivoluzione francese?»

«Be', con la Francia sì, con la rivoluzione non direi, visto che è vissuto a metà del Seicento. È stato il successore di Richelieu e il ministro più importante di Luigi XIV, il famoso Re Sole.»

«Ah, ecco, non me lo ricordavo...»

«Pazienza. E hai mai sentito parlare della chiesa dei Santi Vincenzo e Anastasio a Roma?»

«No, sono stato a Roma solo una volta in gita di classe e...»

«Non importa, non ti devi giustificare. Ma se un giorno andrai a visitare questa chiesa, che è proprio di fronte alla fontana di Trevi, vedrai sulla facciata un fascio scolpito in uno scudo. È lo stemma della famiglia Mazzarino. E questo libro, quindi, è appartenuto al cardinale, faceva parte della sua biblioteca privata. Difficile dire se l'abbia letto – a giudicare da quello che sappiamo era molto più interessato alla vita politica che non a quella dei santi – ma di certo era suo.»

Alan, eccezionalmente, aveva chiuso la libreria per pranzo e portato i ragazzi a mangiare al Red Lion, dove venne accolto con grande affetto dal proprietario del pub, un vecchio amico. Nel pomeriggio erano rimasti in negozio: Giacomo e Claire lo avevano aiutato a sistemare gli scaffali e lui aveva lasciato che fossero loro a occuparsi di un paio di clienti. Quando era giunto il momento di lasciarsi, Alan aveva chiesto a Giacomo se poteva badare per qualche minuto alla cassa perché doveva far vedere qualcosa a Claire.

Lo zio e la nipote si erano appartati nel retrobottega e quando ne erano usciti lei aveva gli occhi lucidi. Il libraio li aveva accompagnati alla macchina e lì Claire gli aveva gettato le braccia al collo stringendolo in un abbraccio.

Erano partiti da poco quando Giacomo si era accorto che Claire stava piangendo.

«Che cosa c'è?»

«Lo zio è malato. Ha detto che, se non si fa operare, gli resta un anno, al massimo due. Ma non è detto che l'intervento gli permetta di vivere più a lungo...»

Ora, mentre aspettava la chiamata del suo volo British Airways per Sydney via Singapore, stava rivivendo quel giorno e avvertiva un peso nel petto.

E in più c'era il pensiero fisso di Claire, che non lo aveva potuto accompagnare a Heathrow. O non aveva *voluto*? Da quando erano tornati da Arundel, gli era sembrata di cattivo umore, e non solo per Alan. Domenica non erano usciti – gli aveva detto che la notte non era stata bene e non se la sentiva – e lunedì, l'ultima sera prima della sua partenza, si era limitata a una telefonata, per comunicargli che era ancora troppo debole per andare da lui.

Sarebbe atterrato a Sydney nel tardo pomeriggio di mercoledì e avrebbe dovuto guidare fino a Newcastle, uno dei più importanti centri del carbone al mondo. Da quel porto sarebbero partite le navi per l'Italia e lì avrebbe dovuto incontrare il direttore della miniera per avere garanzie sullo smaltimento di quel carico nei tempi pattuiti.

Poi sarebbe tornato a Sydney per una giornata di vacanza. Voleva visitare l'Opera House, i Botanic Gardens e, se la giornata fosse stata decente malgrado la stagione, farsi un giro a Bondi Beach.

Il volo di rientro era in programma per domenica pomeriggio, con arrivo verso mezzogiorno di lunedì a Londra: come al solito, non era ancora partito e già pensava al ritorno.

Si chiese quale fosse il senso per lui di quella trasferta, che a tutti gli effetti era un viaggio premio per Fulvio. Rileggendo il programma, pensò che non si sarebbe goduto niente: neanche il tempo di smaltire il jet lag e sarebbe stata ora di tornare. Per non parlare delle conseguenze sull'umore.

Il suo era un posto finestrino nella parte posteriore dell'aereo, un enorme Boeing 747. Accanto a lui era seduta una coppia di inglesi, un ragazzo brufoloso già stempiato malgrado la giovane età e una ragazza paffuta che indossava un paio di pantaloni troppo aderenti per il suo girocoscia. Si affrettarono a presentarsi e a raccontare che si erano sposati il sabato precedente: stavano andando in Australia in viaggio di nozze. Prima Sydney e poi Brisbane, ospiti di parenti che possedevano un'enorme villa sul mare. I due descrissero i dettagli della cerimonia, gli scherzi degli amici – un pollo vivo che, portato in tavola, aveva fatto strage di bicchieri – e Giacomo iniziò a preoccuparsi all'idea di un volo così lungo senza possibilità di fuga.

La coppia rimase in silenzio soltanto nella fase di decollo; quando venne servito il vassoio con la colazione, entrambi lo spazzolarono in un attimo, restando poi a fissare con un'espressione a metà tra il disappunto e il desiderio gli avanzi di Giacomo, che aveva lo stomaco troppo chiuso per mangiare.

Il capitano aveva appena finito di annunciare che stavano sorvolando la Turchia, quando una hostess si avvicinò e si sporse leggermente verso Giacomo.

«*Mister Zicini?*»

I suoi vicini – non esattamente un esempio di discrezione – lo fissarono mentre lui sorrideva per come la hostess aveva inglesizzato il suo cognome.

«Sì, sono io.»

«Sarebbe così gentile da seguirmi?»

I novelli sposi si alzarono per lasciarlo passare e lo guardarono con sospetto mentre si allontanava lungo il corridoio.

«Scusi, ma dove stiamo andando?»

«Hanno chiesto di lei.»

«Ma chi?»

«La capocabina dell'*upper deck*. Prego, da questa parte.»

Gli fece strada lungo una stretta scala che conduceva alla parte superiore dell'aereo, la business class. Lì lo accolse un'altra hostess più giovane e più bella che lo guidò accanto a una gigantesca poltrona vuota.

«Può restare qui fino all'atterraggio, a Singapore. A quel punto dovrà tornare al suo posto. Nel frattempo, gradisce qualcosa da bere?»

«No, grazie. Ma come mai?»

«Non deve ringraziare me, ma la signorina.»

Dal posto accanto vide spuntare un volto.

«Ciao, Giacomo.»

«Elena?»

54

Viola

Svizzera, 28 gennaio 2011

«Dov'è finito tutto il coraggio dell'altro giorno? Un modo per farti venire ci deve essere.»

Non c'è.

Leslie guarda le mie parole sul blocco e scuote la testa. Eppure lo sa bene che mia madre ha deciso che dovrò andare con loro, è inutile riprovare. Non cambierà idea.

Siamo in cortile, al freddo, ma è l'unico posto, al di là della nostra stanza, dove possiamo parlare senza timore di essere ascoltate. Tremiamo tutte e due. Abbiamo cenato e aspettiamo che suoni la campana che dà il permesso di tornare alle camere.

«Ha senso solo se *tu* puoi vedere Claire e darle quella lettera. Certo, stiamo ancora aspettando la risposta dalla libreria. Ma se lei ci sarà *dovrai* venire, senza storie. Ecco la campanella, andiamo.»

Saliamo in camera, chiudiamo a chiave la porta. Leslie prende il computer e quasi grida quando apre la sua casella di posta.

«Hanno scritto!»

Da: Alan's Books and Bindings
A: Leslie Preston

Gentile miss Preston,

La ringraziamo per essersi rivolta all'Alan's Books and Bindings. Come ha avuto modo di verificare, la libreria ha una lunga tradizione e lei può senz'altro contare sulla nostra riservatezza comunque si concluda la trattativa.

Mrs Mayes in questo momento si trova negli Stati Uniti per una fiera del libro antico, ma ho avuto modo di parlarle e posso confermare che sarà presente il 18 febbraio.

Ancora grazie per la fiducia e, in attesa di incontrarvi, rivolgo i migliori saluti a lei e a sua madre.

Saluti,
Jack (per Claire Mayes)

«Non possiamo più tirarci indietro.»

Ti prego, portagliela tu!

«Smettila! Come puoi pensare che io vada al posto tuo? Senti, io un'idea ce l'ho, anche se è un po' rischiosa. Ma ormai abbiamo tentato tutto e dobbiamo farcela... Vieni con me senza il permesso di tua madre.»

Sei pazza?

«Lo so che ti sembra assurdo, però non è impossibile. Io ho chiesto, come sai, di partire un giorno prima rispetto a tutti gli altri. Il 18 febbraio me ne andrò di qui con mia madre, quando tutta la scuola sarà ancora nel teatro per il concerto. I tuoi genitori arriveranno il giorno dopo, sabato. Se tu scrivi alla Bergson, fingendo di essere tua madre, poi puoi lasciare il collegio con me e incontrare Claire.»

Tolgo il punto di domanda da quello che ho scritto prima: *Sei pazza*.

«Fidati. Possiamo inventarci una casella di posta a nome di tua madre e mandare una mail alla Bergson. Tanto ormai siamo delle hacker provette. Che cosa ne pensi?»

Vabbè, forse hai ragione. È una follia ma vale la pena tentare. E non c'è neanche bisogno di inventare niente. Prendo il computer.

«Che cosa fai?»

Scrivo. Scrivo perché hai ragione, a questo punto andrò fino in fondo. E non so se lo faccio per papà o per me, ma so che devo. L'unico vantaggio di essere rimasta da sola nell'ufficio di Gian, per di più il giorno del funerale di mio padre, è questo: mi ricordo la password di mamma, con la parola "ira".

username: arianna
password: annaira

«Grande Viola! Sai la password di tua madre!»

Da: arianna@medusianemedusian.it
A: bergson@ecureuiljaune.ch

Gentile professoressa Bergson,
durante le festività natalizie Viola aveva espresso il desiderio di trascorrere la settimana di vacanza di fine quadrimestre assieme alla compagna di stanza Leslie e alla sua famiglia.

Inizialmente, come sa, le avevo negato il permesso, perché noi passeremo quella settimana a sciare sulle Alpi Svizzere, ma mi sono confrontata con degli specialisti e crediamo che assecondare i desideri di Viola sia importante per lei. Quindi le sarei grata se volesse darmi conferma che questo è possibile e se volesse comunicare lei stessa a Viola che partirà con Leslie.

Noi, come sa, arriveremo sabato 19 per il nostro Tancredi Maria.

La saluto cordialmente e la ringrazio per l'ottimo lavoro che state facendo con mia figlia.

Arianna Bruggi Medusian

«Cavoli, Viola, come sei brava! Sembra proprio pensata da una donna adulta. Ci sono cose che non avrei mai scritto. Tipo "assecondare i desideri"...»

Perché mia madre parla così, Leslie. Nella forma è perfetta e almeno questo l'ho imparato da lei.

«Adesso bisogna stare attente, però. Cancellare il messaggio dalla posta inviata, controllare le risposte e far sparire tutte le tracce.»

55

Giacomo

Sydney, 1° agosto 1981

Aveva volato accanto a Elena solo nel primo tratto perché da Singapore a Sydney la business class era piena. Lei gli aveva detto che aveva in programma il viaggio da tempo: era un regalo di suo padre al termine del corso alla London School of Economics.

«Quando ho chiesto a Lily di farmi il biglietto e mi ha detto che anche tu eri in partenza per l'Australia non ci potevo credere. E pensa che sono nel tuo stesso albergo, il Chevron, a Potts Point.»

Elena, dopo lo sbarco, lo aveva salutato dandogli appuntamento a sabato per poi correre verso un ragazzo biondo e buttargli le braccia al collo.

A Newcastle era filato tutto liscio. O almeno così gli era parso, sia con il direttore della miniera sia con gli armatori, con i quali aveva chiarito i dettagli delle operazioni di carico e scarico merce. Nel cuore della notte, in modo che a Londra fosse giorno, aveva telefonato in ufficio per ragguagliare Collins, ma Lily gli aveva spiegato che era lei a dover raccogliere i suoi messaggi, a meno che non ci fossero problemi insormontabili.

Aveva chiamato anche Claire, ma il padre non gliel'aveva passata.

«Dorme, non sta bene» gli aveva risposto con la stessa voce gelida che ricordava dalla notte di capodanno. Così lui gli aveva detto di salutarla e gli aveva lasciato i numeri dell'albergo di Newcastle e di quello di Sydney, dove ora stava per arrivare.

Il Chevron era un enorme hotel anni Sessanta che occupava un isolato intero: almeno trecento camere distribuite su una quindicina di piani, calcolò a occhio Giacomo.

Consegnò il passaporto a una ragazza con un tailleur blu. Lei gli riferì subito che c'era un messaggio per lui. Sorrise: Claire gli aveva telefonato. Ma quando lesse il biglietto, la sua espressione cambiò.

Ben arrivato a Sydney. Cerca di godertela oggi.
Questa sera vieni a cena con noi.
Non è prevista l'opzione "no, grazie".
Passiamo a prenderti qui in albergo alle 18.30.
A più tardi,
Elena

Salì alla camera 914, al nono piano, sistemò i bagagli e poi uscì di nuovo. Si era fatto dare dal concierge una mappa della città e arrivò a piedi fino all'Opera House. Girò per i negozi del Circular Quay e per pranzo si comprò un panino e una birra, poi si sedette su una panchina dei Royal Botanic Gardens. Si rese conto che gli facevano male i piedi e le gambe e ripensò al suo primo tour per Londra con Claire. Non si parlavano dalla sera prima della sua partenza, non ci poteva credere.

In compenso qui aveva ritrovato Elena: troppo per essere solo una coincidenza. Quella ragazza lo metteva in difficoltà, riusciva a far traballare le sue certezze e pensò che forse sarebbe stato meglio evitare di uscire con lei. Ma poi si convinse che non aveva niente da temere. E del resto lei aveva scritto che non aveva scelta.

Rientrò in albergo e si fece una doccia. Mancava più di un'ora all'appuntamento, così si sdraiò sul letto e si mise a leggere.

Si svegliò di soprassalto: il telefono stava squillando. Sollevò il ricevitore, la sua voce era impastata.

«Pronto? Claire?»

«Mi spiace deluderti, Giacomo...»

«Oh, scusami, Elena. Devo essermi addormentato.»

«Lo immaginavo. Noi ti stiamo aspettando...»

«Che ore sono?»

«Le sette meno un quarto, ora di Sydney.»

«Cavoli! Scusami, scusatemi. Un minuto e arrivo.»

Andò in bagno e si sciacquò faccia e denti. Si vestì più in fretta che poté e scese. Elena lo presentò ai suoi amici.

«Loro sono Ann e Hans.»

Stringendogli la mano, Giacomo riconobbe il ragazzo dell'aeroporto.

«Hans è di origini tedesche, però i suoi genitori vivono qui da quando erano piccoli. Ann invece è australiana da generazioni. Hanno detto che questa sera ci vogliono portare in un posto speciale. Andiamo?»

Hans si mise al volante di un Maggiolino d'epoca verde pisello e chiese a Giacomo di sedersi accanto a lui, mentre le due ragazze si sistemarono sui sedili posteriori. Discussero di calcio (davanti) e di moda (dietro) per un quarto d'ora o poco più, fino a quando giunsero a Leichardt, uno dei sobborghi di Sydney.

«Benvenuti a Little Italy» disse Hans dopo aver parcheggiato e li condusse fino a un'insegna appariscente: LA BOTTE D'ORO. RISTORANTE PIZZERIA.

Appena entrati, Hans e Ann vennero accolti festosamente dal proprietario che, saputa la nazionalità di Giacomo e Elena, raccontò loro tutta la sua storia: era sbarcato a Sydney con la *Guglielmo Marconi* alla fine degli anni Sessanta, dopo tanti lavori diversi aveva sposato un'australiana e aperto, nel 1977, quel ristorante.

«Posso fare io? Vi fidate di me?» chiese ai ragazzi. Mangiarono un'infinita carrellata di frutti di mare, crostacei, pesce, accompagnati da un sauvignon locale. Chiacchierarono delle loro vite, così distanti nei luoghi e anche nelle condizioni economiche. Elena lasciò cadere quasi con noncuranza che Giacomo era un dipendente di papà, e lui cercò di fare colpo raccontando di essere appena stato al concerto dei Pink Floyd. A quel ricordo non poté fare a meno di pensare a Claire e provò un senso di colpa per il fatto di essere lì, con Elena, senza che lei lo sapesse. Ma si convinse che non c'era niente di male, era solo una cena, no?

Usciti dalla Botte d'oro, fecero una passeggiata nei dintorni e lasciarono che la brezza fresca della sera li risvegliasse dopo lo stordimento del cibo e delle due bottiglie di bianco. Poi Hans e Ann li riaccompagnarono al Chevron.

Rimasero davanti all'hotel, salutandoli con la mano mentre si allontanavano in auto. Elena poi scosse la testa.

«Con tutto questo vino in corpo, speriamo che arrivino a casa...»

Alla reception si presentò un giovane di origine asiatica.

«Buonasera. Prego.»

«914, grazie» disse Giacomo.

«Ma guarda: 915 per me. Siamo vicini.»

Entrarono in ascensore e ci fu un momento di silenzio carico di tensione, che però Elena ruppe quasi subito.

«E quindi, domani si parte.»

«Eh, già...»

«Non ti ho nemmeno chiesto come è andata con il lavoro.»

«Direi bene. Ma sarà Collins a deciderlo.»

«Eh, Collins, Collins. Che tipo che è...»

L'ascensore si aprì sul corridoio del nono piano. Arrivarono davanti alle loro stanze e Giacomo porse goffamente la mano a Elena.

«Allora, buonanotte.»

Lei guardò la mano e non la strinse.

«Senti, Hans e Ann mi hanno regalato una bottiglia di vino che non ho intenzione di portare in Italia. Però lasciarla qui mi sembra un peccato. Ti va di berne un bicchiere?»

Giacomo la fissò e in quel momento udì il trillo del telefono provenire dalla sua camera. Ebbe la certezza che anche Elena lo stesse sentendo. Decise di far finta di niente.

«Va bene, volentieri.»

Elena lo invitò nella 915 e lui vide che la stanza era il doppio della sua, con un letto matrimoniale mentre il suo era a una piazza. Lei si sedette sul bordo del letto e si sfilò le scarpe, restando a piedi nudi sulla moquette. Aveva le unghie smaltate di rosso scuro.

«Apri tu il vino? È su quel mobile insieme ai bicchieri.»

Giacomo prese la bottiglia di syrah del New South Wales e armeggiò con il cavatappi. Versò il rosso in due calici e si girò verso Elena, che batté con una mano sul letto.

«Vieni, mettiti qui.»

Lui le porse un bicchiere e si sedette accanto a lei.

«*Cheers!* Alla nostra ultima notte a Sydney.»

Elena toccò il bicchiere di Giacomo e bevve un sorso. Lui invece sentì una fitta allo stomaco, si diede dell'imbecille per la doppia porzione di gamberi e si bagnò appena le labbra.

Lei allora gli prese il bicchiere dalla mano e lo appoggiò, assieme al suo, sul comodino. Poi tornò, si sedette cavalcioni sulle gambe di lui e lo baciò.

Giacomo sentì la testa che girava mentre lei lo spingeva giù, costringendolo a sdraiarsi sul materasso, e gli infilava la mano sotto la maglia, graffiandogli il petto. A quel punto lui le strinse un seno: lo fece con forza, come se volesse spremerlo, e sentirla gemere lo eccitò.

Si accorse che Elena gli stava slacciando i pantaloni e lui la aiutò, sfilandoseli con la mano libera, mentre con l'altra le stava sbottonando la camicetta. Poi lei si mise in ginocchio sul letto e in quello che a Giacomo parve un unico, rapido movimento si spogliò e rimase con indosso soltanto un paio di microscopici slip neri. Il seno gli sembrò enorme quando lei si sdraiò sopra di lui.

Solo a quel punto si sfilò anche le mutandine e poi cominciò a passargli la lingua sul collo, sul petto e a scendere più giù, fino a prenderglielo in bocca. Giacomo si irrigidì ed ebbe paura di venire subito, ma Elena si fermò e si stese accanto a lui, gli prese la mano e se la portò tra le gambe. Lei sollevò il sedere quando sentì vicino l'orgasmo e fece leva con un braccio per portare Giacomo sopra di sé. Lui provò un istante di puro terrore misto a un'eccitazione violenta, che non aveva mai provato, e nel momento in cui la stava per penetrare le chiese: «Devo stare attento?».

Lei rispose con un mugolio ma lui comprese la parola «pillola». Entrò dentro di lei e quando sentì le gambe di Elena allacciate contro la sua schiena fu scosso da un fremito e venne.

Rimase accasciato sopra di lei per qualche istante e poi ruotò su se stesso per sdraiarsi, ansimante, il pene flaccido e appiccicoso sull'inguine. Poi Elena si sollevò su un gomito e lo guardò.

«Giacomo, Giacomo... Chissà che cosa direbbe Claire? Ma pazienza, faremo in modo che non lo sappia. Aveva ragione Collins a non volerti mandare qua. Ho dovuto faticare non poco per convincerlo. Ce l'ho fatta solo quando gli ho detto che il suo caro Fulvio mi aveva detto di sua figlia...»

Giacomo sgranò gli occhi.

«Quindi sei stata tu! Ma poi non è vero! Non è stato Fulvio a dirti della figlia di Collins, sono stato io!»

«Sì, lo so, ma lui non mi piace. Tu sì.»

Per la prima volta Giacomo si soffermò a osservare la sua bocca, le labbra sottili che coprivano quasi totalmente i denti. Poi lei, quelle labbra, le posò sulla bocca di Giacomo per un bacio al quale lui non rispose. Gli parve di udirla ridere sottovoce mentre si infilava sotto il lenzuolo e si girava su un fianco.

In pochi minuti Elena dormiva e Giacomo, che era sopra le coperte, cominciò a sentire freddo: il dolore allo stomaco e la nausea erano quasi insopportabili.

Perché l'aveva fatto? Lo sapeva fin dall'inizio, da quel bacio a Madonna di Campiglio, che poteva finire così. L'idea di lasciarsi sedurre da lei, da una ragazza ricca che può avere chi vuole – e che tra tutti lo aveva scelto – non gli era mai dispiaciuta, doveva ammetterlo. Ma ne era valsa la pena?

E poi, in quel silenzio, rotto soltanto dal respiro di Elena, non riuscì più a nascondere a se stesso un'altra verità che aveva sempre saputo, ovvero che Fulvio era rimasto a Londra per colpa sua, per le parole avventate di una sera. Si sentì ancora più meschino: non aveva avuto il coraggio di ammetterlo col suo amico e con Collins, e aveva persino finto con chiunque di non sapere il motivo di quella decisione. E con Claire prima di tutto.

Elena ebbe un sussulto nel sonno mentre lui scostava il lenzuolo. Guardando il suo seno, Giacomo provò una sensazione di solitudine fisica infinita. In quel momento, udì di nuovo suonare il telefono nella stanza accanto.

56

Viola

Svizzera, 30 gennaio 2011

Ieri ha nevicato tutto il giorno. È domenica mattina, c'è il sole e il paesaggio è incredibile. Il cortile, gli alberi del giardino, le panchine, la fontana, le statue: tutto è ricoperto di bianco. Mi sono fermata a guardare il panorama dalla finestra, ascoltando il respiro di Leslie che ancora dormiva.

Poi l'ho sentita muoversi nel letto, mi sono voltata ed era sveglia.

«Ciao, amica. Tutto bene?»

Sì, tutto bene. Almeno credo.

«Sei preoccupata?»

Un po'. Ci siamo spinte molto in là e non sono solo io a rischiare adesso. Prendo il blocco dal comodino e scrivo: *Tu no?*

«Se è per me che ti preoccupi, non farlo. Stai tranquilla. E comunque...»

Fissiamo tutte e due la porta.

Qualcuno si è fermato lì davanti, una busta viene infilata sotto la fessura e scivola sul pavimento della stanza.

Leslie calcia via il piumino, esce dal letto con un balzo e la raccoglie.

«È per te.»

Sulla busta, solo il mio nome. Me la rigiro tra le mani, sento gli occhi di Leslie puntati addosso. Mi siedo sul letto e lei si mette accanto a me. Quando comincio ad aprirla, appoggia il suo mento sulla mia spalla. Dentro c'è la stampata della lettera che ho scritto al posto di mamma: il mio nome è sottolineato con un evidenziatore arancione e in fondo c'è scritto un semplice "Ok, fb", ovvero Flora Bergson. Leslie mi abbraccia.

«Ce l'abbiamo fatta, Viola! Ci puoi credere? Adesso dobbiamo collegarci e cancellare ogni traccia di questa conversazione. Prendi il computer, dài. Vediamo la risposta della Bergson.»

Da: bergson@ecureuiljaune.ch
A: arianna@medusianemedusian.it

Gentile signora,
grazie per la sua lettera. Credo anch'io che Viola stia facendo progressi e penso che trascorrere qualche giorno con Leslie, con la quale mi pare ci sia una buona intesa, possa essere utile.
Sarà mia premura comunicare le sue decisioni in merito e aspetto di incontrarla di persona tra breve.
Cordiali saluti,
Flora Bergson

«Grande! Adesso non ci resta che aspettare queste due settimane sperando non capiti niente che rovini il nostro piano.»

Dal cortile, già da un po', si sentivano arrivare risate

e urla. Allora ci siamo affacciate e abbiamo osservato alcuni ragazzi rincorrersi e lanciarsi palle di neve.

«Scendiamo anche noi?»

Ci siamo vestite in fretta, siamo passate dalla mensa, che la domenica ha orari di colazione un po' più elastici, abbiamo bevuto una tazza di latte e mangiato una fetta di pane nero con la marmellata di fragole, poi siamo uscite.

Il mantello bianco immacolato che avevo visto dalla finestra era stato devastato dalle impronte e in più punti c'erano dei buchi grossi, probabilmente segno di una caduta o di una lotta a terra. Mi sono stretta nelle spalle per il freddo quando ho sentito una specie di frustata gelata nel coppino e un rivolo ghiacciato colarmi lungo la schiena.

«Scusa, Viola, ti ho colpito! Ciao, Leslie! Come va?»

«Ciao, Tancredi, noi abbastanza bene. E tu? Guardandoti si direbbe che te la stai spassando...»

Credino sembra uscito da una battaglia corpo a corpo. Dal cappellino completamente ricoperto di neve spuntano un volto paonazzo e qualche ciocca di capelli fradicia. La giacca a vento è a chiazze bianche e i jeans sono bagnati dalle caviglie alle ginocchia.

«Sì, una figata. Abbiamo sfidato i ragazzi dell'altra sezione e li abbiamo massacrati. Io ne ho beccato uno in faccia: dovevate vedere come piangeva...»

«Bene, divertitevi allora. Noi andiamo in una zona meno "pericolosa".»

«Aspettate un attimo. Volevo sapere una cosa: questa mattina ho ricevuto una comunicazione e prima di chiedere spiegazioni ad altri volevo parlarne con voi perché non ho capito bene...»

Armeggia un po' con la cerniera della tasca e tira fuori una busta umida e stropicciata. La apre e davanti ai miei occhi vedo un'altra copia della lettera scritta a nome di mia madre e sottolineato, sempre con un evidenziatore arancione, il suo nome.

«Quando l'ho letta ho pensato: "La mamma di Viola è impazzita". Nel senso che non è da lei un gesto così affettuoso, mi è sembrato tanto strano. Poi mi sono detto: "Ma se lei va con Leslie, perché non posso partire anch'io con Ibra?". Volevo discuterne con voi. Che cosa ne pensate?»

Cazzo. Che idiota. Nella mail non dovevamo tirare in ballo anche Credino.

Leslie mi guarda. Per la prima volta mi pare di leggere nei suoi occhi qualcosa che assomiglia alla paura. Per la prima volta non sa che cosa dire o fare. Ma è un attimo. Si volta di nuovo verso Tancredi.

«Che cosa vuoi?»

«Niente, vorrei solo capire...»

«Mi piacerebbe cancellarti quel sorrisino dalla faccia con un pugno, altro che spiegarti. Facevi tanto l'amico e adesso ci volti le spalle?»

«Sei una ragazza violenta, Leslie, non si direbbe vedendoti. O forse sì: vesti sempre di nero, ascolti della musica orribile. Comunque sono sicuro che troveremo un accordo. A patto che voi mi diciate la verità su questa faccenda.»

Stringo il braccio di Leslie e scuoto la testa, bisogna raccontargli la verità. Annuisco e lei parla: «E va bene, l'abbiamo scritta noi».

«A-ha. E perché non sono stupito?»

«Perché sei uno stronzo, ecco perché.»

«Piano con le parole, ragazza. Ricordati che stavolta non sono io quello che l'ha combinata grossa. Vi avevo detto di parlare chiaro e invece voi mi avete raccontato solo un pezzo della storia.»

«E tu ricordati che potremmo dire che anche voi usate la rete internet del collegio.»

«È vero, potreste. Ma ci perderemmo tutti. Invece possiamo trovare un modo per guadagnarci.»

«Per Viola è davvero importante questo viaggio, non sai quanto.»

«Non capisco che cosa vorrebbe dire a quella ragazza inglese. Eh, Viola? Che tuo padre è morto? Che lui le voleva tanto bene? Che tu saresti potuta essere sua figlia? Che cosa, sai che non ci arrivo?»

Nella sua feroce semplicità Credino dice cose sensate. Che cosa racconterei a Claire se la dovessi vedere davvero? E perché la dovrei incontrare? Sono passati trent'anni, magari papà non è nemmeno più un ricordo dentro di lei. Forse ha ragione lui: sono ancora in tempo a togliermi da questa follia ed evitare qualsiasi casino per Leslie, per me, per quello stronzo di Credino... Poi la voce di Leslie interrompe i miei pensieri.

«Adesso piantala: dimmi che accidenti vuoi per stare zitto.»

«Oh, bene, cominciamo a ragionare. Voglio una cosa semplice. In questa cavolo di scuola i miei voti non sono buoni e rischio il *Bulletin vert*: niente uscite per un mese nei fine settimana e più ore di studio con i professori. Insomma, un inferno per me. Io mi gioco tutta la media con i compiti della prossima settimana. E tu, Leslie, sei una delle più brave della scuola.»

«E con questo?»

«Aiutami...»

57

Giacomo

Londra, 3 e 8 agosto 1981

L'aveva rivista soltanto a Heathrow.

La notte prima Giacomo aveva lasciato la sua stanza, mentre Elena ancora dormiva, e non aveva più chiuso occhio. Dopo aver fissato a lungo il soffitto era entrato in bagno, si era inginocchiato davanti alla tazza e aveva vomitato. Tre scossoni violenti: per qualche secondo, con gli occhi iniettati di sangue e annebbiati dalle lacrime, era rimasto a guardare quello che restava dei gamberi galleggiare nell'acqua lurida.

Era arrivato all'aeroporto di Sydney in largo anticipo ed era stato tra i primi a imbarcarsi. Ogni tanto alzava lo sguardo per vedere se lei fosse nei paraggi. Ma niente. Magari si doveva fermare altri giorni in Australia, si era detto.

I suoi dubbi erano stati cancellati davanti al nastro che riconsegnava i bagagli a Londra. Elena si trovava a una ventina di metri da lui e stava parlando con un signore pelato, probabilmente il suo vicino di posto in business. Come se avesse sentito su di sé gli occhi di

Giacomo, si era voltata e l'aveva fissato. Lui era arrossito, però da quella distanza lei non se ne era accorta. Le aveva fatto un cenno con la mano ma Elena non aveva risposto al saluto.

Il nastro intanto aveva cominciato a restituire le valigie e Giacomo aveva riconosciuto subito la sua. L'aveva raccolta e si era avviato verso l'uscita, stando alla larga da Elena. Appena fuori, l'aveva visto.

Erik.

Giacomo si era come pietrificato, mentre il vichingo rimaneva con lo sguardo fisso sulla porta scorrevole. Poi il ragazzo si era allargato in un sorriso quando Elena si era gettata tra le sue braccia con una specie di gridolino. Solo allora lei si era voltata verso Giacomo e l'aveva chiamato.

«Giacomo, ricordi il mio fidanzato? Erik? Vi siete conosciuti a Madonna di Campiglio. Pensa che coincidenza, amore: eravamo sullo stesso volo e non lo sapevamo nemmeno.»

«Sì... ciao, Erik... come stai?»

«Bene, e tu? Vuoi venire con noi?»

Giacomo aveva evitato di guardare negli occhi Elena ed era rimasto concentrato sul ragazzo, ma questo non gli aveva impedito di arrossire di nuovo.

«No, grazie. Vengono a prendere anche me, ma non sono ancora arrivati.»

«Allora, ciao, Giacomo. Magari ci vediamo a Londra nei prossimi giorni. Potremmo uscire insieme: io, Erik, tu e Claire. Che ne dici?»

«Sì...»

Si erano allontanati e Giacomo era rimasto ancora fermo al suo posto, fingendo di aspettare qualcuno che non sarebbe mai arrivato: la sua era ovviamente solo una bugia per cavarsi d'impaccio.

Solo allora aveva fatto il bilancio di quel viaggio in Australia: aveva rotto i rapporti con il suo unico amico a Londra, aveva tradito Claire con una che evidentemente aveva giocato con lui. Niente male come risultato, in meno di una settimana.

Era salito sul treno diretto a Earl's Court, ma dopo tre fermate si era accorto che gli mancava l'aria e a Boston Manor, nemmeno a metà strada, era sceso.

La stazione era all'aperto e lui si era seduto un po' sulla banchina, a rifiatare. Poi si era avvicinato a un telefono a monete e aveva composto il numero della Ferrcoal.

«Ciao, Fulvio, sono io.»

«...»

«Fulvio? Mi senti? Sono Giacomo.»

«Sì, ti sento. Dimmi.»

«Sono tornato.»

«Bene.»

«Senti... Io... Lo so che... Ma non puoi sapere...»

«Giacomo, non ho tempo adesso: ho da fare.»

«Sì, certo, scusa.»

«Collins mi ha affidato un altro incarico. Incredibilmente, devo dire, dopo il casino che hai combinato tu. Assieme a quell'altra stronza...»

«Quindi lo sai...»

«Sì, lo so.»

«Sì, ma io...»

«Ti ripeto, non ho tempo. Avremo modo di parlarne.»

«Va bene...»

«Una cosa: mi ha chiamato Claire.»

«Claire? E come mai?»

«Mi ha detto che non riusciva a parlarti, che ti ha chiamato a Sydney ma che non rispondevi e voleva sapere se ti avevo sentito.»

«No, guarda, se c'è uno che ha telefonato quello sono io, ma lei stava sempre male e suo padre...»

«Scusa, scusa, fermati: non mi interessa. Sono affari vostri, non miei. Adesso devo andare. Ciao.»

Giacomo aveva avuto l'impressione che Fulvio avesse riagganciato senza neppure aspettare il suo «ciao» di risposta. Non si era mosso da quella banchina per almeno un'ora, aveva osservato i treni passare e il cielo di inizio agosto rannuvolarsi, prima di essere di nuovo squarciato dal sole. Poi era ripartito.

Una volta sceso a Earl's Court, la valigia gli era sembrata insopportabilmente pesante. Entrato in casa l'aveva gettata sul pavimento senza nemmeno aprirla. Aveva guardato l'orologio: Claire doveva essere a casa, il lunedì le sue lezioni finivano un po' prima. Era andato verso il telefono a muro e aveva composto il numero.

«Pronto?»

«Ciao, Claire: sono tornato.»

«Ah, bene. E come stai?»

«Bene, e tu?»

«Anch'io, grazie.»

«Bene.»

«Bene.»

«...»

«...»

«C'è qualcosa che non va?»

«No. Dovrebbe?»

«No, non credo, non lo so.»

«Ieri ti ho chiamato.»

Giacomo aveva pensato a dov'era e con chi quando aveva sentito suonare il telefono.

«Ah sì? Strano, non mi hanno detto niente.»

«Non ho lasciato nessun messaggio. Mi hanno passato la camera direttamente. Per tre o quattro volte, a distanza di tempo l'una dall'altra. Ho calcolato che l'ultima telefonata l'ho fatta quando a Sydney doveva essere notte fonda, le due o le tre, se non di più.»

«Il telefono non ha squillato. Magari hanno sbagliato stanza.»

«La 914. Non era la tua?»

«Sì, in effetti, allora non capisco...»

«Questa mattina ho chiamato Fulvio per sapere se aveva notizie.»

«Sì, lo so.»

«E come lo sai?»

«L'ho sentito poco fa.»

«Ah, l'hai sentito... E hai chiamato lui prima di me?»

«No, cioè, sì, ma dovevo per forza farlo: per dare delle comunicazioni in ufficio e mi hanno passato lui.»

Giacomo non poteva fare a meno di pensare che quando si comincia a mentire non ci si riesce più a fermare, che è una china dalla quale è quasi impossibile risalire.

«E non ti ha detto che ci eravamo parlati?»

«No, cioè forse... Non me lo ricordo.»

«Non te lo ricordi? Giacomo, ma ti senti bene?»

«Claire, sono stanco, sono in viaggio da un giorno e ci sta che sia un po' rincoglionito, no?»

«Ah be', certo. Vuoi fare un pisolino?»

«Risparmiati il sarcasmo.»

«Scusa tanto.»

«Ti faccio presente che quella che non è venuta nemmeno a salutarmi prima che partissi sei tu.»

«Lo so. Stavo male.»

«E poi ti ho chiamato da Newcastle, ma tuo padre mi ha detto che non potevi venire al telefono.»

«Di nuovo, stavo male.»

«Tanto da non riuscire a rispondere?»
«Tanto da non riuscire a rispondere.»
«Capisco.»
«No, il problema è proprio che non capisci.»
«E allora fammi capire...»
A Giacomo parve di udire una risatina di scherno e la cosa gli diede il pretesto per alzare la voce.
«Piantala! Se hai qualcosa da dire, dimmelo.»
«Non adesso.»
«E quando?»
«Sabato. Ci vediamo sabato.»
«Non prima?»
«No, non prima. Ci vediamo alla panchina di Hyde Park dove abbiamo fatto le foto quella volta.»
«E non ci sentiamo in questi giorni?»
«Non mi va.»
Giacomo si era odiato mentre formulava la frase, ma lo stesso non si era trattenuto: «Devi uscire con il tuo amico Ben?».
«Vaffanculo, Giacomo.»
Era rimasto con il ricevitore in mano che dava il segnale di linea interrotta. L'aveva sbattuto con forza due o tre volte contro lo spigolo dell'apparecchio, tanto che una scheggia di plastica nera si era staccata. Giacomo ne aveva seguito la parabola fino a vederla cadere vicino alle sue scarpe, che si era tolto appena entrato e che giacevano scomposte accanto al divano.

La sera, aveva aspettato seduto sul divano che Fulvio rientrasse e appena aveva sentito il rumore della serratura era scattato in piedi. Si erano fissati per qualche secondo: uno a piedi nudi, le braccia lungo il corpo, l'altro accanto alla porta aperta, con la mano ancora sul mazzo di chiavi. Fulvio sembrava ancora indeciso se sfilarlo dalla toppa ed entrare oppure tornare indietro, richiudere e andarsene. Era stato Giacomo a rompere il silenzio.

«Scusa.»

«...»

«Scusami, Fulvio.»

«...»

«Ti chiedo scusa, cazzo: scusa, scusa, scusa. Ma a questo punto non posso fare altro che questo e se hai intenzione di non rivolgermi più la parola per il resto dei tuoi giorni lo capisco, ma spero di no perché io ti considero il mio più caro amico. E poi, altrimenti, vivere insieme diventa peggio di un incubo. Quindi: scusa.»

Aveva pronunciato quella frase tutta d'un fiato, gli era uscita senza che l'avesse mai formulata dentro di sé prima e gli era parso di cogliere un accenno di sorriso sul volto di Fulvio, che forse proprio per non farlo notare si era girato e aveva tolto la chiave dalla serratura, rimanendo per un attimo in quella posizione. E senza guardarlo in faccia gli aveva rivolto finalmente la parola.

«Sei uno stronzo, Giacomo. Questo lo sai, vero?»

«Sì, lo so.»

«E che io non me lo merito? Anche questo sai?»

«Sì, hai ragione.»

A quel punto si era voltato e aveva fissato la mano che Giacomo gli stava porgendo.

«Collins mi ha affidato un altro lavoro.»

«Ah, bene.»

«Un carico dal Sudafrica per Genova.»

«Ottimo.»

«Se tutto va bene, tra qualche mese ci vado.»

«Dove?»

«In Sudafrica, mica a Genova, cretino.»

«Sì, avevo capito: voleva essere una battuta.»
«Non sono ancora pronto per scherzare con te.»
«Scusami.»
«E comunque c'è una cosa che ti voglio dire.»
«Dilla.»
«Se questo viaggio mi salta per colpa tua, io ti uccido e butto il cadavere nel Tamigi.»
«Ho capito.»
«È importante che tu lo sappia, perché sono pronto a farlo davvero...»
Lui aveva sorriso e solo a quel punto Fulvio gli aveva stretto la mano, mormorando un «brutta testa di cazzo».
Avevano chiacchierato a lungo, aggiornandosi reciprocamente sulle ultime novità dell'ufficio da una parte e sui ricordi di miniere e navi da carico dall'altro. Fino a quando Fulvio aveva toccato il punto che Giacomo cercava a tutti i costi di evitare.
«E Claire come sta?»
«Bene, credo. Insomma, meglio, mi pare.»
«Credo... Mi pare... Ma è tutto a posto?»
«La verità è che non lo so.»
«Come non lo sai?»
«È strana, ultimamente. Lo era già prima che partissi.»
«E perché?»
«Non lo so.»
«E non vi siete parlati?»
«Sì, l'ho chiamata prima.»
«E non vai da lei questa sera?»
«Non ha voluto. Ci vediamo sabato.»
«Ma come fai a stare fino a sabato senza sapere che cos'ha?»
«La verità è che anch'io avrei qualcosa da dire.»
«Cioè?»

A quel punto Giacomo aveva cominciato a spiegare. Della sorpresa trovata in business class sul volo per Singapore, della cena alla Botte d'oro, del dopocena nella 915, di quello che Elena aveva detto a Collins, dei gamberi che galleggiavano nella tazza del cesso, dell'arrivo a Londra, di Erik e dell'invito a rivedersi tutti insieme. Fulvio era rimasto in silenzio fino al termine del racconto e poi aveva sbottato.

«Che troia.»

«...»

«E tu, che imbecille!»

«...»

«E adesso che cosa pensi di fare?»

«Non lo so.»

«Un'idea ce l'avrai, no? Lo dirai a Claire oppure no?»

«Non lo so, davvero. Più ci penso e meno riesco a capire. Se taccio, mi tengo dentro qualcosa che mi devasta e che prima o poi potrebbe saltare fuori con effetti ancora peggiori; se glielo confesso, non so che reazione potrebbe avere lei, soprattutto visto il suo umore nell'ultimo periodo.»

«Quindi?»

«Quindi, vedremo sabato.»

Giacomo arrivò alla panchina con dieci minuti di anticipo e le scarpe bagnate: i prati di Hyde Park non si erano ancora asciugati dalla pioggia dei due giorni precedenti. Claire era già lì.

Era chinata su un libro: come faceva ad aver voglia di leggere? Lui le si avvicinò e lei alzò lo sguardo dalla pagina e richiuse il volume, senza mettere un segno.

«Ciao, Claire.»

«Ciao.»

«È tanto che aspetti?»

«No, sono appena arrivata.»

«Ok... Posso sedermi?»

«Ti va di fare due passi, invece?»

Senza aspettare la risposta, Claire si alzò e si incamminò, con le braccia conserte. Lui le si mise al fianco, le mani sprofondate nelle tasche. Lei, senza preamboli, gli domandò: «Giacomo, che cosa pensi di noi due?».

«Scusa?»

«Voglio dire, quando pensi a domani – e per domani intendo tra un mese, un anno, dieci – che cosa vedi?»

«Vedo... Non so, non ci penso mai al futuro, faccio già fatica a vivere il presente.»

«Sì, di questo me ne sono accorta. Però, quello che intendo, è se pensi che per noi, per me e per te, ci sia un presente che possa diventare un futuro.»

«Fai dei discorsi strani, Claire.»

«Lo so, me ne rendo conto. E sono stata tanto male negli ultimi giorni. Sono stata male perché ti sentivo lontano. E non perché eri dall'altra parte del mondo.»

Giacomo ripensò a Sydney, alla bocca di Elena su di lui: il trillo del telefono nella stanza accanto gli risuonò nella testa. Rimase in silenzio, lo sguardo fisso sulle sue scarpe infangate, mentre Claire continuava.

«Però io, adesso, qui, ho bisogno di sapere se ci sei, Giacomo. Non mi devi mentire.»

«Sì...»

«Sì? Sì, non mi menti o sì, ci sei?»

«Sì, ci sono. Sono con te e voglio te.»

«A qualunque costo?»

«A qualunque costo.»

«Sei sicuro?»

«Sono sicuro.»

Giacomo scorse una lacrima che colava sulla guancia di Claire. Poi sentì la mano di lei infilarsi nella tasca per prendere la sua, mentre gli appoggiava la testa sulla spalla. Un'ondata di calore lo pervase, come se tutta la tensione accumulata si sciogliesse in quel gesto.

Poi Claire parlò di nuovo.

«Aspetto un bambino.»

58
Viola

Svizzera, 18 febbraio 2011

«Papà, ma che odore è questo?»

«Non saprei dire, Viola: terra, umido, ferro, olio. E umanità. Ti ho mai detto che il mio professore di filosofia al liceo, quando entrava in classe, ci faceva sempre spalancare le finestre urlando: "Aprite, aprite, che c'è odore di umanità perduta"?»

«Sì, papà, me lo racconti ogni volta che arrivi a casa e senti puzza, di cibo o di altro.»

«Mi stai dicendo che sono rincoglionito e ripeto le stesse cose?»

«Un po', papà, ultimamente un po'.»

Ridono, lui la prende per mano e scendono, lungo una scala mobile che sembra non finire mai. Sono fermi, appoggiati al corrimano di destra, lui davanti e lei sul gradino più alto alle sue spalle. Quando arrivano in fondo, c'è una ragazza che suona la chitarra e canta. È vestita tutta di nero, ha le unghie dipinte di viola scuro e un ciuffo di capelli dello stesso colore le copre gli occhi. Davanti a lei, la custodia dello strumento è aperta per raccogliere le offerte dei passanti. Suo padre si toglie degli spiccioli dalla tasca e li getta dentro. La ragazza gli fa un cenno con la testa senza smettere di cantare e poi, quando loro sono già passati, sente pronunciare: «Grazie, Viola».

Si volta, ma la cantante è già sulla scala mobile che sale verso la superficie e la chitarra, appesa alle sue spalle come uno zaino, sembra ancora più gigantesca.

Arrivano sulla banchina. Ci sono ragazzini in divisa da scuola, un uomo elegante, in giacca e cravatta, sta leggendo il giornale, poi all'improvviso lo appallottola, si sdraia su una panchina e se lo mette sotto la testa per usarlo come cuscino. Dopo un istante si risiede, si sfila le scarpe, le allinea perfettamente una accanto all'altra, si sdraia di nuovo e si addormenta di colpo.

«Perché quel signore si è messo a dormire?»

«Perché deve aspettare molto.»

Da lontano si comincia a udire un frastuono e, mano a mano che si avvicina, diventa sempre più assordante. Viola si accorge che suo padre le sta parlando, ma non riesce a sentirlo.

«Non capisco, papà, c'è troppo rumore.»

Ma nemmeno lui la sente e continua a parlare, fino a che il treno si ferma, le porte si aprono e la gente comincia a scendere.

«Scusa, papà, non ho capito niente...»

«Quindi ho parlato a vuoto per mezz'ora?»

«Macché mezz'ora, solo adesso: la tua voce era coperta dal rumore del treno. Dobbiamo salire?»

«No, non è il nostro.»

«E quando arriva il nostro?»

«Tra un po'.»

«Un po' quanto?»

«Un po' e basta. Vieni, sediamoci.»

Il padre di Viola fa alzare il signore sdraiato, che borbotta, prende il giornale appallottolato in una mano e le scarpe nell'altra e si va a stendere su una panchina poco distante.

«Dove siamo, papà?»

«È la stazione di Earl's Court. Di qui passano un sacco di linee della metropolitana.»

«E perché stiamo qui?»

«Devo fare una cosa.»

«Cosa?»

«Una cosa, a te non deve importare.»

Lui volta la testa dall'altra parte e Viola punta lo sguardo sulla banchina di fronte, oltre i binari, dove la gente aspetta i treni che vanno nella direzione opposta. Nota una coppia di ragazzi: lui ha i capelli corti e un gilet, lei una lunghissima treccia bionda. Parlano in modo concitato. Forse stanno litigando. All'improvviso si girano e lei è sicura che la stiano guardando, così fa un segno di saluto con la mano. Ma loro non rispondono e ricominciano a discutere.

«Papà, li conosci quei due?»

Lui non si gira nemmeno, continua a fissare nel vuoto.

«No.»

«Almeno guardali. Sei sicuro di non conoscerli?»

«Ti ho detto di no.»

Arriva il loro treno. I due giovani salgono e Viola riesce ancora a vederli dal finestrino. Il ragazzo con il gilet si gira verso di lei, alza il mento e le sorride.

«Papà, lui mi ha salutato.»

«Non li conosco, non so chi cazzo siano, la finisci di rompermi i coglioni?»

«Va bene, scusa, ma perché fai così?»

In quel momento suo padre si alza in piedi, si china su di lei e a un centimetro dalla faccia le urla cose che lei non capisce ma sa che sono tremende. Avverte il suo alito sugli occhi e li stringe. La gente attorno si è fermata e li fissa, anche il signore elegante si è messo seduto sulla panchina e si sta rinfilando le scarpe.

Lei vorrebbe rispondere ma non ce la fa, le parole non le escono dalla bocca, solleva le mani per proteggersi il volto da una sberla che sente arrivare mentre suo padre grida sempre più forte.

«La devi piantare con 'ste domande. Sono stufo delle tue cazzo di domande. E svegliati una buona volta. Svegliati! Ti devi svegliare, Viola!»

«Svegliati, Viola! SVEGLIATI!»

Leslie...

«Cosa diavolo stavi sognando? Facevi un casino... Hai scalciato via la coperta, battevi i pugni sul letto e respiravi così forte che ho pensato che ti venisse un colpo.»

È l'alba, ma nessuna di noi due ha intenzione di rimettersi a dormire. Sono spaventata per quello che stiamo per fare. Prendo il blocco e scrivo a Leslie: *Ho paura.*

Lei mi dà una pacca sulla spalla e sorride: «Andrà tutto bene». Ma credo che un po' di fifa la provi pure lei. Leslie mi aiuta a preparare la valigia, mi sono accorta che fissa le mie mani. Tremano mentre piego i maglioni da portare e controllo il piccolo beauty con spazzolino e dentifricio. Poi prendo una maglietta e ci avvolgo dentro le agende e il libro antico di papà, prima di sistemarli in un angolo protetto della borsa.

È Leslie a decidere che è arrivato il momento.

«Allora, Viola, il concerto inizia alle 14, vale a dire tra mezz'ora. Questo significa che tutta la scuola si sarà già sistemata in teatro per occupare i posti migliori. Noi invece scendiamo tra poco, lasciamo le valigie vicino alla portineria e ci infiliamo allo spettacolo per ultime. E cerchiamo di evitare Credino.»

Negli ultimi giorni Leslie gli ha dato ripetizioni in ogni materia, l'ha aiutato in matematica, gli ha fatto test di storia e geografia, l'ho sentita dare consigli sui capitoli da approfondire e quelli meno importanti. E con una pazienza straordinaria, perché Tancredi quando vuole riesce a farti impazzire e tenerlo seduto a studiare è un'impresa. Eppure, malgrado tutti i suoi sforzi, l'impressione è che non sia andata benissimo. E visto che è un ragazzino imprevedibile, meglio non rischiare che intralci il nostro piano.

«Ricordati che dobbiamo andarcene qualche minuto prima della fine del concerto.»

Però mi spiace perdermelo.

«Avrai altre occasioni per vedere la tua cantante, ne sono sicura. Non mi preoccuperei di questo, adesso. Sei pronta? Andiamo.»

Le rotelle dei nostri piccoli trolley fanno un rumore infernale in questo corridoio, oggi così silenzioso. Leslie sorride alla custode mentre le spiega che noi due usciremo prima della fine dello spettacolo. Dal teatro si sentono le prime note di una canzone e le urla entusiaste di centinaia di ragazzi.

«Mi scusi, dobbiamo andare. Sbrigati, Viola, non vorrai perderti l'inizio?»

Prima però ci fermiamo davanti ai tabelloni dei voti. Leslie, come previsto, ha il *Tableau d'honneur*, io una media che tutto sommato non è da buttare. Davanti ai risultati delle classi inferiori ci si gela il sangue.

«Tuo fratello si è beccato il *Bulletin vert*. Sono cazzi,

Viola. Adesso bisogna stare molto attente. Buttiamoci nella ressa e non facciamoci trovare. Dobbiamo resistere ancora poco.»

Ci incamminiamo verso il teatro e il rumore diventa sempre più forte. Lola deve essere salita sul palco.

«Un'ultima cosa. Il concerto durerà un'ora esatta. L'ultima canzone sarà *Diving*, con l'esibizione sul palco di una delle nostre compagne, e questo lo sai anche tu. Non potremo essere noi due perché dobbiamo partire prima, quindi non farti venire strane idee. Dài, entriamo.»

Il teatro dove negli ultimi mesi abbiamo visto film impegnativi, da *Schindler's List* a *Il colore viola*, dove abbiamo assistito alle recite delle classi superiori e ai concerti per chitarra o pianoforte degli allievi con più talento, è completamente trasformato. Le luci pulsano: rosse, blu e di un bianco accecante. Tutti si muovono a tempo, le teste sembrano guidate da una mano invisibile che le scuote su e giù. In un angolo vedo persino la professoressa di ginnastica che balla.

E sul palco c'è lei, Ginger Lola: ha una parrucca blu elettrico che sembra rubata a Marge Simpson. L'abito, nero con dei brillantini, è più accollato rispetto a quelli che indossa in molti video, forse per le regole del collegio, ma ai piedi ha scarpe con un tacco che, visto da qui, sembra di venti centimetri. Si veste e danza come una ragazzina ma ho letto su una rivista che è più vicina ai quarant'anni che non ai trenta.

Ogni volta che il faro bianco passa sul pubblico cerco di trovare Credino, però non lo vedo. In compenso scorgo Petra e Sabine: sono in primissima fila, proprio davanti alla vasca di cristallo piena d'acqua piazzata all'estremità del palco. Ai lati stanno due cubi sui quali si muovono ballerini tutti muscoli, in canottiera e calzoncini. Su un terzo cubo, dietro la vasca, sale di tanto in tanto Lola, che canta e si muove senza sosta. È lo stesso setting del video di *Diving*, solo che lì i ballerini sono in perizoma e fanno ondeggiare lei e il suo microscopico bikini sopra una vasca molto più grande di questa.

Mi sembra di essere appena entrata quando mi sento battere sulla spalla: Leslie mi indica l'orologio. Sono le tre meno dieci quando la batteria e la chitarra scandiscono le note di *Diving*. Lola cammina da un lato all'altro del palco battendo le mani, seguita a ritmo dal pubblico. Poi si ferma e punta l'indice su una ragazza in prima fila. Il faro la illumina in pieno mentre si porta le mani alla bocca, incredula. Non ci posso credere nemmeno io: è Sabine.

«Come ti chiami?»

«Sabine, signora.»

Risata di tutti, che per un attimo sovrasta la musica.

«Chiamami Lola, Sabine, ok?»

«Ok!»

«La conosci questa?»

«Certo che la conosco, Lola!»

«Sei pronta?»

«Sono pronta, Lola!»

«E allora andiamo! *Yé-yé-yé Diving!*»

Ginger Lola attacca il suo pezzo più famoso e tutto l'Écureuil jaune canta con lei. Sabine all'inizio dà l'impressione di essere goffa, poi però si muove sempre più a suo agio. Credo che ogni ragazza in sala la invidi almeno un po'. Tranne Leslie, ovviamente, che però non le stacca gli occhi di dosso.

Al ritornello, i due ballerini entrano nella vasca, agitano le braccia e le gambe come se stessero marciando sul posto, prima guardando il pubblico, poi dandosi le spalle e infine fronteggiandosi. In quel momento Lola sale sul suo cubo e si lascia cadere di spalle: loro la afferrano e la sollevano, mentre lei continua a cantare.

Poi la issano di nuovo sul cubo e lei fa un cenno a Sabine che assomiglia a un "tocca a te".

E proprio mentre la mia invidia cresce a dismisura, succede.

Succede che Sabine allarga le braccia e si lascia cadere. Ma i ballerini, in quel preciso istante, si voltano dall'altra parte.

Se non fosse quasi impossibile direi che l'hanno fatto apposta. Sabine piomba nell'acqua schizzando mezza prima fila. Tutti ridono mentre lei, fradicia e umiliata, cerca di uscire dalla piscina.

Ma non posso godermi lo spettacolo: Leslie mi prende per un braccio.

«È ora, andiamo.»

Ci lasciamo alle spalle un misto di percussioni e risate.

«Le sta bene, non pensi?»

Leslie ride e cammina velocissima, sta quasi correndo verso l'uscita, quando sentiamo la voce della Bergson alle nostre spalle.

«Leslie, Viola, aspettate un momento.»

Ci voltiamo.

«C'è qualcuno che vi vuole parlare.»

Credino.

59

Giacomo

Londra, 14 agosto 1981

«E tu cosa le hai risposto?»
«Credo di averle detto "Ah".»
«"Ah"? Non ti è venuto niente di meglio?»
«È la stessa cosa che mi ha chiesto lei.»
«E poi?»
«E poi l'ho baciata. E lei ha pianto. E anch'io.»
«E come è finita?»
«Come poteva finire?»
«Io non lo so. Io non ho messo incinta nessuno.»
«Non infierire... Be', le ho detto che ci riflettiamo insieme e che in qualunque caso io sarò accanto a lei.»
«Che tradotto significa?»
«E piantala, Fulvio! Non sei tu nella merda, quindi non stare a farla lunga. E comunque "tradotto" vuol dire che non so che cazzo fare.»

Era cominciata così, il sabato sera, quando Giacomo era rientrato e, trovandolo sveglio, aveva raccontato tutto a Fulvio. Per l'intera settimana ne avevano parlato, all'alba come nel cuore della notte, sulla metropolitana o al lavoro, durante il pranzo o davanti al televisore acceso che però loro non ascoltavano.

E proprio una di quelle sere, mentre si lamentavano della noia dei programmi della BBC, Fulvio si era alzato dal divano, aveva spento l'apparecchio e aveva guardato negli occhi Giacomo.

«Io penso che l'unica domanda importante è quella che ti ha fatto Claire.»

«Per l'amor di Dio, Fulvio, non ricominciare. Già ci penso troppo perché ti ci metta anche tu a...»

«No, no, seriamente. Ascoltami. La domanda è: che cosa vedi se pensi al tuo futuro?»

«Ma che cosa vuoi che veda?»

«È questo il punto, Giacomo. La vita ti ha messo di fronte a un bivio e tu devi decidere. E sei terrorizzato. Non dalla scelta, ma dall'idea di dover scegliere.»

«Smettila. Non mi sembra di essere uno che ha paura delle decisioni, no? Non avrei lasciato Milano e la mia famiglia se non fosse così.»

«Sì, certo. Ma da come me l'hai raccontata, è stata quasi una casualità.»

«Mah, insomma...»

«È stato Ferretti a chiedere a tuo padre di farti venire a Londra. Pensaci bene: altrimenti, pur sapendo che qui c'era Claire, avresti scelto di partire?»

«Chi ti dice di no?»

«È vero, forse sì. Ma magari no, perché ti costava troppo dirlo ai tuoi. E ripeto il concetto: "dirlo", non "farlo", perché quello, come è evidente, non ti è pesato.»

«Dài...»

«Giacomo, io purtroppo sento anche le telefonate con tua madre e tuo padre. Sembrano chiamate di lavoro, non c'è mai una volta che vi raccontiate qualcosa che vada al di là della forma. Vi domandate a vicenda come state e rispondete immancabilmente "bene". Se dovete spiegare che c'è qualcosa che non va, vi parlate di raffreddori o di stanchezza, ma mai di quello che sentite, delle ansie e delle paure e della solitudine, dell'amore o del dolore. Dimmi una cosa: tua madre sa di Claire, no?»

«Sì.»

«Sa che sei venuto qui quasi solo per lei.»

«E per il militare...»

«Vabbè, d'accordo. Ma se non ci fosse stata qui lei, saresti partito?»

«Forse no.»

«Bene. E se tua madre sa di Claire, possibile che non ti chieda mai di lei? Che non la voglia conoscere?»

«È fatta così.»

«Troppo comodo. Il problema è che Claire è fatta esattamente al contrario. È una alla quale non si può nascondere nulla perché lei ti parla di tutto. Se vede Ben, non ha paura di dirtelo, sa che non sta facendo niente di male, mentre tu non puoi sostenere lo stesso della faccenda di Elena...»

«Non tirare fuori ancora quella storia, ti prego.»

«Va bene, scusa, ma tanto lo sai che è così. La verità è che ami Claire ma allo stesso tempo ti terrorizza, e se potessi riavvolgere la tua vita come un nastro, torneresti a quel giorno dell'estate scorsa e invece di fermarti a un fish and chips sul lungomare di Brighton tireresti dritto.»

«Non è vero.»

«Forse. Ma io continuo a pensare che a volte ti manchi la tua bella routine, che le consuetudini che in più di un'occasione hai sostenuto di detestare in realtà facessero parte del tuo tessuto. Magari liberartene rappresenta uno strappo troppo doloroso: ti sentivi al sicuro, perché altri sceglievano al tuo posto, mentre ora non è più così. Men che meno negli ultimi giorni.»

«Basta, per favore.»

«Giacomo, se ti trovi a bordo di una barca e vedi un iceberg davanti a te, speri che sia l'iceberg a spostarsi. Mi tocca dirti che, come dimostra il Titanic, non succede mai. Qui tu devi decidere che cosa fare e soprattutto devi dirlo a Claire. Io credo che lei abbia già chiaro nella testa e nel cuore quello che farà, ma vuole sentirselo dire da te. E lo vuole sapere adesso, non dopo. Tu sei un campione dell'attesa. Ma ora non puoi.»

«Lo so.»

«Bene, allora se lo sai parla. Non con me, io non c'entro niente. Ma con Claire. È a lei che devi parlare. Si merita la tua onestà, anche una brutta verità, ma non il dubbio, questo no. Tu hai uno strano modo di voler bene alle persone, a volte pensi di proteggerle evitando di dire loro quello che pensi davvero e invece così le allontani. Sai qual è la volta in cui io ti ho sentito veramente amico?»

«Quale?»

«Quando mi hai raccontato tutta la merda di Sydney e di Elena, quando ti sei messo a nudo e mi hai mostrato la tua fragilità. Claire esige lo stesso da te, desidera conoscere i pensieri dell'uomo da cui aspetta un bambino. Se tu avessi un figlio – non parlo di questo bambino, parlo in astratto – che cosa vorresti da lui?»

«Non lo so, come faccio...»

«Non intendo dire "spero sia biondo, alto, intelligente" o roba del genere. Immagina tuo figlio che a vent'anni sta a Londra e vive quello che stai vivendo tu. Squilla il telefono, è lui, tu gli chiedi come sta. Vuoi che ti risponda: "bene papà, e tu?".»

«No: vorrei che mi dicesse: "sono nella merda, papà, aiutami".»

«È ciò che desidera Claire. Vuole la verità. Parlale, Giacomo. Ma parlale con il cuore, non con quella testa di cazzo che hai.»

Giacomo sorrise, per la prima volta dopo tanti giorni. Aveva deciso. E quando la sera di venerdì andarono tutti alla festa di compleanno di un collega a Hampstead, arrivati davanti al portone, chiese a Fulvio di proseguire e prese da parte Claire. La abbracciò e avvertì il suo corpo rigido, mentre lui le avvicinava le labbra all'orecchio e le sussurrava: «Come lo chiamiamo?».

In quel momento la sentì sciogliersi, le braccia che finalmente tornavano a stringerlo e una risposta in un soffio: «Non lo so, ci penseremo insieme, amore mio. Abbiamo tempo».

Entrarono, e Giacomo presentò Claire a chi ancora non la conosceva. Era in assoluto una delle cose che gli piacevano di più: presentarla e dire «lei è la mia ragazza» lo faceva stare bene.

Si divisero. Claire si era fermata a parlare – e a ridere come non la sentiva da troppo tempo – insieme a un gruppo di ragazzi con i quali aveva scoperto di avere amici comuni. Giacomo si era versato una birra e poi, con un secondo bicchiere in mano, si era avvicinato a Fulvio.

«Quindi?»

«Quindi le ho parlato.»

«E...»

«E le ho chiesto come lo vuole chiamare...»

«Grande, Zecchini, ci sei riuscito! Hai comunicato una decisione per la prima volta nella tua vita! E come ci si sente?»

«Di merda.»

«Capisco. Non sarà facile. Però puoi essere orgoglioso di te.»

Appena fu solo, Giacomo sentì un'ansia terribile salirgli dal profondo. Che cosa aveva fatto? Era sicuro? Vide Fulvio avvicinarsi a Claire e la sentì di nuovo ridere.

Ci fu il flash di una macchina fotografica. Era Vaughn. Fulvio si voltò verso il gallese: «Le foto di questa serata me le dài, vero?».

60
Viola

Svizzera, 18 febbraio 2011

«È tutta la mattina che tuo fratello ti aspetta. Ha detto che deve comunicarti una cosa importante e mi ha chiesto di esserci. Tancredi, parla.»

Bastardo.

«Sai, Viola, io e te non siamo mai andati troppo d'accordo.»

Non c'è bisogno di sottolinearlo.

«Ma quando siamo arrivati in questa scuola, insieme, ho pensato che le cose potessero cambiare. Pensavo che, anche se non lo siamo davvero, saremmo potuti diventare come fratello e sorella. E in effetti un po' ci siamo avvicinati, no? Contavo su questa settimana da passare insieme.»

Lo sapevo. Ci siamo.

«Però poi ho saputo che tu te ne saresti andata con Leslie e non capivo come mai tua madre, che è sempre così severa, ti avesse dato il permesso. E mi sono detto: "Cavoli, proprio adesso lei parte e mi lascia con mio padre e Arianna una settimana, per di più, vista la pagella, a beccarmi delle sgridate".»

Si gira verso la Bergson, che annuisce.
«E allora volevo dirti adesso che mi dispiace.»
Non capisco. Tiro fuori il blocco, scrivo: *Di cosa?*
«So di averti fatto impazzire spesso, so che hai sofferto tanto per il tuo papà e spero che questi giorni con Leslie ti possano servire. Tutto qui.
«E volevo darti questa.»
Mi allunga una lettera, mentre dal teatro si sente un applauso fortissimo sulle ultime note del concerto. Leslie guarda la Bergson e leggo sulla sua faccia una certa impazienza.
«D'accordo, ragazze, andate. Leslie, mi raccomando, stai attenta a Viola. La macchina di tua madre vi aspetta qui fuori. Io l'ho già salutata prima. Ah, a proposito Viola, ieri ho sentito anche la tua di madre.»
No!
«Dopo aver ricevuto quella mail di cui penso voi sappiate qualcosa, ho comunque telefonato alla Medusian&-Medusian e me la sono fatta passare... Ci ho messo un bel po' a convincerla che per te questa settimana con Leslie sarebbe stata importante, che siamo a un punto cruciale e ci aspettiamo qualcosa di grande da un momento all'altro. Lei all'inizio era molto contraria, perché diceva di non sapere niente della famiglia di Leslie. Alla fine, però, ha detto di sì. Quindi andate, tranquille.
«E siate certe che quando tornerete tutte le password del collegio saranno state cambiate.»
«Grazie, professoressa.»
Grazie.
«Sbrigatevi.»
Leslie abbraccia mio fratello: «Ciao, Tancredi».
E lui: «Ciao, Leslie. E ciao, mmmuta».
Ride mentre lo dice. Ma stavolta viene da ridere an-

che a me. Usciamo alla luce del giorno e, davanti a un enorme fuoristrada nero, un omone di cento chili ci apre la portiera.

«Hi, Leslie, good to see you.»

«Hello, Steve, thank you, good to see you too.»

Appena salite, apro la lettera di Credino.

Cara Viola,

ho capito che questo viaggio per te è importante e non me la sono sentita di fregarti. Promettimi che torni e parli però, perché io mi sono rotto le palle di avere una muta in casa: voglio una sorella, o quello che è, parlante. E soprattutto ricorda a Leslie di mantenere la sua promessa.

Ciao,

Tan

Indico a Leslie la lettera: che promessa?

«Gli ho detto che gli avrei portato l'ultima versione di UFC *Undisputed* e di *Call of Duty* per PS3. Non pensavi davvero che avrebbe accettato gratis?»

Steve accende la macchina e si sposta verso il lato est del collegio, dove ci sono le cucine. Lascia l'auto in moto e apre la portiera davanti. Entra una donna minuta, con i capelli corti, infagottata in un piumino di tre taglie più grande. Si volta verso di noi.

«Ciao, ragazze.»

«Ciao, mamma.»

Non ci credo: Ginger Lola.

61

Giacomo

Londra, 9 settembre 1981

«Che cosa c'è, me lo vuoi dire?»

«Scusa, sarà l'ansia. Sai, non è che sia una situazione tanto semplice. In più non l'hai ancora detto ai tuoi né io ai miei.»

Giacomo rimise le mutande e si sforzò di sorridere ma quella che gli si dipinse sul volto fu più che altro una smorfia. Non faceva l'amore con Claire da prima dell'Australia. Non ci riusciva. Erano sul divano, nell'appartamento di Lexham Gardens. Fulvio era fuori con Vaughn e altri colleghi, forse proprio per lasciarli soli. Claire aveva la camicetta slacciata sul seno ormai cresciuto di una misura abbondante. Giacomo era andato a prendere una lattina di birra e l'aveva versata in due bicchieri.

«Tu la chiami ansia, magari è paura. Pensi che mio padre la prenderà bene? Pensi che festeggerà? Anch'io sono terrorizzata all'idea di avere un bambino, altro che. Ma c'è una cosa che mi spaventa di più.»

«Quale?»

«Tu.»

Ci sono momenti in cui si dovrebbe rispondere solo «Sì, lo so», ma poi l'orgoglio, o la stupidità, hanno il sopravvento.

«E perché, scusa?»

«Perché a volte mi sembra di non conoscerti più. C'è qualcosa che mi nascondi.»

«Figurati... Che cosa, secondo te?»

«Non ne ho idea, dimmelo tu.»

«Ogni volta questa storia! Basta, Claire, non ne posso più, sei paranoica!»

Si accorse che stava alzando il tono di voce e vide passare negli occhi di Claire, seppure per un istante, un'ombra di spavento. Lo stesso che aveva provato lui rendendosi conto del gesto che aveva appena compiuto: osservò la birra che colava sul muro e lo striava di giallo, dopo che lui aveva scagliato con violenza il bicchiere contro la parete. Da dove era uscita tutta quella rabbia?

«Scusami, Claire.»

«...»

«Ti ho chiesto scusa.»

«Devi farti perdonare dal tuo padrone di casa, non da me.»

«Con tutto quello che ci ha rubato in cibo, può pure pagarsi un imbianchino. Pensa che una volta io e Fulvio siamo tornati, abbiamo aperto il frigo e...»

«Giacomo?»

«Sì?»

«Non cambiare discorso.»

«...»

«Sei irritante. Mi guardi e stai zitto. Non hai niente di interessante da dire?»

«Sarò un uomo senza qualità, che cosa ci vuoi fare.»

«Tu e le tue citazioni del cazzo.»
«Già, anche questo non va bene.»
«Ecco la vittima che esce allo scoperto.»
«Che cosa vuoi, Claire?»
«Niente che non sia la verità.»
«Ma la verità su cosa?»
«Su di te. Su di noi. Aspettiamo un bambino e forse è il caso di ammettere se c'è qualcosa che non va. Non è un gioco.»

Squillò il telefono. Il suono, per Giacomo, fu come il gong di fine ripresa per un pugile massacrato dall'avversario. Questo prima di rispondere.

«Pronto?»
«Ciao, tesoro.»
«Ciao, mamma.»

Avrebbe voluto sparire, sprofondare, pur di non far sentire quella telefonata a Claire. Se avesse potuto, avrebbe infilato la testa dentro l'apparecchio. Da dove si trovava ora, rimase a fissare la birra, che si sarebbe seccata sul muro in rigagnoli luccicanti. Una volta rimasto solo, avrebbe pulito con uno straccio umido. Poi si chiese perché in un momento così la testa doveva produrre pensieri tanto stupidi.

«Giacomo? Mi senti?»
«Sì, sì, ti sento.»
«È un po' che non ho tue notizie: tutto bene?»
«Sì, bene.»
«Novità?»
«No, nessuna novità.»

Sentì gli occhi di Claire sulla sua schiena. Dovette fare uno sforzo per non voltarsi.

«E al lavoro?»
«Sì, è tutto a posto.»

«E quel tuo amico, Fulvio? Come sta?»
«Sta bene, mamma.»
«E la tua ragazza, Claire?»
«Sta bene anche lei.»
«Oh, Giacomo.»
«Eh?»
«Mi raccomando...»
«Che cosa?»
«No, nel senso: mi raccomando...»
«Sì, stai tranquilla, mamma.»
«Allora, ciao.»
«Ciao.»
«Fatti vivo.»
«Va bene. Saluta papà.»
«Sì, anche lui ti saluta.»
«Ciao.»
«Ciao.»

Riappese il ricevitore e restò per un istante con la mano appoggiata al telefono.

«Ho perso il conto dei "va tutto bene" con tua madre. Mi spieghi che cosa va bene?»

«Che vuoi che le dica?»

«Magari non tutta la verità, ma almeno farle intuire che sei preoccupato...»

«Per metterla in ansia?»

«Proteggi chiunque ma non proteggi me: strano, no?»

«Non è vero.»

«E che cosa è vero tra noi?»

A Giacomo passarono nella mente le immagini delle ultime settimane. Si detestò, mentre affiorava il ricordo di Elena nuda sotto di lui. Che razza di padre sarebbe stato? Uno che scopa in giro alla prima occasione? Da quando Claire gli aveva detto di essere incinta, non capiva che cosa avrebbe voluto veramente... Ma come poteva dirglielo? Come faceva a guardarla negli occhi e spiegarle che in realtà non sapeva se lo voleva tenere o no quel bambino? Si era ritrovato a sperare che lei lo perdesse, così nessuno avrebbe dovuto decidere: in perfetto stile Giacomo Zecchini. Che persona di merda era diventato? O era sempre stato così? Claire gli aveva chiesto che cosa c'era di vero tra loro. Le rispose.

«Non lo so.»

«Come sarebbe a dire "non lo so"?»

«Non lo so più.»

«Non lo sai? Ma brutto pezzo di merda...»

«Calmati, per favore.»

«Calmati che cosa? Sei tu che sei troppo calmo!»

«Io cerco solo...»

«Basta, Giacomo, adesso sono stanca: voglio solo che tu risponda a una domanda semplice, una domanda che non implica grandi ragionamenti. Basta che tu mi risponda con un sì o un no. Lo vuoi questo bambino?»

Rimase a fissarla. Sentì le labbra, incollate, schiudersi mentre un sospiro saliva dal profondo. Ma non rispose.

La osservò mentre si alzava, si infilava le scarpe che erano rimaste abbandonate vicino al divano, chiudeva gli ultimi bottoni della camicia, si gettava sulle spalle un golf di cotone e si avvicinava alla porta.

Lui fece un passo verso di lei. Sollevò una mano per toccarla ma poi la ritrasse, mentre lei appoggiava la sua sulla maniglia.

«Aspetta, non andare via.»

«Sì o no?»

«Claire, io... io...»

La porta si richiuse e subito dopo sentì lo scatto del portone d'ingresso. Ebbe la sensazione che Claire si fosse fermata davanti alla vetrata del soggiorno, ma quando si voltò non riuscì a scorgere la sua sagoma sul marciapiede.

Andò verso il lavandino della cucina, aprì il rubinetto, bagnò uno strofinaccio e cominciò a pulire il muro sporco di birra.

62

Viola

Ginevra, 18 febbraio 2011

«Allora, Leslie: è quella la ragazza che volevi punire, giusto?»

«Sì, era Sabine.»

Oddio, allora era tutto concordato?

«Be', sappi che però ho dovuto mettere al corrente la tua preside, e questo va ad aggiungersi ai molti segreti che abbiamo con lei. Ma bisogna ammettere che non ha fatto una piega. Anzi, mi ha mostrato una foto di Sabine perché non mi potessi sbagliare...»

«Forte la Bergson. Continua a stupirmi.»

«Viola, sai che Leslie mi ha parlato tanto di te?»

Sono in macchina con Ginger Lola...

«Piantala di stare lì a bocca aperta. È mia mamma, Viola. Adesso lo sai, quindi sbrigati a riprenderti dallo shock e torna in te.»

«Non ti preoccupare, Viola. Leslie fa sempre così. Non dice a nessuno chi è sua madre. Al collegio le uniche a saperlo ora siete tu e la professoressa Bergson. È una scelta sua e io la rispetto, anche se a volte...»

«Mamma, per favore, non cominciare.»

«... non la capisco, perché così sul mio conto fioriscono un sacco di leggende. Come l'ultima, messa in giro proprio da quella Sabine. Che mestiere facevo secondo lei?»

«La pornodiva.»

«Ecco, ti pare bello, Leslie?»

«Mamma...»

«Davvero, Leslie, spiegami, ti prego.»

«Te l'ho detto mille volte: voglio che la gente mi accetti per come sono, non perché sono figlia di Ginger Lola.»

«Tu sei fissata. E così finisce che per fare quello che fa un genitore normale, vale a dire venire a prendere la propria figlia, dopo essermi esibita ho dovuto scappare dalla porta di servizio per non essere vista con te. Ti pare normale?»

«Forse no, ma io voglio che sia così.»

«E di quello che voglio io non ti importa? Mi piacerebbe soltanto vedere una delle vostre recite, incontrare le tue amiche e dire "sono Lidia, la mamma di Leslie".»

«Puoi farlo con Viola, è l'unica amica vera che ho a scuola.»

«E va bene, d'accordo. Allora ricominciamo da capo. Piacere, Viola, io sono Lidia, la mamma di Leslie.»

La sua mano è piccola, con le unghie laccate di arancione. Me la stringe forte e io, solo allora, la guardo negli occhi e ritrovo quelli di Leslie.

«Leslie mi ha spiegato che questa sera, prima di andare a casa, dobbiamo passare ad Arundel, in una libreria, a fare non so bene cosa.»

«Non ti devi preoccupare di questo, mamma. Basta che tu ci aspetti in macchina.»

«Va bene, va bene, non ti agitare. Adesso stiamo andando all'aeroporto di Ginevra: sei mai salita su un piccolo jet, Viola? No? Be', ti divertirai: è un volo privato, ci saremo solo noi. Ci vorrà un'ora o poco di più. Secondo me per le sei, non più tardi, saremo alla vostra libreria e poi via verso il West Sussex, che non è molto lontano da lì. Che te ne pare?»

Ho paura. E Leslie lo capisce subito.

«Che cos'hai Viola? Non devi preoccuparti, andrà tutto bene. Guarda, siamo già in aeroporto.»

Steve accosta e spegne l'auto. Prende i nostri passaporti, scende e ci fa strada. Camminiamo veloci, mi sento addosso gli sguardi di chi ha riconosciuto Ginger Lola ma subito entriamo in una zona riservata.

Dopo le formalità, usciamo all'aperto e troviamo i nostri bagagli allineati davanti a un furgoncino nero. Un signore in divisa blu ci chiede di verificare che ci sia tutto e poi li ripone nel retro, invitandoci allo stesso tempo ad accomodarci. Passati pochi minuti accostiamo vicino a un piccolo aereo affusolato. L'autista scarica le borse con l'aiuto di Steve e, mentre ci avviciniamo alla scaletta, Ginger Lola si rivolge a me.

«C'è qualcosa che vuoi prendere dalla tua valigia prima di salire?»

No. Anzi, sì: le agende e il libro di papà. Li recupero e me li tengo stretti mentre faccio quei pochi gradini preceduta da Leslie.

«Buongiorno e benvenuti a bordo di questo Cessna Citation CJ2 in volo da Ginevra all'aeroporto di Biggin Hill, a Londra. Il mio nome è Carlo Canzano e sono il primo pilota. So che abbiamo a bordo una giovane ospite italiana e mi permetto di fare l'annuncio nella mia lingua natale. Il volo durerà un'ora e 5 minuti, l'atterraggio è previsto per le 16.55 ora di Greenwich. Il tempo lungo la nostra rotta sarà buono, quindi godetevi il viaggio.»

«Hai visto, Viola? Anche il capitano italiano...»

Siamo seduti in una specie di salottino, io e Leslie una accanto all'altra su due poltrone enormi. Alle nostre spalle, Steve russa già. Davanti a noi, separata da un tavolino, Ginger Lola legge dei fogli mentre ascolta musica dal suo iPod. Mi allungo per vedere che cosa sente e lei mi vede.

«È Johnny Cash. Lo conosci? Be', dovresti. È stato un grande della musica country.»

«Non stupirti, Viola: mia madre oltre a fare musica orrenda ne ascolta di terribile.»

«Ehi, non ti permettere! Passi per le mie, ma quelle del grande Johnny sono canzoni immortali: dei capolavori.»

Ridono. Lola si sporge in avanti e passa le dita tra i capelli di Leslie, spettinandola. Lei si ritrae un po', ma capisco che questo gesto le fa piacere e, mentre allontana la mano, mi sembra che indugi e la tenga stretta nella sua più a lungo del necessario.

Cominciano a parlare fitto tra loro. Lola chiede a sua figlia qualche dettaglio in più sulla scuola e Leslie, dopo qualche resistenza, si scioglie e le racconta dello studio, della gita sulla neve, di me e di mio fratello.

Mi rendo conto che le sto fissando. Smettono di discutere e si voltano verso di me, così io arrossisco e Ginger Lola – o Lidia, come si preferisce – mi accarezza la guancia.

Mi alzo e prendo il vecchio libro di papà. Dentro ci ho infilato la lettera che ha scritto a Claire prima di morire e la foto che era incollata all'inizio dell'agenda, in cui lui ride seduto sulla panchina e lei, di spalle, fa ruotare la sua treccia mentre gli corre incontro.

Che cosa dovevi farti perdonare, papà? E perché non chiedi scusa a me, per essertene andato da un momento all'altro, lasciandomi qui? Che cosa hai fatto a questa Claire per pensare più a lei che a me negli ultimi giorni? E perché mi urlavi in sogno l'altra notte?

Io non so se è giusto incontrarla. Vuoi che non ci vada, papà? Sono ancora in tempo. O vuoi che dia la tua lettera a Claire? Io non lo so più, papà, non lo so più.

63

Giacomo

Londra, 20 settembre 1981

Era stato Fulvio a riferirglielo, sabato sera.

«Claire ha deciso di abortire: me l'hanno detto Stuart e Debbie.»

Giacomo per tutta risposta aveva rivolto in alto i palmi delle mani.

«Cosa vuol dire quel gesto? Significa un "be', se allora ha deciso..."? Oppure "già, che brutta faccenda"? O magari sta per "io, a questo punto, che cosa ci posso fare?". Per l'amor di Dio, Giacomo, parla!»

«Non so che cosa dire.»

«Non è possibile. Una persona normale davanti a una cosa così ha una reazione: piange, sbatte un pugno sul tavolo, o magari – perché no? – esulta. Non se ne sta lì immobile.»

«Sto male.»

«Pensi che Claire stia meglio?»

«No, non credo. Però guarda che io...»

«Io, io, io. Sei così bravo a dire "io".»

«Non ti ci mettere anche tu...»

«Mi ci metto sì, invece, perché sei un mio amico. Preferisci qualcuno che faccia finta di niente?»

«Vorrei qualcuno che stesse dalla mia parte.»

«La prossima che mi dirai è "voglio la mamma".»

«In effetti...»

«Scusa?»

«Voglio tornare a casa.»

«Come a casa? E Claire?»

«Mio padre non sta tanto bene.»

«Palle! Tu scappi, altro che!»

«Macché. Starò a Milano qualche giorno. Ho bisogno di capire quello che voglio, perché qui mi sembra di impazzire.»

«Tu lo sai benissimo cosa vuoi. Solo che hai paura di dirlo. Sei un vigliacco.»

Giacomo era scattato in piedi, i pugni chiusi lungo i fianchi. Fulvio era rimasto seduto sul divano, immobile.

«Che vuoi fare? Pensi di picchiarmi? Ma almeno lo facessi! Dimostreresti di essere vivo, di avere una cazzo di emozione.»

Giacomo si era rimesso seduto, aveva appoggiato i gomiti sulle cosce e affondato la testa tra le mani. Si era premuto i polsi contro le tempie e aveva sentito il sangue pulsare.

«Non ce la faccio, Fulvio. Non ce la faccio...»

«Quando pensi di comunicare a Claire che parti?»

«Ma sarebbe solo per pochi giorni e poi...»

«Ok. E quando glielo dici?»

«...»

«Da quanto non vi parlate?»

«Dieci giorni.»

«Ecco, appunto. E tu pensi di sparire senza nemmeno farglielo sapere?»

Giacomo aveva fissato l'amico, lo sguardo attonito e la bocca leggermente dischiusa, ma non aveva detto una parola. Così era stato Fulvio a riprendere il discorso.

«Senti, io te lo dico anche se Debbie mi ha chiesto di tacere. Claire non vuole che pensi che è un trucco per riavvicinarti. Ma pazienza, credo sia giusto che tu lo sappia: lunedì mattina la tua ragazza ha un appuntamento al St Mary. Deve essere lì alle nove per parlare con un medico e mettersi d'accordo per l'intervento.»

«Grazie.»

«Di cosa?»

«Di avermelo detto.»

«Vaffanculo.»

Fulvio si era spogliato, aveva preparato il letto e ci si era infilato dentro. Giacomo lo aveva sentito muoversi a lungo, girarsi a destra e a sinistra, rivoltare di continuo il cuscino da una parte e poi dall'altra. Lui era rimasto seduto sul divano. Avrebbe voluto sentire la testa piena di ansie, di pensieri, di dubbi. Invece provava solo un grande vuoto. Aveva stretto i pugni e gli occhi, e trattenuto il respiro, quasi a voler spremere se non proprio un sentimento almeno una parvenza di emozione, che invece restava congelata in qualche profondità inaccessibile. Quando aveva avuto la certezza che il suo amico stava dormendo, si era coricato. Ma non era riuscito a riposare, solo brevi sonni interrotti da quella sensazione opprimente.

Domenica mattina si alzò presto. Si vestì senza far rumore: l'ultima cosa che voleva era riprendere la discussione con Fulvio. Tirò fuori il golf grigio che gli aveva regalato Claire per Natale e che non metteva da tempo e lo indossò sotto la giacca. Poi uscì e si avviò verso Holland Park. Proseguì verso Kensington Gardens e si addentrò in Hyde Park. Arrivò alla panchina dove avevano scattato la foto che adesso sembrava lontana secoli. Sfiorò con i polpastrelli le scritte incise nel legno. Se n'era aggiunta un'altra, degli ideogrammi giapponesi. O forse cinesi.

Si sdraiò: sentiva le stecche del sedile premere contro la schiena. La luce del sole filtrava dalle fronde della quercia e con un braccio si protesse gli occhi. Li aveva chiusi.

Li riaprì quando sentì qualcosa battere sulla sua spalla: vide due poliziotti con un gilet giallo fluorescente.

«Si sente bene?»

«Sì, sì, benissimo. Mi devo essere addormentato.»

Era quasi buio. Incredibile, aveva dormito tutte quelle ore. Si sollevò provando una fitta al collo, indolenzito dopo la lunga immobilità in una posizione così scomoda. Le gambe erano intorpidite e mettendosi in piedi perse quasi l'equilibrio. Uno dei due poliziotti si protese per sorreggerlo.

«Sicuro di stare bene?»

«Sto bene, grazie, davvero. Solo un po' debole.»

Non aveva mangiato per l'intera giornata, ma non aveva fame comunque. Se doveva immaginare il suo stomaco in quel momento lo vedeva duro, piccolo e raggrinzito come una noce.

Ringraziò ancora i poliziotti e si allontanò, evitando di voltarsi perché sentiva i loro occhi sospettosi puntati su di lui. Uscì da uno dei cancelli che si affacciavano su Bayswater e si fermò a una cabina telefonica.

«Pronto?»

«Claire...»

«....»

«Claire, ti prego.»

«Che cosa vuoi?»
«Ho la risposta.»
«La risposta me l'hai già data.»
Una voce lontana chiese chi era al telefono.
«È per me, papà.»
Giacomo avvertì un brivido, che avrebbe tanto voluto attribuire alla stanchezza e non alla paura.
«L'hai detto ai tuoi?»
«Non ti deve più preoccupare.»
«Senti, invece io credo di sì, dopo tutto...»
«Dopo tutto che cosa? Eh? Con che coraggio mi chiami dopo dieci giorni di silenzio? Con che coraggio? Ma chi sei, Giacomo? Ti ho mai conosciuto davvero?»
«Tu lo sai chi sono. Vedi dentro di me meglio di chiunque altro. Vedi lo schifo, la merda, ma vedi anche qualcosa di buono, credo. O no?»
«Questa volta sono io che non so più dire che cosa vedo. So solo che non era questo che volevo per noi.»
«Nemmeno io.»
«Appunto... Hai una grande capacità di scegliere le parole e i momenti per dirle, lo sai Giacomo?»
«Che cosa ho detto adesso?»
«Lascia perdere. Direi che non c'è niente da aggiungere, Giacomo. Devo andare adesso. Sono stanca. E domani... Domani mi aspetta una giornata pesante.»
Eccola, l'occasione. Gliela stava offrendo lei, inconsapevole. Bastava dire una cosa tipo "lo so". Invece gli era uscito altro.
«Ok.»
«Ok... certo, ok...»
«...»
«Ciao, Giacomo.»
«Ciao, Claire... Però...»

«Però?»

«No, niente. Non importa.»

«Oh, così sì... Finalmente ti riconosco. Un bel non detto sulle note di chiusura. Perfetto. Ciao, Giacomo. Stammi bene.»

Aveva riappeso.

Lui era rimasto nella cabina qualche minuto. Aveva letto gli annunci erotici sui bigliettini infilati nelle fessure dei vetri. Poi aveva composto di nuovo il numero ma aveva riagganciato subito, prima che squillasse.

In ogni caso aveva deciso: la mattina successiva sarebbe andato davanti al St Mary's Hospital e avrebbe atteso l'arrivo di Claire.

64

Viola

Arundel Castle, 18 febbraio 2011

«Prendetevi tutto il tempo che serve, ragazze. Io e Steve vi aspettiamo in macchina.»

Siamo arrivate ad Arundel, davanti alla libreria. La vetrina è piena di volumi. Alcuni sono aperti e mostrano illustrazioni di cattedrali e castelli. Una grande stampa incorniciata rappresenta un bellissimo uccello, di un turchese acceso: è posato su un ramo e nel becco arancione tiene stretto un pesce. La scritta dice semplicemente "*Kingfisher*". In un ripiano più in alto, stanno una serie di libri rilegati in pelle rossa. Saranno una dozzina, almeno. Un bigliettino spiega: "*Dickens. Complete Works*".

C'è una sedia, accanto alla vetrina, con appeso un cartello. Ma la pioggia e l'umidità hanno cancellato la scritta.

Leslie mi appoggia una mano sulla spalla.

«Sei pronta?»

Spingo la porta e sento suonare una campanella. Alzo gli occhi ed è là, appena sopra lo stipite, pronta a segnalare l'arrivo di un cliente.

La prima cosa che mi colpisce è l'odore. Di polvere. Di vecchio. C'è poca luce e devo aspettare che gli occhi si abituino. Tutto attorno, scaffali pieni di libri. In testa a ogni fila, un cartellino: *Literature, Science, Religion, Travel, Illustrated, History*. Alcuni volumi, giganteschi, sono sdraiati sui ripiani, gli altri invece mostrano i loro dorsi di ogni colore. C'è un bancone sul quale sono posate vecchie mappe e il ritratto di un soldato con baffi, pizzetto, capelli ricci lunghi e un'armatura. Mi avvicino per leggere il suo nome: "*Lord Fairfax*".

Su una parete, lì vicino, un attestato dice che Alan's Books and Bindings è stato "*Antiquarian Bookshop of the Year 1999*". E poi, dietro la cassa, qualche foto. In una, il vecchio signore che avevo già visto sul sito, ma che qui sembra molto malato, è seduto sulla sedia fuori dal negozio e sta mostrando un grande libro illustrato a un bambino con un sacco di riccioli biondi. E c'è anche la foto in cui è con Claire, anche questa già vista sul sito. Solo che qui l'immagine non è tagliata...

Per un momento mi sento soffocare e sono tentata di tornare verso l'uscita. Leslie mi stringe il braccio all'altezza del gomito, ma mi sembra che pure la sua voce tremi un po': «Buonasera, c'è nessuno?».

Si apre una porta sul fondo della stanza. Né io né Leslie l'avevamo notata ed entrambe sobbalziamo mentre spunta un giovane uomo con la barba bionda e i capelli lunghi, raccolti in una coda di cavallo. Mi sembra di conoscerlo, poi mi rendo conto che ho già visto anche lui sul sito della libreria.

«Buonasera, scusate, non vi ho sentito entrare. Ma in realtà siamo chiusi, stiamo aspettando una persona.»

«Sono io. O meglio, siamo noi. Sono Leslie Preston e lei è Viola.»

«Ah, certo. Sono Jack, ho risposto io alla mail. Be', scusate, ma aspettavamo qualcuno di più... di più adulto, ecco.»

«Sì, capisco. Mia madre è fuori, in macchina. Ha mandato avanti noi perché prima dovevamo dare una cosa alla signora Mayes. C'è?»

«Di che si tratta, se posso chiederlo?»

Prendo il libro di papà, tolgo la lettera e la foto che ho staccato dall'agenda, e glielo passo. Lui lo osserva, lo sfoglia velocemente, poi fissa me: c'è qualcosa nei suoi occhi che mi costringe ad abbassare lo sguardo.

«Un attimo solo, per favore.»

Scompare dietro la porta, lasciandola aperta. Deve essere la voce di Claire quella che sento provenire da lì. E poi eccola.

I capelli sempre stretti in una treccia. Indossa una camicia bianca e un paio di jeans scoloriti. Sulla testa tiene un paio di occhiali con la montatura rossa, sulla scollatura pende una catenina d'oro con un ciondolo a forma di libro. È più minuta di come la immaginavo. I suoi occhi passano da me a Leslie, da Leslie a me. Jack è in piedi alle sue spalle.

«Posso chiedervi come avete avuto questo libro?»

Leslie mi guarda. «Tocca a te» mi dice. Io mi avvicino e le consegno prima la foto, sfiorando il grumo di colla rimasto sul retro, e poi la lettera. Lei per un momento lunghissimo mi osserva. Poi si rigira tra le mani l'immagine. Infine apre la busta e comincia a leggere. Ha gli occhi lucidi. Si volta, dice a Jack qualcosa che non riesco a capire. Gli accarezza la barba bionda e lui, che non ha smesso un istante di guardarmi, ferma la mano di Claire e se la tiene sulla guancia.

Io ripenso a mio padre, al giorno che se n'è andato.

Ripenso a mia madre e a Tancredi, a Fulvio e a Leslie. Ripenso alle lettere che due ragazzi si scrivevano trent'anni fa e a quella che un uomo ha scritto poco prima di morire. Riguardo Claire e Jack e Leslie e quelle foto sulla parete, la ragazza di vent'anni e il vecchio con il bambino. E capisco perché sono arrivata fin qui, mentre una lacrima, la prima dopo così tanto tempo, mi cola fino alle labbra.

E poi la sento.

La mia voce.

65

Claire

Londra, 21 marzo 1982

Mentre stava per andarsene, vide l'infermiera grassa. Se la ricordava, come ogni altro dettaglio di quel giorno terribile, l'ultima volta che aveva visto Giacomo. Quando era uscita dall'ospedale si era aspettata di ritrovarlo lì, ma non c'era più. Qualche giorno dopo aveva saputo che era rientrato in Italia e, con il passare delle settimane, ebbe la certezza che non sarebbe più tornato.

Ora c'era lo zio Alan con lei davanti al St Mary. Era venuto a prenderla dopo l'ultima visita. In fondo era come se si stessero dando il cambio, visto che lui sarebbe stato ricoverato di lì a poco. Il libraio guardò Claire e le stampò un bacio sulla guancia.

«Sei bellissima.»

«Sei bugiardo, ma grazie.»

«Hai preso il meglio di tutti e due i tuoi genitori.»

«Già, a proposito: secondo te mi hanno perdonata?»

«Certo che sì, ti aspettano a casa.»

Lei gli si strinse addosso, percepì la fragilità sotto quel

corpo un tempo imponente. Lui, come se avesse letto i suoi pensieri, le accarezzò una guancia.

«Andrà tutto bene.»

Era una giornata luminosa e, appena furono sul marciapiede, Alan tirò fuori dalla tasca una piccola macchina fotografica.

«Dobbiamo immortalare questo momento.»

Fermò un passante, un giovane con la felpa verde.

«Ci può fare una foto?»

Si misero in posa e lo zio le sussurrò una frase all'orecchio.

«Mi piace.»

«Che cosa?»

«Il nome: Jack. Bello.»

Il ragazzo urlò: «Stringetevi ancora un po'. Pronti? Fermi così!».

Ma proprio in quel momento il piccolo emise un breve vagito, così Claire allungò le mani verso il passeggino per cambiargli posizione e sistemare la coperta che gli lambiva il mento e anche gli occhi di Alan vennero distratti da quel movimento.

Quando risollevarono lo sguardo e fecero per rimettersi in posa, si accorsero che il giovane con la felpa verde era già accanto a loro con la macchina fotografica.

«Fatta.»

Ringraziamenti

Scrivere il primo romanzo a cinquant'anni significa anche dover dire molti grazie. Eccoli.

L'Associazione Italiana Mutismo Selettivo (A.I.MU.SE.), nella persona di Loredana Pilati, mi ha chiarito gli aspetti di una patologia spesso dimenticata. Daniela Sesenna, giornalista e volontaria per la Croce Rosa Celeste, mi ha spiegato come si interviene nelle chiamate di emergenza. Alfonso Rizzo, raccontandomi i suoi studi in un collegio svizzero, mi ha aiutato a creare l'ambiente dell'Écureuil jaune. A Simone Colombati devo tutto quello che so sul trading di carbone. Paolo Bongiorno è stato una fonte preziosa di aneddoti sulla bibliofilia e le librerie antiquarie. Grazie alle consulenze di Dario Colombo su Madonna di Campiglio e di Tonino Cacace sulle procedure di volo dei jet privati. Luca Aresu è stato un insostituibile sostegno informatico.

Per rendere più credibile la Londra degli anni Ottanta ho sfinito di richieste molti amici: in attesa di ricompensarli al pub, la mia riconoscenza va a Duncan Campbell, Darach McQuaid, David Nicholls, Ben Schott e Stuart Selner.

Negli ultimi anni ho avuto il privilegio di frequentare e di diventare amico di alcuni scrittori, che mi sono stati di stimolo, ispirazione e, in tempi recenti, anche molto di più: grazie infinite a Leonardo Colombati, Paolo Giordano, Marco Missiroli, Alessandro Piperno, Marco Presta. Un grazie particolare, legato a questo romanzo, a Luca Di Fulvio, Fabio Genovesi e Chiara Valerio, che mi hanno incoraggiato e consigliato. E a Daniel Wallace, lui sa perché.

In momenti diversi ho sottoposto le bozze ad amici dai quali ho ricevuto contributi unici e affettuosi: tra loro, Ada, Valentino e Betty Caramelli, Adolfo Frediani, Cristina Lucchini, Monica Ripamonti, Mara Vitali, Fernando Zarone.

Grazie ai miei agenti, Marco Vigevani e Claire Sabatié-Garat, che hanno creduto da subito in queste pagine. E grazie alla Rizzoli, in particolare a Rosanna Paradiso e ai miei editor Michele Rossi e Gemma Trevisani.

Alla voce "pazienza", è stata grande quella che hanno avuto i miei figli, Valentina e Luca, e Matilde e Matteo, sopportando le mie lune e i miei pomeriggi al computer: non so se sia un bene, ma sono di nuovo pronto a fare i compiti insieme.

Grazie ai miei genitori, per avermi dato, tanto tempo fa, una possibilità: è un dono meraviglioso.

Infine, il grazie più grande a Marta: senza di lei questo libro non esisterebbe. E a volte ho l'impressione che non esisterei neppure io.

Finito di stampare nel mese di marzo 2013
presso il Nuovo Istituto Italiano d'Arti Grafiche – Bergamo

Printed in Italy